鋼鐵德魯伊

故事集〔蓋亞之盾〕

凱文・赫恩——著 戚建邦——譯

KEVIN HEARNE

鋼鐵德魯伊

■書評推薦

「赫恩自稱漫畫宅，將自己對那些帥呆傢伙們痛扁邪惡壞蛋的熱愛，轉變爲一流的都會奇幻出道作。」

——《出版人週刊》（*Publishers Weekly*）重點書評

「赫恩是個幽默機智的出色說書人……本書可說是尼爾・蓋曼的《美國眾神》加上吉姆・布契的《巫師神探》。」

——*SFF World* 書評

「強大的現代英雄，擁有古老祕密、累積了二十一個世紀的求生智慧……以活潑的敘事口吻……一部旁徵博引的都會奇幻冒險。」

——《學校圖書館期刊》（*Library Journal*）

「融合了現代背景與神話，令人愛不釋手、歡笑不斷的喜劇。」

——阿利・馬麥爾（Ari Marmell），奇幻作家

「這個風趣幽默的新奇幻系列在故事中融入凱爾特神話還有一個思想前衛的遠古德魯伊。」

——凱莉・梅丁（Kelly Meding），奇幻作家

「凱文・赫恩爲古老神話注入新意，創造出一個異常熟悉又高度原創的世界。」

——妮可・琵勒（Nicole Peeler），奇幻作家

「赫恩用合理的解釋把神話巧妙織進故事之中，這是部超級都會奇幻。」

——哈莉葉・克勞斯納（Harriet Klausner），著名書評與專欄作家

「這是我近年讀過最棒的都會/超自然奇幻。節奏緊湊、詼諧又機智、神話使用得當，這是爲厭煩了狼人與吸血鬼的奇幻讀者而生的作品。喜愛吉姆・布契、哈利・康諾利……或尼爾・蓋曼《美國眾神》的讀者們一定會很享受這本書。極度推薦！」

——*Grasping for the Wind* 網站書評

「如果你喜愛幽默有趣的都會奇幻，那《鋼鐵德魯伊》是你的菜。如果你喜歡豐富精彩的都會奇幻，更該拿起《鋼鐵德魯伊》，以及凱文・赫恩未來出版的任何東西。」

——*SciFi Mafia* 網站書評

鋼鐵德魯伊

■書評推薦

「……節奏、幽默與神話讓這個系列永遠充滿樂趣！」

——《出版人週刊》（*Publishers Weekly*）重點書評

「這個系列持續壯大、變得更讚，而且在《破滅》裡沒有減速的跡象。」

——*Vampire Book Club* 網站書評

「……根本不可能不被凱文・赫恩創造的世界吸引。」

——*Yummy Men and Kick Ass Chicks*網站書評

「赫恩的文筆充滿速度感又精準……《魔咒》浸滿了魔法，而且棒呆了。實在很難找到更棒的小說！」

——*My Bookish Ways* 網站書評

「我愛、愛、愛死這系列了，而《神鎚》鐵定是目前最棒的一本……到最後大戰之前，你會忍不住用曲速翻頁，但仍然翻得不夠快！」

——My Bookish Ways 網站書評

「《圈套》結合前幾集有趣的觀點，也給了這個英雄傳奇一個讓人激動的黑暗轉折……絕妙的新章序幕，讓人加倍期待下一集。」

——Fantasy Book Critic 網站書評

「帶來超棒的情節、超幽默的敘述，超有趣的動作派小說。」

——The Founding Fields 網站書評

「《獵殺》綜合了讀者對《鋼鐵德魯伊》系列所有的期待，還多了很多。」

——Ragoo Depot網站書評

「《獵殺》裡有所有讓我愛上這系列的元素。妙趣橫生，動作戲不斷，建立了傑出的書中世界，而且這些角色絕對是你會想要一起喝杯飲料的可愛傢伙。」

——Mad Hatter Reads網站書評

「結局讓我心癢難耐，忍不住想伸手探向系列的下一本。」

——Vampire Book Club網站書評

鋼鐵德魯伊故事集

目次

編輯說明

於「鋼鐵德魯伊」系列經常登場的神祇們或地名、傳說等於《故事集》中不另行註釋。

羔羊寶典

GRIMOIRE OF THE LAMB

AN IRON DRUID CHRONICLES NOVELLA

現代人覺得古埃及人酷到不行。我認爲這個誤會是象形文字和（影響較小的）手鐲合唱團【譯註】所造成的。

事實上，古埃及人將大多數人視爲統治階級的財產，還會施展一些人類史上曾經見過的——或許該說，沒人見過，因爲他們拚死保守祕密——最黑暗的魔法。但他們曾寫下像是《亡者之書》【編註一】的歡樂典籍，還有《拉血小小聖甲蟲》和《不聽話的小孩會被阿努比斯吃掉心臟》【編註二】之類的開心兒童繪本。我不是在開玩笑的，我在亞歷山大圖書館被奧勒良皇帝摧毀前見過【編註三】。

我在亞歷山大全盛時期見識了很多。事實上，我見過很多我根本不該見到的東西，而那正是現在我會盡可能遠離該國的原因。根據我的邏輯——如果可以稱之爲邏輯的話——建議，只要我永遠不再

譯註：手鐲合唱團（The Bangles）是美國的流行搖滾女性樂團，在一九八〇年代紅極一時。知名歌曲有《走路像個埃及人》（*Walk Like an Egyptian*, 1986）。

編註一：亡者之書（*The Book of Death*），又譯作死者之書或亡靈書等等。是古埃及與死者一起埋葬的墓葬文書。有時寫在莎草紙上，但有時刻在棺木或墓室牆壁上。描寫人死後進入樂園的過程。

編註二：聖甲蟲（Scarab）爲埃及文化中的護身符與象徵符號。據信與象徵日出與再生的神凱布利（Khepri）關係密切，但在現代流行文化中，常被描寫爲食人血肉的恐怖怪蟲，或吸食青春的護身符等恐怖形象。而阿努比斯（Anubis）則是埃及神話中的冥神之一，豺狼頭人身，以太陽神拉的天平秤死者心臟，另一端是眞理女神的羽毛），心臟較重代表有罪，罪人的心臟就會被怪物阿米特吃掉。

編註三：亞歷山大圖書館（The Library of Alexandria），由埃及托勒密王朝的托勒密一世建於西元前三世紀左右。以龐大的藏書聞名，經過蟲害、戰爭、大火的摧殘，最後化爲灰燼。一般認爲燒掉圖書館的大火有兩次，一次是凱撒大帝（西元前四七年），另一次即爲此處提的羅馬奧勒良皇帝（西元二七〇年）。

想起那個國家，埃及的古老諸神就會忘記我偷走他們的性愛儀式寶典和死靈術典籍的事。在這種情況下，開羅打來的電話自然會引起我高度懷疑。當我接起店裡的電話，而話筒裡的聲音自稱他是「來自埃及的恩柯西．艾卡沙布」時，我有點考慮要不要在他繼續說下去前掛電話。

問題在於，很久以前，在我「年輕」時——儘管當時我已經兩百來歲了——我曾掠奪過亞歷山大一個管制嚴格的禁區。是圖阿哈．戴．丹恩的歐格瑪命令我去幹的，爲了取悅那個神，我得罪了好幾個埃及神界的神。雖然還不至於到讓他們花費心思獵殺我，不過我在他們的領土上從此淪爲不受歡迎人物。特別是巴絲特【譯註】，除了我不喜歡貓，她還有好幾個理由看我不順眼。我有一本她的書——或者說是屬於她信徒的書，裡面記載了不少駭人聽聞的「神蹟」。那本書基本上印證了「貓皮並非只有一種剝法」這句老話——書裡的紙就是貓皮製成的，品質幾乎和上等羊皮紙一樣好；而書皮是由比較厚的鞣製貓皮所製，具有些微的防水功能。我阻止了幾次她的信徒把書偷回去或暗殺我的行動，不過我大部分來自埃及的收藏品都是差不多的情況。幾乎所有埃及法器都有施加詛咒或是加持魔法，給我帶來的麻煩往往超過它們的價值。如今我完全是出於固執才繼續保有那本書，爲了對所有以爲可以恐嚇德魯伊交出他花了很多心力（或許是透過不好的手段）取得的藏書的古代法師和諸神說：「喔耶！喔耶！」我收藏魔法典籍的心態有點類似龍收藏寶藏——也會採取同樣偏執的手段守護它們。

然而，艾卡沙布先生想要的是一本食譜。「請問你是珍本書商阿提克斯．歐蘇利文嗎……？」

「我是。」

「我聽說你有幾本相當稀有的埃及典籍。」他說，說話時帶有輕快的阿拉伯腔。我可以用流暢的阿拉伯語和他交談，但我認爲暫時讓他以爲我是美國人，只會講英文以及高中時花兩年學的第二外語比較好。

「你是國家古物部的人嗎？」我問。這年頭，承認持有埃及古文物，可能會引來戴亮黑墨鏡的男人。

「不，歐蘇利文先生。」他驚訝地笑道。「我和他們的關係有點緊張。再說，我懷疑他們會知道這本我想找的著作。就算知道他們也不太可能在乎，因爲這本書與法老扯不上關係。那只是本用科普特語【編註】寫的書，可能成於一或二世紀，裡面記載了很多烹調羔羊的食譜。你那裡有這樣的書籍嗎？」

我還眞的有。那本書並沒有書名，我個人則稱之爲《羔羊寶典》。它在亞歷山大圖書館裡是和一些黑暗著作——包括巴絲特那本我稱之爲《好貓咪！》的性愛貓皮書——放在一起，感覺有點突兀。不過這是第一次有人問起這本書。當今世上會說科普特語的人，包括我在內大概只有幾百個。我只是把這本書當成古董收藏，但既然有人問起，我就開始覺得事情並不單純。

「可能有。」我說，開始釣情報。「你可以描述一下這本書長什麼樣子嗎？」

譯註：貓神巴絲特（Bast, or Bastet）是埃及神話中的女神，是法老及家庭的守護者，最初的形象是雌獅頭人身，後來才轉化爲貓頭人身。

編註：科普特語（Coptic）是埃及語演化的最終階段，目前已是幾近無人使用的死語。科普特字母的使用，最早可追溯到西元一世紀，於三或四世紀時開始被廣泛使用，最後的使用記錄大約是十七世紀左右。

「我沒見過它，也沒有讀過任何關於它外形的記載，但據說它曾被收藏在亞歷山大圖書館裡。」

我盡量裝出完全沒有頭緒的美國腔，問道：「那地方不是燒掉了嗎？」

「對，但我要找的書在那之前就被拿走了。」

「那這本書年代可久遠了。莎草紙還是羊皮紙？」

「質感不太一樣的羊皮紙。」肯定是了。他的消息來源爲何？

「如今書況可能很糟糕，搞不好無法閱讀。這樣會影響你購買的欲望嗎？」

「不，完全不會，先生。」他說。

我離開煮茶台，走到店裡北牆前的珍本書櫃；販售這種東西可以得到相當於一整年的利潤，說不定連明年的生計都不成問題；不會受到整體經濟是否處於衰退期影響。倒不是說我無法承擔虧損。販賣珍本和古董並不是我在漫長歲月裡唯一想出來的緩慢獲利法門。所謂的緩慢是指活到流行文化逐漸褪色，物品老舊，直到成爲買家眼中的美好年代爲止。

我的珍本書籍設有強力世俗和魔法防禦，不須爲了檢查那本書而解除羈絆、撤銷防禦力場——我一眼就能看穿防彈玻璃。書還在原位，與我那些埃及好東西放在一起。

「好，東西在我這裡。十三份羔羊食譜。」

「太棒了！」語氣中的興奮之情穿越大西洋而來。「多少錢？我現在就能匯錢給你。」

「不，我要你親自面交。」

對方遲疑片刻。「你不能寄送國外嗎？」

「可以，但是我不寄。這是一本魔法典籍。我不信任郵寄。」

「魔法？那是一本古代食譜。」

我不敢相信他到了這個地步還要和我裝傻。這可是我的獨門生意。「艾卡沙布先生，你是從哪裡聽說這本書的？又是從哪裡聽說書在我這裡的？」

「你的店是世界知名的古董店。」他說，沒有回答任何問題。「我只是在盡可能聯絡珍本書商而已。」我的耐心用完了。正常客人不會想找一本理應燒燬多年的古埃及典籍。

「請不要侮辱我的智商。你剛剛還說你聽說書可能在我這裡。所以你要嘛就是剛剛在說謊，不然就是現在在說謊。我沒有必要賣這本書，艾卡沙布先生。我想要收藏它，我想我們都很清楚世界上只剩這一本。如果你想買，就得到美國來，和我當面交易。我不會和代表、律師，甚至熟人打交道。」

他沒有長篇大論解釋，或假裝聽不懂我在說什麼，只是語氣緊繃地說：「親自過去要花點時間。」

「我在店裡等你。」我說，然後補充，「應該會。」因爲我也不知道他什麼時候會來。

「我們很快就會見面。」他說，然後掛斷。我很快就把他拋到腦後，開始準備創意茶，因爲有些奇幻角色扮演玩家即將來進行每週定期的地下城冒險，而地下城城主每次都想在玩家面前擁有多一點優勢。那種茶和我在期中、期末考期間最受歡迎的心靈敏銳茶很像。那幾週裡，亞歷桑納州立大學的學生會排隊跑來第三隻眼書籍藥草店，買一大堆茶包幫助他們度過考試週——他們的說法是只要認眞唸書一週，就可以彌補一整個學期看紅色塑膠啤酒杯底，而不是書的日子。「病茶」——「病」這個字被轉化成具有正面意義的形容詞，而不是表示生病——的名聲在幫助一個兄弟會成員通過期末考後，很快就在各式希臘社團間傳開了。那次，再加上其他幾次藥效見證，讓我的店在癮君子界贏得了「病嬉皮的店」的封號，像是「老兄，我一定要過，不然我的信託基金就沒啦。我們快去病嬉皮的店弄點茶喝吧」。

我要強調——我不是嬉皮。不過我猜在現代社會裡，藥草知識再加上反文化的氛圍，就足以讓我贏得那個標籤了。

我開心地沉浸在打理店務中，沒有多想那個埃及人的事，直到他一週後走進我店裡爲止。

他一跨越門檻，我立刻知道了，因爲店裡的防禦力場警告，有魔法使用者進入我的私人領域。不過我的魔法力場大概也只有這些功能了；我並未架設任何解除埃及魔法系統的力場——在亞歷桑納很少有機會遇上那種東西。

他是個中年人，留著很長但梳理整齊的鬍鬚，分成兩條垂在胸前。他用皮繩綑綁鬍鬚的「交叉點」，在鬍鬚末端露出一堆雜毛。毫不掩飾的連心眉保護著凹陷的雙眼，目光緊張地飄來飄去。他的頭髮都包在一頂介於無邊帽和土耳其氈帽間的白色無邊圓帽底下，是北非常見的帽子。他的土耳其袍與褲子也都是相近的白色，不過土耳其袍的領口和中間的釦子旁繡有金邊，袖緣也有。這種打扮表示他是個虔誠的回教徒。而我認爲那只是掩人耳目的僞裝，不然他不會觸發我的魔法使用者警報。

迅速掃視店裡一圈，並且認定我只是剛好在顧店的店員後，他失望地來到煮茶台前。「請見諒，」他以帶著腔調的英文說。「我要找歐蘇利文先生。」

「我就是。」他的連心眉抽動一下，顯然有點訝異。我看起來約莫二十一歲，不到能夠成為任何專家的年齡，更別說是珍本專家。但他很快就回復過來了。

「太好了！我是恩柯西・艾卡沙布。我們在電話裡談過古埃及羔羊食譜。」

「啊，是，我記得。」我說。「我想你想看看它？」

「對。如果確實是我在找的那本書，我希望可以達成雙贏的協議。」他笑容滿面地釋放魅力。

「我很樂意拿給你看，」我說。「不過要等午餐過後。」他的臉當場垮下來。「書不在店裡。」我撒謊。「放在安全的地方。如果你下午再來，我就會把書準備好。先逛逛坦佩市吧。米爾街上有很多有趣的地方可以買東西和吃飯。」

連心眉皺成一團，顯然他很不悅，但在了解到在這種情況下發怒毫無用處後就平復下來。

他輕輕點頭，說：「那就等下午吧。」

我也點頭。「再見。」我看著他離開，然後拿起電話打給我的律師之一——霍爾・浩克。身為律師，他手中握有各式各樣好東西。身為狼人，他的爪子又能接觸到更多超自然界的好東西。其中有些見不得光，甚至有點下流。

「嘿，霍爾。我是阿提克斯。我要你盡可能挖出一個自稱恩柯西・艾卡沙布的人的背景，他來自埃及……盡快……對。」

霍爾會雇用私家偵探，然後他們會在這裡盡量調查，再雇開羅的人繼續調查。另外，我也有我自己一套調查真相的方法，那就是在把書攤在這傢伙面前前會需要一點時間的原因。他不可能是單純跑來搜尋美味奇蹟的美食家。現代的羔羊食譜早就經歷過多年淬鍊。看看美食頻道那些傢伙能用薄荷果凍和芒果酸辣醬搞出什麼花樣。

我在正午前幾分鐘關店，跳上腳踏車騎回在米歇爾公園附近的家。我在路過麥當納寡婦時向她揮手打招呼。她正拿著一杯圖拉摩爾露水，靜靜地翻閱一本英國犯罪小說。她是個來自古老國度的好老太太，我偶爾會幫她打掃庭院，而她向來都很喜歡騷擾我。

「你該戴安全帽或護膝，你知道，」她在前廊上叫道。「在這附近那麼性感實在太危險了，嘿嘿。」

回到家時，屋內傳來兩聲狗叫。那是我的愛爾蘭獵狼犬在發現來人是我前，宣告守護地盤的叫聲。透過幾年前在我們之間建立起的羈絆，我在腦中聽見他的想法：「阿提克斯，是你嗎？」

「對。回來吃點東西，順便拿樣東西。你覺得午餐吃鮪魚沙拉怎麼樣？」我打開前門，他站在門口搖尾巴。我搔搔他的耳朵後面，然後摸摸他的下巴。

「如果你拿掉沙拉就行！那會讓貓覺得我的口氣像仙饌【編註】。甚至可能像是貓薄荷。」

「抱歉，歐伯隆，牠們不會被你的鮪魚口氣迷惑。」

「如果那樣的話，對狗來說就太不公平了，是不是？嗯……可以用火雞肉片配鮪魚嗎？」

「當然。」我打開三罐鮪魚罐頭——兩罐給歐伯隆，一罐給我——拿點芹菜、香蔥、葡萄丁和蛋黃醬調製沙拉。再把調好的沙拉搭配萵苣夾在麵包中間，就算午餐了。我帶著午餐跑去車庫，裡面有個我用好幾種方式羈絆的鐵箱。其中只有一道是傳統、世俗的鎖。花了約莫十分鐘解除所有羈絆、打開箱蓋後，我從裡面拿出一支入鞘的特殊魔劍。

富拉蓋拉——與布偶奇遇記【註】毫無關係——我用和取得《羔羊寶典》差不多正當的手法取得的遠古妖精魔劍。由於有些愛爾蘭神非常想取回這把劍，我習慣會用鐵包住它，隔絕預言占卜，不常拿出來把玩。在目前情況下，我得拿洩露行蹤來冒險。富拉蓋拉在愛爾蘭語中是「解惑者」的意思，因爲劍上加持了強迫懦弱目標誠實回答問題的法術。它可以幫我解決一個困擾我許多世紀的疑惑。

艾卡沙布先生回到店裡時，我已經把寶典放在櫃台上等他了。趁著他爲了「評估」而目光貪婪地翻閱寶典時，我從櫃檯下拿出富拉蓋拉，唸誦可以定住他的咒語。

「富拉格羅伊士。」我說，埃及巫師突然間籠罩在一道朦朧藍光中，導致他無法移動，被迫誠實回答我的提問。

「你叫什麼名字？」我問。

「恩柯西・艾卡沙布。」這個他沒撒謊。

「你意欲何爲？」我問。

「尋找失落的阿蒙【編註二】之書。」

編註一：仙饌（ambrosia）是希臘神話中諸神的食物與飲料。

譯註：布偶奇遇記（*Fraggle Rock*），英國兒童劇，音似富拉蓋拉。

編註二：阿蒙（Amun）是古代埃及神祇，信仰中心在底比斯。後來因爲地位提升，獲得全國崇拜，更有了與太陽神拉（Ra）融合的阿蒙—拉（Amun-Ra）信仰。

我待會會跳回這個話題，但此時此刻我沒辦法抗拒說完蒙提．派森台詞的衝動：「你……最喜歡哪種顏色？」【註二】

「紅色。」

「你為什麼想找這本失落之書？」

「那十三道法術可以讓埃及重返世界頂點。」

所以那果然不是本普通食譜。「你告訴我那是羔羊食譜。到底是什麼？」

「那些是改變命運的配方。六份可以透過不同方式改變你的命運；七份用來改變你敵人的命運。」

「讓我猜。第十三份配方可以殺害你的敵人。」

「正確。」

好了，我不必繼續猜測這本書為什麼會出現在管制區了。「那些配方為什麼會扯上羔羊？」

「並沒有扯上羔羊。」

我不明白。「每份配方的第一道材料都是羔羊。」

「不。羔羊是在正式開始前獻祭給阿蒙的。」

地下諸神呀！利用血祭來殺害你的敵人，或讓你變有錢，或是其他什麼目的肯定能讓這本書被歸類在黑暗面。而這傢伙迫不及待想要染指它。

「你從哪裡聽說這本書的？」我問他。

「我之前在國家古物部工作。我們在亞歷山大遺址發現了一些紀錄，我在那裡找到了一份參考資料，上面明白表示那本書在奧勒良入侵之前就被人拿走了。我近期的發現證實了這本書的存在。」

「你是怎麼發現羔羊獻祭那些事的？」

「記載在奈布溫奈奈夫【註二】——埃及最偉大的巫師的手稿裡。他就是這本寶典的作者。」

我眨眨眼，然後吞口水。在所有大德魯伊教導學徒的古老德魯伊傳說裡，奈布溫奈奈夫就是五千年前殺死撒哈拉元素的巫師。但是這本寶典是一——或二——世紀的作品。如果那時他已經死了三千年，怎麼可能寫出這本書。「那些手稿是在哪裡發現的？」

「我家底下。」

「埋在地底？」

「對。」

「還有誰見過那些手稿？」

「沒人。」

至少算是有點好消息了。「你知道我是誰嗎？」我問。這是很重要的問題，而且沒有任何威脅之

編註一：蒙提．派森作品《聖杯傳奇》（*Monty Python and the Holy Grail*, 1975）中，守橋人問蘭斯洛（Sir Lancelot）的問題之一。

編註二：歷史上的確有一位名爲奈布溫奈奈夫（Nebwenenef）的阿蒙大祭司，是拉美西斯二世（Ramesses II, 1303B.C.-1213B.C.）時期的人，被葬在底比斯編號TT157的陵墓裡。

意。如果他知道太多，我就得離開這個地區。

「你是阿提克斯．歐蘇利文，珍本書商。」

「你就只知道這些？」

「你顯然會施展魔法。我不知道你法力多強，或是使用什麼類型的法術。」

或許情況不算太糟。

「你怎麼發現書有可能在我這裡？」

「我從第四層地獄召喚了一隻小惡魔【註一】。是他告訴我的。」

好了，那就行了。這也代表我在這裡依然安全；小惡魔大概已經返回地獄，也沒向其他人透露我的身分和位置，要不然這傢伙此刻不可能站在我面前。「所以你涉獵各式各樣黑魔法，不光是埃及的？」

「是。」

「小惡魔是怎麼和你說我的？」

「他說你擁有失落的阿蒙之書，而且以爲那是本食譜。他還說你的魔法可能是大地魔法。」

聰明的小惡魔，沒提我是德魯伊。「小惡魔還說了什麼？」

「他說你有絕佳的防禦魔法，但是很少施展攻擊法術，幾乎沒有。」

這是很正確的說法。當我想要攻擊時，我通常會用富拉蓋拉。

「假設性的問題。如果我們身處遙遠的銀河系，你會想要成爲西斯武士【註二】嗎？」

「我不知道什麼是西斯武士。」

「西斯武士可以徒手發射閃電，還會在眼前敵人被烤焦時發出瘋狂的笑聲。」

埃及人微笑。「聽起來很棒。沒錯。」

我聽夠了。我順手抽回他手中的寶典，用手護住，然後取消富拉蓋拉的羈絆法術，壓低劍刃。

「很抱歉造成你的不便，艾卡沙布先生，但是這本寶典是非賣品。」

他雙眼亂眨。「非賣品？但是你叫我跑來議價。」

「議價並不保證你能買到商品。」

我開始拉回寶典，然後情況一發不可收拾。

艾卡沙布左臂像蛇般毫無預警地竄出，一拳捶在我臉上。力量沒有大到打斷我的鼻子或其他部位——比較像是猛戳一拳，而不像打定主意要摧毀我的臉——但足以讓我向後倒去、放開寶典。這本來就是他想要的效果。他抓起書衝向門口，打定主意既然不能用買的，那就乾脆用搶的。

他顯然不熟悉我的魔法。他還沒出門，我已經開始在封面的皮革與當門墊的羊毛地毯間架構羈絆。由於兩者都是天然材質，只要我啓動羈絆，書就會飛離他的手掌，我則會開始大聲嘲笑。

結果和我預想得不一樣。

編註一：小惡魔（imp），在歐洲傳說中它們本來是類似妖精或哥布林的生物，但後來被分類爲惡魔。大多被描述爲十來公分的小個子，全身漆黑，長得很古怪。

編註二：西斯武士（Sith lords）是「星際大戰」中的反派，信仰黑暗原力，光劍大多爲紅色。

我啓動羈絆，書試圖脫離他的掌握，但他一手抓書，另一手比出甩水手勢，羈絆就破除了。我震驚到他都跑出艾許街一半了才想到要再度嘗試。但現在寶典緊貼在他胸口，我沒辦法直接看見。我看著他匆忙跑進對面的一台出租車，心想可以施展另一種羈絆法術。儘管無法利用純粹的合成材質，但就算最精緻的人造產品裡還是可以找到自然的蹤跡。我把他輪胎上的橡膠和柏油路上的瀝青羈絆在一起，大步上前取回我的財產。大學路南邊的艾許街上沒有多少車輛，所以我不用太擔心被撞上人行道。

他發動車子，然後打檔。發現車子不動時，他搖下窗戶看著前輪。我啓動妖精眼鏡——讓我看見魔法光譜的符咒——看看他會怎麼做。我要知道他是如何破除我的羈絆。

他的靈氣很奇怪。他皮膚表面上浮現一層白光，就和所有魔法使用者一樣，但是白光底下看起來很混濁，彷彿哪家孩子決定要把所有手指上的顏料抹在一塊，看看會呈現出什麼樣的魔法色澤。到處都有小小的閃光和色塊，但大多看起來像是猴子屎的棕色。

艾卡沙布用同樣的手法朝前輪彈指，我看見一團類似水的東西噴出來包住我的羈絆法術。那是一種沒有法則的奇特法術；羈絆術有著明確架構，呈現凱爾特繩結外型，而其他系統的魔法，像是威卡或巫毒，在施展時也井然有序。他的魔法看起來則像是射精一樣，射得亂七八糟。

他加催油門，但是後輪把車固定在原地。前輪的羈絆法術已經融化——或許算瓦解——殆盡。他朝後方彈指，奇怪的小型洪水在我的魔法視覺中噴發，羈絆法術頓時消失。

艾卡沙布踩下油門，帶著《羔羊寶典》揚長而去。我由他去，因爲我要對抗的不光是他，還有無知。他的魔法有點嚇人。讓我和大地羈絆在一起，使我可以擷取大地魔力的刺青基本上也是一種羈絆。他有辦法對我丟個魔法海綿，然後就解除我和大地間的羈絆嗎？我得弄清楚這件事，但不能繼續靠嘗試錯誤的方式。錯誤可能會致命。我決定要看看霍爾的調查結果，然後在艾卡沙布飛回埃及前搶先轉移過去。等他回家，迫不及待想要獻祭羔羊、展開某種邪惡狗屎時，他就會發現我在那裡等他。

他也會處於高度疑神疑鬼的狀態。如果我是艾卡沙布，絕不會相信對方會就這麼放過自己。應該是這樣。

我用手機打給霍爾。「霍爾，你查出那個埃及人的資料了嗎？」

「還不到兩個小時耶，阿提克斯。」霍爾吼道。

「他偷走了我一本珍本書。非常邪惡的一本書。」

「不是用來召喚能把猶他州當早餐吃的怪物的那種召喚書吧？」

「不是，是可以殺害任何人的那種書。很適合政治暗殺。」

「狗屎。他就在你眼前搶走？」

「他是很高強的魔法使用者。他的法術可以瓦解我的羈絆術。我必須去埃及找他，要有人幫我追蹤他。」

「要我聯絡那裡的部族嗎？」

「開羅有狼人部族？」

「當然有。他們的阿爾法叫尤瑟夫。」

「那就太好了。我只需要他們的追蹤服務。你知道我付得起他們的費用。請把你查出的資料寄電郵給我，我到埃及後會看郵件。」

「你找到他時要怎麼處置？」

「他搶書的時候就已經丟掉被寬恕的機會了，何況他還告訴我他打算怎麼利用那本書。」他還告訴我那本書是誰寫的，而那表示我很久以前就該把書燒了。「所以我想我會執行德魯伊律法。」

「殺了他，嗯？」

「依循傳統。」

□

約莫五千年前，撒哈拉沙漠土地比現在肥沃多了。那時它也是片沙漠，但比較像是索諾倫沙漠——有很多植物和動物生活其中，而不是一望無際的沙丘和幾堆邊緣銳利的雜草。那裡並非那麼糟糕的地方，直到巫師奈布溫奈奈夫羈絆撒哈拉元素，嘗試將它的力量據爲己有。他因爲無法承受強大的魔力而死亡，但是元素也死了，它的魔力散入尼羅河谷，被其他巫師和埃及眾神吞噬。沙漠變成超級沙漠，蓋亞決定絕對不讓這種事情再度發生。她就是爲此創造出德魯伊。

德魯伊最主要的責任，是要在任何形式的魔法攻擊前保護大地元素。世俗攻擊——像是阻止工業污染環境——並不算是我們的責任，但是人類傾向於相信那是德魯伊該關心的事情。我當然也關心那些，但是那些攻擊的規模實在太過龐大了，我根本無能爲力；而且那種威脅在德魯伊剛出現的年代裡並不存在。

艾卡沙布那種謀劃用力量控制他人的人，有時候會試圖奪取大地的力量，而在這種罕見情況中，我能出力的地方就多了。艾卡沙布反制羈絆術的能力，顯示他有對付大地魔法的王牌，而這表示我非毀滅他不可。再說，你知道，任何追隨奈布溫奈奈夫腳步的人，都會讓我把全副精神集中在他身上。而且他還打了我。

我不會再低估他了；此事可能會很快解決，也可能不會。如果會拖很久，我得先做些安排。

首先我要處理現任女朋友；既然我不能告訴她說她男朋友比她祖父年長三十倍，偶爾還要對付邪惡巫師，唯一能做的事就是傳簡訊告訴她說我家裡有急事，必須出門一週。我們互傳了幾則簡訊，她表示慰問之意，問我需不需要她的幫忙，希望一切都能順利解決，然後就沒事了。

說服歐伯隆比較麻煩。

「我想和你去！我應該要保護你，並在你自我懷疑時搖尾巴鼓勵你。」他說。

「這次會非常危險，歐伯隆。」

「那我就更有理由一起去了！我的牙齒比你的尖，被我壓在地上的東西都爬不起來。」

「你認爲你一次可以應付幾隻貓，歐伯隆？」

「那和博伊西的牛肉價格有什麼關係？」

「有個名叫巴絲特的貓神。她一點也不喜歡我，還禁止我再度踏足埃及。」

「那又怎樣？你還是有去過埃及，不是嗎？」

「對呀，但我只有去沙漠，沒有貓的地方。這一次要去開羅，那裡有很多貓。」

「這個，你就不能做點什麼讓她喵喵叫嗎？」

「我想不行。」我腦中靈光一現。「好了，既然你提起了，或許。」

「那就這麼決定了！你就那麼辦，然後我和你一起去。」

「我或許需要有人幫我注意背後。」

「我很擅長那種事！」

看店就好處理多了。我沒有店員可以幫忙看店，所以直接關上店門，在外面掛張牌子，承諾過幾天就會回來。這麼做之前，我從珍本書櫃裡取出了《好貓咪！》。或許談和的禮物可以讓我尋找艾卡沙布的過程變得更輕鬆點。

根據我的駕照所示，我最近才滿二十七歲，比美國租車業者認定我可以負起租車責任的年齡大上兩歲。年齡限制總是會逗樂我。我租了輛小汽車，把歐伯隆塞進後座，又丟了根牛皮骨讓他打發時間。我走八十七號高速公路——本地人稱之爲最短路線——向北前往佩森，然後上二六〇公路轉東朝克里斯多夫溪走，抵達樹木叢生的莫戈永緣。我把車停在露營地，利用我創造的傳送樹轉移到提爾·納·諾格。

我在東突—霍頓溪的露營地挑好停車地點後，歐伯隆立刻跳下車，開始朝附近的黃松吠叫。

「算你們走運，松鼠！我知道你們在那裡！要不是我在世界另一端有急事要辦的話，你們絕對看不見今天的黃昏！」

「牠們聽不懂，歐伯隆。」

「喔，我認為牠們聽我的叫聲就懂了。」

「那真算牠們走運。我們走。」

我把入鞘的富拉蓋拉斜揹在背上，巴絲特的史前色情片指導書放在皮背袋裡——我把書用油布裹了三層加以保護。那個背袋裡還放了兩支匕首，因為我認為有可能會遇上近距離肉搏。我一手放在歐伯隆身上，另一手去摸傳送樹；歐伯隆也伸出一爪碰樹，然後我帶著我們兩個沿著傳送通道抵達提爾·納·諾格上一棵看起來很相似的樹，遠離妖精宮廷，還有想要找我的傢伙。我不打算在這裡待太久以免被人發現，於是重新集中注意力，尋找適合轉移到埃及的地方。我很久以前曾在那裡製造傳送樹，好在遇上這種事而有必要造訪埃及時能派上用場，儘管我試著在布莉德——第一妖精——指示的妖精守林者幫助下維護這些傳送樹，還是有很多傳送樹消失了，無疑是被一直都在擴張的城市所吞沒。我能找到最好的位置，位於開羅北方的一間椰棗農場。我當時猜想那間農場應該可以撐上一陣子，結果我猜對了。

開羅的時間比鳳凰城早九個小時，我們在凌晨三點抵達該地。當時是椰棗收成季節，但是工人還要幾個小時才會上工。我對我們兩個施展夜視羈絆，無聲無息地溜出果園。

「偷偷摸摸真好玩。我們好像是鬼一樣！或是影子！」

「你看起來棒呆了。」

「我們是帥氣的幽靈，是不是？」歐伯隆說。

「沒錯！你知道，那聽起來是很棒的樂團名。」

「而我們正在世界巡迴演出！我們在哪裡？」

「開羅北邊。我們得找間網咖，看看霍爾查出了什麼資料。幫我注意貓，但是不管怎樣，別對他們叫。」

「我可以低吼嗎？」

「不行。我們不要引人注目。看到貓時提醒我一下就好了。」

我們搭了一輛貨車的便車，坐在後面的車斗進城，但是時間早到令我沮喪。在大家起床、網咖開張前，我能做的事實在不多。儘管如此，我們還是比恩柯西．艾卡沙布早好幾個小時，他搞不好還在美國等著上飛機。就算他已經起飛了，在降落通關前，我們還是有幾個小時空檔。

我們沒和貨車司機指定要在哪裡下車，事後想想，這眞是個大錯誤。他在露天市集裡停車，說他要去當地麵包店載一批麵包，然後開回北方。我們感謝他的幫忙。

接著一聲貓叫摧毀了一切。

「有貓！」

「謝謝，我聽見了。」我還看見了。那是隻雄灰貓，腳掌是白色的，從黑暗的巷子裡看我們。我在司機進入麵包店前問他尼羅河要怎麼走。他指向東方，說：「往那個方向走幾公里。」

「走吧，歐伯隆。待在我身邊。不要攻擊或是瞪這裡的貓。」我往南朝一條東西向的大街跑。歐伯隆輕鬆跟上。

「我們眞的要逃離一隻貓嗎？」

「牠和城裡每一隻貓，沒錯。」

「萬一牠們攻擊我們呢？」

「那必要時你就殺貓。」

「眞的嗎？」

「眞的。但是牠們一旦開始攻擊就不會罷休。我們要盡可能避免那種情況。開羅有幾千隻貓，我們只有兩個。」

「喔。一千是多少？」

歐伯隆很擅長學新字，隨時都在增加語言能力，但是始終沒辦法了解時間的概念，而且任何超過二十的數字對他而言都只是「很多」。

「你從來沒在一個地方見過這麼多貓。」

「這個嘛，有一次你帶我去見識寵物店。那裡就有很多貓。」

「沒錯。想想二十家寵物店裡有多少貓。」

「哇。那可眞是一大堆貓。」

「然後加倍，或是變成三倍，那差不多就是一千了。」

「不可能！不公平！」

「一點也沒錯。所以你絕對不希望當眞開打。因爲不公平。」

我們向左，往東朝尼羅河前進。開始的半公里左右，我們都沒有危險——至少沒有來自貓咪的危險。在拂曉晨曦下，我發現視線並不清晰。空氣中瀰漫著煙霧，沙漠吹來一層薄薄的塵土，還帶有一股腐敗垃圾的味道。宣禮員【註】尚未晨禱報時，街上的車輛十分稀少——這算我走運，因爲這裡的司機似乎沒在遵守交通規則。正當我心中冒出可能沒被貓注意到的希望之光時，歐伯隆就開始烏鴉嘴說似乎沒貓在追我們。

「或許你反應過度了，阿提克斯。我們畢竟只聽到一隻貓叫了一聲。要是讓狗公園的那些玩具小狗發現我被貓追，臉可就丟大了。他們都是大惡霸，你知道。你或許很難想像，但是他們會仗著主人保護跑來惹我。」

我還沒機會吭聲，身後已經傳來一陣憤怒的「吼——」，接著一隻黑貓衝出巷子開始追我們。

我放慢速度踢掉涼鞋，然後再度加速，胸口起伏。熊符咒裡的魔力所剩不多，天知道什麼時候能跑到可以補充魔力的地方。開羅這塊區域都有鋪路，切斷我與大地之間的連結。尼羅河的河床是最有可能補充魔力的地方，我可得隨時準備好，把握任何可能的機會，同時也要盡量節省魔力。

「好了，我現在覺得超蠢的了。之前我只是跟著我的人類在黑暗中跑步，現在卻被一隻髒兮兮的野貓追。在大庭廣眾下。你想有人會用軍用人造衛星攝影機看我們嗎？那種整片景象都會變綠色的夜視鏡頭的？這段追逐被放上YouTube給全世界看到的機會有多高？」

「當務之急不是擔心你在犬界的聲望，歐伯隆。這才剛開始而已。你注意到那隻貓沒有拉近距離嗎？牠還沒開始加速。」

歐伯隆查看後方，落後幾步，但是很快就回到我身邊。「好吧，我承認那樣很怪。就人類的標準來看，你已經跑得很快了，但是要追上你並不難。他在等什麼？」

「朋友。」

我們正位於住宅區，兩側都是公寓建築，窗子和巷道裡都有貓咪現身。透過眼角餘光瞄到的白影和灰影讓我知道，這條街和幾條街外的所有貓咪，都在衝出家門加入這場狩獵。從我們前方趕來的貓並沒有阻擋我們的去路，而是等著我們路過，然後加入越來越龐大的貓科軍團，跟在我們六公尺之後。巴絲特的反應和我猜的一樣，她打算以多取勝，不管犧牲多少子民都要解決我。

我們的追逐隊伍在交叉路口造成騷動——至少在有車輛行駛的路口。歐伯隆和我不打算在任何狀況下放慢速度，貓群也沒有減速的意思。如果過馬路看起來太過危險，我就會轉向南，一直跑到有空檔的地方，和歐伯隆一起過馬路，並在下一個路口左轉，繼續往東前往河邊。

某次迂迴前進導致幾隻追我們的貓被車輾過。我聽到很多人在尖叫和按喇叭，更別說是很多血和貓毛紛飛，但是那些貓都無動於衷。存活下來的貓繼續追趕我們，繞過車輛、穿越縫隙，始終沒有放慢速度，還有越來越多貓加入他們。

「好了，現在追我們的貓數量多到逃跑看起來很合理了，這是好事。」

編註：宣禮員（the Muezzin），也被譯作穆安津，在伊斯蘭教中負責呼喚信徒前來清眞寺禮拜的人員。

「牠們全都想殺我們，歐伯隆！這怎麼算好事？」

「我只是想要樂觀一點而已。」

我的肺裡吸入一口潮濕、骯髒的空氣，我面露微笑，鬆了口氣；濕氣顯示我們已經接近尼羅河，雖然距離還是遠到令人不安。

被這麼多貓追會讓人心裡發毛。牠們的腳步沒有發出聲音，但我知道牠們在後面，因爲大多數家貓脖子上都掛著小鈴鐺，而當有兩個以上的小鈴鐺在你身後追趕時，聽起來就充滿威脅了。

我斜嘴一笑，對著開羅大叫：「『喪鐘在爲誰敲，我本茫然不曉，不爲幽明永隔，它正爲你哀悼。』【註一】」

「嘿，那不是金屬製品樂團【註二】的作品嗎？」

「差不多。是約翰．鄧恩的作品。我們快到了，歐伯隆。我聞到了河水的氣味。你還喘得過氣吧？能和我一起衝刺嗎？」

「我以爲你已經在衝刺了。」

「我會用魔法強化速度，看看能不能甩開這些貓咪。如果你需要，我也可以幫你加持。」

「先加持一點看看，如果跑得太輕鬆，我就會叫你自己用就好。我還沒全速奔跑。」

我邊跑邊從背袋中拿出匕首，一手一支，然後唸誦可以把儲存的大地魔力轉化爲精力的咒語，讓我能在毫不疲累的情況下跑得更快——只要魔力不耗盡就行。希望可以撐到河邊。我幫歐伯隆架構類似的羈絆。

我和歐伯隆突然拉開距離，導致後方的貓群發出震驚的叫聲。牠們花了點時間想要跟上，發現辦不到後，牠們就改變了追趕方式。旁邊和前面會合而來的貓——從河邊趕來的那些——不再讓我們直接通過了。

或許該說，牠們不再讓我通過了。歐伯隆不是目標。但那並沒有阻止他去咬接近到嘴巴攻擊範圍內的貓。

至於我，我只要不讓牠們跑到臉和脖子上就好了。除了這兩處，一隻貓能對人類造成的傷害不大，牠們也很清楚這一點。牠們跳起來時，我就往身前揮動匕首，貓咪的尖叫聲在牠們摔到路旁時劃破清晨的空氣，我則繼續奔跑。我盡量不造成永久性的傷害；我都用割的，沒有用刺的，希望巴絲特待會兒會為此內疚，幫助受傷的貓咪。

「擋開牠們，維持速度。」我在歐伯隆落後去咬貓脖子時說。「沒有必要殺害牠們，那樣太花時間了。我們可不想讓後面的貓群追上來。」

「偉大的大熊呀，阿提克斯，我想你說得對！我剛剛看了後面一眼，世界上根本不該有那麼多貓！」

編註一：出自英國十七世紀詩人約翰．鄧恩（John Donne, 1572-1631）的詩作《喪鐘在為誰敲（無人是一座孤島）》〔*For Whom the bell tolls a person (No One is an island)*〕，此處譯文為李敖版本。

編註二：金屬製品合唱團（Megallica），他們的一九八五年單曲 *For Whom the Bell Tolls* 剛好也是「喪鐘在為誰敲」，不過這首單曲是受海明威的作品《戰地鐘聲》（*For Whom the Bell Tolls*, 1940）啓發。

「後面究竟有多少貓？」歐伯隆哀叫。「阿提克斯，我不知道！我的頭在痛。我想我眞的驚慌失措了。」

一隻虎斑貓跳到我左肩上，我轉身把牠甩開。離心力將牠甩向牆壁時，牠在我皮膚上留下深深的爪痕，不過爪痕會痊癒，而我不能放慢腳步。這一轉身讓我瞥見身後情況，了解歐伯隆爲什麼會驚慌失措。後面的貓多到沒人應付得來。我努力對抗在肚子裡逐漸萌芽的驚慌尖叫。

我們還有四分之一公里要跑，而貓咪的數量沒有減少。如果有什麼値得一提的，就是情況越來越糟。我低頭閃過一隻叫聲沮喪的暹羅貓，然後揮右手打下一隻胖波斯貓，同時左肩後甩，在一隻彼得禿貓還沒抓到我前彈開牠。試圖攻擊我雙腳的貓不是被踢走，就是被撞開；我的衝勢太猛，十磅重的貓根本無力阻擋。

前方還有更多貓衝來。多到我擠不過去。歐伯隆護在我的右側，我很高興他說服我帶他一起來。要不是有他在，我說不定已經倒下了。

「巴絲特！」我用科普特語叫道。我不會說眞正夠古老的埃及語，但我可以合理地推測她聽得懂這種一直到十七世紀都在埃及普遍使用的語言。「我知道妳聽得到我說話！」她透過貓咪眼睛得知我的位置，這表示除非她聾了，不然一定可以透過正在追趕我的幾百隻貓貓耳朵聽見我的話。

「我們沒必要這樣！妳的子民沒有必要繼續受傷！我可以歸還偷走的東西！讓我們停下來談談！」

貓咪沒有停下追趕，我也沒有停止逃跑或是必要時的攻擊。歐伯也隆沒有停止撞開牠們，或咬下牠們甩向一邊。沒有關係。外交行動已經展開，而巴絲特太驕傲了，不會立刻回應。

噴血和慘叫聲又持續了一會兒，我的匕首在灰暗無雲的晨曦中閃閃發光。我們路過的建築開始亮燈，睡眼惺忪的市民被貓死前或憤怒的叫聲吵醒，空氣乾燥、不流通的公寓裡傳出阿拉伯語髒話。接著尼羅河映入眼簾，黑色河水靜靜躺著，陽光尚未照亮流水的漣漪；河面上傳來油臭和大量糞便的味道，而不是古時候那股清新的生命氣息。

魔力在河岸前五十公尺處耗盡，我速度變慢，肺部用很明確的方式讓我知道它們恨死我了。

「嘿！那些愛的能量到哪裡去了？」歐伯隆問。

「繼續跑！我們得跑到河邊！」

「我覺得我現在的速度和臘腸狗差不多。」

「我們不能停，不然就死定了。」

我們已經和貓群拉開一段距離，但牠們迅速逼近，並在發現我們速度變慢時發出勝利的歡聲。我們前面已經沒有貓了。牠們剛剛都已經攻擊過我們，現在不是在後面追趕，就是在舔傷口。

小鈴鐺聲越來越響亮了。牠們快追上我們了，我的身體只希望能夠來段合理的慢跑，但我還是逼自己繼續狂奔。三十公尺。二十。

前方有道欄杆，標示出一條通往私人碼頭的斜坡，碼頭上停了幾艘小遊艇。碼頭很長，所以有些地方水比較淺，這對我來說是好事。不過貓群會在我抵達那裡前追上，那是壞事。

身後那些來自地獄的鈴鐺聲已經非常接近了。我把左手的匕首換到右手，笨手笨腳地單手握持兩支匕首，然後左手拍向後頸，維持這個姿勢。我不是在打蚊子，而是在想辦法活下來。這麼做後不到兩秒鐘，貓群開始跳上我的背，抓我的腳。綁在我背上的富拉蓋拉劍鞘讓牠們有更多落腳處可以攻擊我的身軀。牠們發出憤怒的叫聲，撕爛我的上衣，爪子留下血痕，但沒辦法在我的手掌護住後頸的情況下，待在我肩膀上咬穿脊椎。不過牠們還是嘗試咬穿我的手，竭盡所能又咬又抓，我則跌跌撞撞地奮力趕往河畔。歐伯隆衝上來片刻，讓我有點空間轉下斜坡。我著地翻滾，小心不要被匕首戳到，但是完全不在意傷到掛在我身上的貓。牠們被衝擊力道震開，體內的空氣都被擠出來。歐伯隆殿後，阻止其他貓咪趁我倒地時跳到我身上。我爬起身來，渾身是血，筋疲力竭地朝碼頭搖晃走去。

「來吧，老兄，」我說，再度雙手握持匕首。「我們下水。」

「緊跟在後。」

我沒辦法深吸一大口氣，動作太慢了。又有三隻貓跳到我背上，而在我跌入尼羅河時有更多貓跑過我腳邊。河水刺痛了我的傷口，同時帶來一股涼意。貓咪緊緊抓著我，撕下更多肉——下水完全沒有嚇阻效果。越來越多貓跳下水，我聽見，也感覺到水花四濺。我不知道歐伯隆在哪裡。

接著我的腳碰到河床淤泥，腳底的刺青自動與大地產生連結。尼羅河的能量歡迎我，我也歡迎能量進入體內補充魔力，提供治療和其他我所需要的功效。

我破水而出，造成的亂流，肯定也加上水流，扯走了跟著我下水的幾隻貓。我站立處的水位只到肋骨。歐伯隆在附近游水。貓咪不斷跳入河裡追來，下水後才發現牠們不會游泳；這表示牠們或許有辦法讓頭浮在水面上，但是不能對我造成多少困擾。我左邊有艘船擋著，但右邊就是碼頭。幾隻聰明的貓跑到碼頭上朝我跳來，不過現在我可以面對牠們，也不必擔心大量敵人自四面八方來襲，我就順手把牠們打到水裡，讓牠們自己去處理游泳問題。

「回去一點，找個腳搆得到地、能讓頭探出水面的地方。」我對歐伯隆說。「有貓路過，就把牠們壓進水裡去。」

「我這裡就可以站了。」歐伯隆說，然後證實他所言不虛。他的頭和脖子都安安穩穩待在水面上。「你的背怎麼樣？」

「別擔心，我現在沒問題了。」幾隻還想游過來的貓都在努力對抗水流。眞的游到我身旁的貓則沒辦法跳或是取得任何施力點，只要抓我或是用頭撞我一下，就會往下游漂開。從碼頭上跳向我的臉的貓都被隨手拍開，落水之後，牠們就不會再來騷擾我了。

貓咪擠滿碼頭和河岸，叫聲吵到荒謬的地步。儘管天色尙早，要不了多久還是會有人跑來查看、用手機拍照。我可不想鬧到那樣。

「巴絲特！」我用科普特語叫道，蓋過貓叫聲。「我可以把妳的神祕典籍還給妳！我現在就可以還給妳！書況絕佳！我們沒必要這樣搞！請不要逼我繼續傷害妳的子民！我們來談談！」

所有貓咪同時停止移動，除了已經落水的那些。牠們就這麼坐在原地瞪我。現場了無聲息，除了一些拍水聲和歐伯隆的喘息聲。

「歐伯隆，別再動貓了。暫時放過牠們。」

「好。」

碼頭上傳來一個低沉的女性聲音。我沒看見有貓動嘴，但聲音發自其中一隻貓。

「哼。把書拿出來。」

我的皮背袋浸在水裡，我把它拿出來，將匕首放進裡面。

「書泡水了？」那個聲音說。「那就廢了！」

「不、不！」我說。「書保護得很好。包在防水包裝裡。我拿出來給妳看。」我拿出包護《好貓咪！》的油皮包裹，解開油皮，塞回背袋。我小心翼翼用指尖拿起巴絲特的神祕典籍，試圖表達崇高的敬意。假設巴絲特只是透過牠們之一發聲，我還是不知道哪隻貓是她，於是我對碼頭上的貓說話。

「和其他許多古老寶藏不同，這本書躲過了時間的摧殘。」我說。「我沒有讓它與空氣接觸。裡面每一個字都可以辨識。想一想，巴絲特！只要把書交給正確的人，它就可以讓信徒重拾對妳的興趣！他們會再度開始對妳禱告，增強妳的力量。妳的影響力將超越埃及，可以享受數百萬人的崇拜！」這話成眞的機會不大，有點一廂情願，但我知道她很想要相信。彷彿在強調我的論點般，開羅的宣禮者開始鳴放晨禱信號，召喚所有回教徒開始禱告。巴絲特知道那是什麼意思。另一個神在接受從前屬於她的信徒崇拜。我繼續推銷。

「這些神都把祂們的聖典翻譯成世界上各種語言，現在世界各地都有人類在崇拜祂們。有了這本書，妳也可以這麼做。有多少埃及神可以做到這一點？一個都沒有。老實說，巴絲特，我把書保存得這麼好，其實是幫了妳一個大忙。」

「哼。把書給我。」

「妳說什麼？」

貓群後排有一塊陰影擾動吸引了我的目光。陰影越來越高，那是隻短毛黑貓，雙眼泛黃，左耳上有枚金耳環。貓持續變高，形體改變，最後變成了頂著貓頭的女人。女人身穿剛剛貓形時沒穿的衣服，我認爲這種把戲可以在時尚界掀起革命。她的肩膀上是條超大金項鍊，就像金字塔裡的圖畫中所畫的那種，但她沒戴頭飾。金項鍊底下是白色亞麻連身裙，用亮藍色腰帶纏住胸部下方。她裸露在外的雙臂，覆蓋一層黑色軟毛，外帶幾個金環；她擁有人類的手指，但是指尖上不是指甲，而是貓科動物的利爪。宣禮者終於停止報時，讓我們可以用正常音量交談。

「哼。你現在就把書交給我，人類。」

「叫我阿提克斯。我要求回報。」

我傲慢的態度令巴絲特瞪大雙眼。「荒謬！你偷走我的書！現在就還給我，然後接受懲罰！」

「不，事情不會這樣發展。記住，把書還給妳是我在幫妳忙。直到我今天在此現身爲止，妳都以爲我死了，書永遠不見了。」

她的黃眼瞇成兩條縫。「你不是普通人類。」

我點頭表示感謝。「很高興聽妳這麼說。」

「你來埃及做什麼？」

「這算是我人生中最諷刺的情況之一，有人偷走了一本我的書。我是來把書偷回去的。」我沒說還要阻止他傷害大地。

巴絲特抹去臉上的懷疑之情，似乎感到十分有趣。「哼！哼！哼！是不是埃及人偷走了埃及書？」

「是。」

「那就不算犯罪。符合公義！你知道是誰偷的嗎？」

「一個名叫恩柯西．艾卡沙布的男人。」

巴絲特眨眼。「你是說鱷魚祭司？」

鱷魚祭司？那表示他是尼羅河之神索貝克【註】的信徒。突然間他魔法的本質昭然若揭。水一直都在軟化沖刷大地。難怪我的羈絆法術會瓦解。難怪他的靈氣呈現泥濘般的棕色。

「對，就是他。妳知道他在哪裡嗎？」

「你打算用這則情報交換我的書？」巴絲特問。

「不。」我搖頭。「我要妳允許我在埃及境內自由移動，並且不對其他生靈透露我在這裡。」

「哼。」這一次巴絲特露出獵食者般的笑容。「我可以接受。我帶著我的書離開，你則去找索貝克的信徒送死。」她揚起灰色的手、掌心朝上，打算接書。

「請先對我發誓。」我說。

巴絲特不耐煩地嘶吼一聲。「只要交回你手中的書，我就允許你在埃及中來去自如，不會被我任何子民騷擾。我不會把你在這裡的事告訴任何人——」

我側頭揚眉，表示她說錯了。她也知道。

「——很好，也不會和任何神或動物說。現在，交書。」

我很樂意地涉水而過，把《好貓咪！》交給她。巴絲特會把書交給某個安全措施不佳的人類學者，之後我會把書偷回來，然後摧毀所有紀錄。世界上眞的不需要有個死灰復燃的貓咪性愛邪教。

巴絲特迅速翻閱那本書，確保裡面不是漫畫或什麼的。她發出歡愉的聲音，然後想起我還在看。

這一次她發出由衷的嘶吼聲，說道：「願索貝克吞噬你。」

「喔，說得眞好聽。好了，願妳心靈和諧，巴絲特，我很抱歉讓妳的子民受苦。」

她忽略我的存在，以貓咪著名的高傲姿態離開。她和那本書消失在拂曉灰光中，貓群開始自她身後解散。

「耶！」歐伯隆在巴絲特從他眼前消失時說。「一條獵狼犬大戰上千隻貓，獵狼犬獲勝！」

「德魯伊呢？」

「閉嘴，阿提克斯。我在享受光輝時刻。沉浸在我自己的榮耀裡。」

「等你享受夠了，我們去找個地方弄乾身體。」

我的上衣破破爛爛，爪痕還沒有完全癒合。我補滿熊符咒裡的魔力，然後啟動治療。醜陋的傷痕會隨著時間消失。當務之急是要弄點當地現金、一套乾衣服、臨時手機、一些食物，還有網路連線。

編註：索貝克（Sobek）是埃及神話中的鱷魚頭神，尼羅河鱷魚的神格化。祂的本質非常複雜多變，形象也較有侵略性及動物性。

晨禱過後，街上開始出現人潮，我向路人詢問最近的市集在哪裡。往北走幾條街口，亮出我的信用卡，再加上一陣討價還價，我弄到了大部分想要的東西。有人告訴我哪裡有網咖——在iPhone問世前，這種店比現在普及多了。

等我幫歐伯隆弄好香腸，施展僞裝羈絆讓他待在桌下後，我就登入電子郵件信箱，找到一封霍爾的私家偵探寄來的恩柯西．艾卡沙布詳細檔案。

霍爾幫我畫好重點：艾卡沙布一直都很窮困，直到大學畢業後去古物部工作爲止。工作一年後，他才開始出現不尋常行爲，突然開始購買超過他收入等級的房地產，還有很多掛在牆上的裝飾用昂貴物品。他看起來並沒有其他工作，所以大家心裡——包括埃及官方的心裡，都出現了同樣的問題，就是他的錢都是打哪兒來的？所以他被政府調查了。

根據艾卡沙布的說法，他把「藝術創作」賣給國外的收藏家。他的藝術創作就是一些毫無特色的潑畫——就是某人看過傑克森．波洛克【註二】的作品，然後對自己說「我也畫得出來」的那種。但是國家古物部懷疑，而我相信他們沒錯，買家的購買價格中包含了稀有埃及文物。艾卡沙布透過不同的管道將那些東西走私給那些有錢的「藝術收藏家」。他在他的畫像上標明「索貝克小半身像，第十二王朝」之類的字樣，所以古物部的人都很清楚他走私了什麼出去。他們始終沒有辦法證明，但還是爲了保險起見開除了他。

二十年後——他已經四十來歲了——他還是透過他的藝術創作維生。有些交易說不定是眞的，他索價高到能讓有錢人以爲作品肯定有那個價值。但是古物部認爲他還是有在走私。他們推測他在法尤姆地區【註二】找到了一座古墓，位於希臘人所謂的鱷城附近，然後一件一件古物慢慢販售。他如今受到二十四小時電子監控。

最令我不安的部分在於，艾卡沙布有兩處住所，不是只有一處。開羅一處，法尤姆一處——大約在法尤姆西南方約莫八十英里外的地方。我不可能同時出現在兩個地方堵他，所以我得撥打霍爾電子郵件最後面附的電話號碼，然後合理推測他的骯髒勾當應該都是在法尤姆進行。

「美國一頭老狼向你問好。」我回應對方粗魯的招呼聲。

「你是誰？」

「亞歷桑納的霍爾．浩克的朋友。」

開羅部族阿爾法立刻改變語調。「喔，當然，我認識霍爾。」尤瑟夫說。

「他說你和你的手下或許能幫我。」

「幫你什麼？」

「幫我監視開羅的一個地址二十四個小時，回報所有進出該處的動靜。」

「那種事不必動用我們。」

編註一：傑克森．波洛克（Jackson Pollock, 1912-1956），美國的抽象表現主義畫家。他獨創的滴畫（drip painting）就是利用畫具、鑽洞的盒子或罐子等，在畫布上大量潑灑顏料。

編註二：法尤姆（Al Fayyum，或Faiyum）位於埃及中部、開羅的西南方，是埃及最古老的城市之一。也是埃及頗負盛名的綠洲。

「對方是巫師，可能會隱形偷溜進去。」

「我更正。你需要我們。」

狼人最有用的好處——同時也是你不會想惹火他們的理由，就是他們幾乎對所有魔法免疫。你以爲你隱形了嗎？沒，在狼人眼中沒有。你以爲你有刀槍不入的魔法力場保護你的寶貝嗎？如果有狼人路過就沒有。就和蜜獾一樣，狼人想拿什麼就拿什麼。當然，你如果有銀的話，可以和狼人打架，但你的銀最好足以對付整個狼人部族。如果其他部族聽說你殺過狼人……好吧，姑且就說時至今日已經沒有人會去招惹狼人。

我和尤瑟夫討論細節，然後把我的電話號碼給他，等著艾卡沙布現身。他會把帳單寄去給霍爾，然後皆大歡喜。

在GPS盛行之前的美國，如果想去你沒去過的地方，就會招計程車。如果你夠勇敢，可以請你岳父載你一程。在埃及，你拿錢在市集上揮一揮，就會有很多人非常樂意帶你前往任何想去的地方。我們與一家三口同行，他們很樂意花點時間載我們到處晃晃，特別在我支付所有油錢和酬勞之後。

我也不會不好意思說，我和歐伯隆一起躺在老卡車後面，一路睡到目的地。

法尤姆——幾個世紀以來有過很多不同的拼法，換過很多不同名稱——很可能是全埃及最古老的城市。希羅多德描述那裡有座壯麗非凡的迷宮，比埃及所有奇觀更爲壯觀，而這個故事有留下一些證據，但因爲有個羅馬混蛋下令挖空那個地方，現在只剩斷垣殘壁【註】。儘管在該次及其他次玷污行動之後，法尤姆還是擁有很多考古學上的發現。古物部有理由懷疑艾卡沙布在那個地區找到古墓：那是一個只要挖得夠深，遲早都會挖到古物的地方。

那裡有座名叫美利斯湖或加龍湖的鹽水內陸湖，湖的東岸有支崇拜索貝克的古老教派。從前在鱷城裡會豢養一隻眞的鱷魚，打扮得珠光寶氣，拿某種粉紅色的軟綿綿東西餵牠。這是古早年代爬蟲類崇拜的奢華典範。如果巴絲特的話可信的話，新的奢華典範則是艾卡沙布的住所。這裡不只是房舍，而是大宅邸，有著河泥製成的牆壁和柵門，位於鱷城遺址以東、大迷宮遺址以北。

法尤姆不像開羅那樣處處鋪設道路，所以我可以輕鬆取用魔力。歐伯隆和我悠閒地沿著艾卡沙布大宅外圍漫步，完全沒有費心掩飾行蹤。我透過魔法光譜打量圍牆，想看看艾卡沙布施展了什麼防禦魔法。奇怪的是，除了柵門，他沒有施放任何魔法力場。這表示圍牆另一邊肯定有非常可怕，但是從柵門外看不見的東西在等著。

我跳起身，透過牆頂偷看；那裡也沒有魔法力場。於是我再度跳起，雙掌撐住牆頂，身體探入牆內好好看一看，不在乎有沒有人看見我這麼做。

圍牆後面確實有很可怕的東西在等。一條天殺的護城河。又寬又深。而且護城河裡有很多鱷魚。我得承認這眞是很可怕的防禦機制。

有幾條鱷魚看見我，於是轉過身來，希望我可以合作一點，跳過圍牆去當牠們的早餐。我考慮要

編註：希臘文學家希羅多德（Herodotus, 484B.C.- 425B.C.）將自己旅行的所見所爲聞寫成《歷史》（The Histories）一書。而阿提克斯在這邊提到的，是希羅多德對法尤姆綠洲入口的哈瓦拉（Hawara）的描述，當地有著名的哈瓦拉金字塔。

不要安撫牠們的爬蟲類腦袋，然後直接游泳過去，但那實在太冒險了。搞不好漆黑的水面下還藏了我沒發現的大怪物，而牠肯定會把我吃了。

艾卡沙布把他家弄得像是動物園裡的獅子或老虎展區一樣。圍牆裡的地面有點類似火山般隆起，導致牆壁內部比外部高出很多，幾乎不可能跳過去。加上中間的空隙被用水和鱷魚填滿，就算跳過去也不可能落在安全的地方。而他的房子，就坐落在只有柵門後狹窄道路可以通到的小島上。

不過我知道那絕不可能是唯一入口。像艾卡沙布那麼狡猾的傢伙肯定還有其他逃生路線，特別是他還要走私文物出國。他八成有座類似史酷比的書櫃，書櫃後面有道螺旋梯，如果走下去，你就會進入一座恐怖的地下墓穴，最後在倉庫或什麼不顯眼的地方找到一道通往暗門的樓梯。

從屋裡找出他的祕密通道的機會，遠比從外面找到出口要高多了，但我進去時不能觸發他的防禦力場。想要好好埋伏，他回家的時候柵門上的防禦力場就要完好如初才行。

我又多看了一眼，然後滑下圍牆，讓護城河裡的居民大失所望。

「好了。我看夠了。進城堡吧！」

歐伯隆搖著尾巴跟在我身旁走。「我希望我們要搖滾這座城堡【註】。不管你在牆上看到了什麼，肯定有提醒你要買點心給我吃，對吧？」

「呃。對。而且我們得幫你找個地方打發時間。你不可能跟我進去。」

「沒有不可能的事。」

「你有辦法一爪一爪抓著繩索，盪過擠滿鱷魚的護城河嗎？」

「可惡！裡面眞的有條擠滿鱷魚的護城河嗎？」

「有呀，眞的。我們會把你藏好。我可不想讓別人以爲可以把你牽走。」

我幫歐伯隆買了點食物和水，還有幾根給他啃的骨頭，然後找了一個好屋頂——法尤姆有很多平頂屋頂——讓他可以舒舒服服不被打擾地躺著。祝他好好睡個午覺後，我又回到市集去買條長繩索、一個小船錨、還有一條鋼筋。這些東西可以讓我渡過護城河。

回到艾卡沙布的圍牆上，這一次我在身上施展僞裝羈絆，利用魔法把鋼筋插入堅硬的河泥牆壁中。我把繩索一端綁在鋼筋上，另一端綁著船錨，然後羈絆船錨上的鋼鐵與艾卡沙布後門廊的牆壁；他的房子也是用同樣的泥磚材料建成的。我啓動羈絆，船錨飛向房子，丟都不用丟就卡在哪裡。

我把距離估得太遠了，結果繩索很鬆，得重綁我這邊的繩索才能拉直。

艾卡沙布的鱷魚看著我做這些事情。儘管施展了僞裝羈絆，但當我開始盪過牠們頭上時，牠們立刻一改本來慵懶的模樣，變得異常興奮，爭先恐後地想要跑到我的正下方。牠們聞到看不見的食物，開始連叫帶咬。我從來沒覺得自己這麼美味過。

等通過護城河，確定不會掉進牠們嘴裡後，大多數鱷魚就放棄了，但還是有幾隻鱷魚上岸來追我，很聰明地推論我遲早都得要落地。我放慢速度，找出牠們渺小、飢餓的意識，告訴牠們我不是早餐。眞的。走開。回護城河去，眞是好鱷魚。牠們慢吞吞地聽話離開，一次一隻，我則在鱷魚祭司的

譯註：搖滾這座城堡（*Rock the Casbah*, 1982）是衝擊合唱團（The Clash）的名曲。

門廊旁輕輕落地，然後取消僞裝羈絆。

透過魔法光譜打量門廊，發現除了家具都很昂貴——這裡還有設魔法力場。所有窗戶也一樣。反正我也不打算走門或窗戶。我逆時鐘方向繞行，來到房子側面，在高處找到一面被當作窗戶的薄玻璃磚。我猜那裡是浴室。玻璃磚正下方的牆壁中埋有水管的機會很低，而艾卡沙布會對浴室施展防禦力場的機會更低。

這種河泥製成的磚塊正是我最欣賞的建築材料。儘管花的時間比預期要長，我還是毫不困難地解除了泥磚羈絆，看著牆上多出現一個與我身形相符的大洞。雖然我還是得用匕首割斷一些絕緣管線，然後踢穿裡面薄薄的隔間牆，但總比解除老練魔法師的魔法力場容易。

首先令我震驚的是一股肉桂蘋果香味。有個插電式空氣芳香劑插在水槽旁微微發光。上好的織紋毛巾，毛茸茸、折疊得整整齊齊，等著洗手儀式完成。和我想像中的鱷魚祭司不太一樣。除此之外，浴室似乎沒人使用——以邪惡巫師每天使用的浴室而言實在太乾淨了。我心滿意足，認定這裡是客房浴室，艾卡沙布不會一回來就來檢查。

我又回到室外一會兒，吸飽熊符咒裡的魔力。完全充滿後，我啓動妖精眼鏡，回到室內開始尋找其他魔法力場，一面也留意世俗的安全機制。

我關上浴室的門，希望他急著玩他的魔法寶典而不會注意到這裡。門外是條短廊，通往我假設是臥房的房門。艾卡沙布看起來不像是會和客人住在同一邊的那種人，所以我不管這些房間，繼續前進。我找到一間寬敞的客廳，裡面有台巨型電視，還有放滿價值不菲的各種神和女神小神像的櫃子，對面有間通往前門的門廳。我搜尋安全系統的蹤跡，但是一無所獲。我看到門的四周都有魔法力場。一條拱道通往廚房，但是廚房裡多半沒什麼好看的。另一條拱道似乎沒有通往任何地方，只能讓人欣賞有打光的壁龕裡一座壯麗非凡的索貝克雕像，但是走近後，我又看到另一條走廊對我招手。這條走廊可能通往艾卡沙布的私人房間。打開第一扇門前，我先檢查了門和門把，沒有符咒。門檻上沒有毛髮。也沒有鎖。

這是間書房。有張書桌面對通往走廊和門的牆壁，另外三面牆前都有書櫃。書櫃中央是張懶人椅，旁邊有張桌子，桌上擺了閱讀燈。

我搓揉交握的雙掌。史酷比留下的寶藏肯定就在這裡。只要拉動正確的書，其中一座書櫃就會滑到旁邊去。又或許……我雀躍不已地走到閱讀燈旁去拉鍊條。閱讀燈亮了！

但是沒有其他作用。

討厭。

我開始系統性地拉書櫃裡的所有書。有些書很有趣，有些是真正的魔法典籍，說不定我晚點會順手牽羊，但大多是垃圾。沒有任何書開啓祕密通道。我推開那張懶人椅，掀起地毯看看有沒有暗門。沒有。書桌，從擺放的位置來看可能性不大，一樣不配合。我長嘆口氣，承認自己可能弄錯了。

還有其他房間可以調查。有必要的話，調查整間屋子。

我離開書房，關上房門。我向右轉向下一扇門，像剛剛一樣檢查。這扇門上沒有魔法陷阱，不過有用頭髮放在門把上的老把戲。我打開門，然後在關門時把頭髮羈絆回原位。儘管覺得自己很安全吧，艾卡沙布先生，沒人開過這扇門。

這個房間是藝術工作坊。超醜的潑畫畫布靠牆而立，五、六幅擠在一起。窗旁有個畫架，底下鋪著塑膠布，布上灑有大量顏料。雖然有這層防護，工作坊地板的廉價油布地毯塊上，還是灑滿各式各樣的顏料。一個有附櫃子的矮工作台上擺著他的畫具，很多顏料管和放畫筆的容器，還有松脂。附近有個清洗多餘顏料的水槽。我靈光一現，轉了轉水龍頭。可惜只有熱水和冷水冒出來。

畫布後面也沒有密門，我開始覺得非常沮喪了。我已經搜查了一個小時，但卻沒有半點成果。我移動畫架，拿起裝滿畫筆的陶壺，拉起塑膠布的邊緣。結果一無所獲。

絕望下，我開始撿起散布在工作台上的顏料管，一根接著一根，然後在把他們放回原位時感覺自己超級愚蠢。當我拿起酞花青藍顏料管時，聽到一聲喀啦。我環顧四周，看看是哪張畫布倒了。沒有。我身後的畫架安安靜靜站在原位，只有畫腳下的難看染料破壞了寧靜。

但是在工作台對面，有一小塊方形陰影在向我打招呼。那裡有一組向下的石階，通往某個肯定非常淘氣的地方。

我繞過去，向下走了幾階，尋找關閉密門的方法。艾卡沙布絕不會在要幹骯髒勾當時任由這扇門開著。我找到了一個用阿拉伯文標示「關閉」的大按鈕，但是按鈕旁有奇怪的白光，所以我遲疑了。我又往下走了幾階，工作坊的光線已經完全照不下來，不過下方隱約可見某種昏暗的光源，至於是條通道，或是房間，就看不出來了。我施展夜視羈絆，利用強化過的視覺仔細檢查附近。我在台階底端找到一個比較小，沒有標示，也不會發光的按鈕，按下去。密門關閉，一組昏暗的白光燈泡亮起，照亮了一條通道，讓我的夜視能力變得多餘。我取消夜視能力，小心翼翼地沿著走廊走下去，走廊牆壁光滑，是用與房子同樣的泥磚建材建造的。

我眞的是在沿著走廊走「下去」。走廊坡度很陡，陡得讓我差點要希望他們有建階梯。顯然這條走廊位於艾卡沙布的護城河地下，而且還在繼續往下。走出幾百公尺後，走廊變得更陡，沒過多久，我期望的那道階梯終於出現了。走廊終於變平後，我又走出三或四公尺，來到一間絕不可能是艾卡沙布建造的宏偉房間。電燈顯然是他加裝的，到處都有他留下的足跡，彷彿一層油膩膩的薄膜，但這房間毫無疑問比我還要老上一倍。遠比史有記載、保存完整的鱷城遺跡埋得更深，我面前是座大廳，有巨大的石柱支撐。石棺以四千年的古老目光凝望著我，不過棺上刻的不是人類或阿努比斯的腦袋，而是索貝克，我從未見過這種造型。這些石棺不是平躺在地上，而是靠牆而立。這是考古學家夢寐以求的地方，或是邪惡巫師夢寐以求的地方。我從未見過索貝克石棺，但這個房間裡起碼有二十座，每座都有七呎高。不知道木乃伊是否還在裡面、保存得如何。我停在一座看起來保存得特別良好的石棺前仔細檢視。

鱷魚頭頂上有個高高的黃頭飾和代表阿蒙—拉的紅圓盤。雕像手中不像傳統法老那樣拿著曲柄杖和連枷；右手拿著象徵權力的權杖，而左手拿著安卡【註】的圓圈，十字往上指向雕像右肩。雕像是用石灰石雕成，鑲了添色有色礦石，效果類似馬賽克。有些有鍍金，脖子上還有珠寶在閃閃發光。鱷魚

譯註：安卡（Ankh），上方圓圈，下方十字，象徵生命的古埃及十字架。

頭是光滑的玄武岩，雕工十分細緻。牙齒是石灰岩，但是曾被漆成白色。大部分漆料都褪色了，不過殘存的斑塊顯示出剛做好時是何等明亮。權杖和安卡不是石頭雕刻出來的，看起來像是鍍金的銅器。

我從各方面看都不是埃及古物專家，但這些石棺絕不可能早於中王國時期——從工藝技術來看，就算是來自新王國時期【註二】也不會令我吃驚。通常石棺上的四肢都只是做做樣子，用畫的，或只是用淺浮雕雕上去，但這些石棺上的四肢都有完全雕刻出來。

石棺到現在還沒被盜走眞是奇蹟——不單指艾卡沙布，還包括幾個世紀以來無數盜墓者。然而這個房間裡並沒有其他寶藏，所以如果這裡是傳統墓室，那肯定少了不少東西。但爲什麼拿走其他東西，卻不碰這些石棺？太奇怪了。

正要伸手去摸那個安卡時，隔壁傳來流水聲和動物咕嚕作響的聲音，以流水衝擊石壁產生回音的形式傳遞過來。我僵住了。

這裡値得害怕的東西不光只是出自艾卡沙布手筆。除了剛剛發出聲音的東西，天知道還有什麼遠古詛咒等著掉到我頭上——或許就是來自眼前這座石棺。儘管寒鐵靈氣多半可以保護我，我還是應該小心爲上，先透過魔法光譜檢查再去碰，於是我放下手。石棺不會跑掉，可以晚點再來研究它們。還有很多偵查工作要做。

我順著石棺走過墓室，目光集中在墓室中央。艾卡沙布每隔一段距離架設的電燈泡灑下一團一團街燈般的黃光。導致墓室角落陰暗難辨。走過第一組石柱時，我在地板上看見熟悉的圖案：一個圈圈包覆另外一個圈圈，圈圈裡面不是五角形，而是一堆線條——希伯來文字，直接從《所羅門之鑰》【註

[二]中抄錄出來的神祕符號。白匕首和黑匕首都在裡面，鐮刀、長劍一應俱全。艾卡沙布肯定不光只是鱷魚祭司。他涉獵了多種黑魔法，就和他之前的奈布溫奈奈夫一樣。

一面承重牆迫使我轉向中央。那裡有扇門，通往另一間以淺浮雕呈現索貝克不凡氣勢的房間。我從最上面張開鱷魚大口的頭像推論出這一點。

隔壁房間的光線昏暗。只有一盞燈無力地驅趕四周的黑暗。我聞到一股水和腐肉的味道，有東西死在這裡，或許有很多東西。光是空氣中瀰漫的臭味就足以讓我拔出富拉蓋拉。

進房兩步後，我再度聽見水流聲。我暗罵黯淡的燈光，施展夜視羈絆，看清之前沒看見的景象。這間石室和我剛剛離開的那間差不多大，不過房間中央沒有畫著神祕符號的地板，而是一潭黑水，水面還有漣漪，顯示剛剛有東西游過。水池裡有石柱支撐天花板。

在黑暗中等著我的是什麼東西並不難猜。艾卡沙布那個狡猾的傢伙又多留了一隻鱷魚給我處理。一陣大型電器的嗡嗡聲將我的注意力吸引到左手邊。

那裡有台老式大冰櫃，地上有條蜿蜒的粗電線通往先前那間房。電線肯定拉在石棺後面。我打開冰櫃蓋，發現裡面擺滿牛排和烤肉。歐伯隆會喜歡這個冰櫃的。我拿出幾塊肉，丟到水池旁邊，然後

編註一：古埃及的中王國時期（約在2040B.C.-1782B.C.）包括了第十一、十二、十三與十四王朝；而新王國時期則大約是西元前十六至十一世紀，涵蓋了第十八、十九及二十王朝。

編註二：《所羅門之鑰》（*Key of Solomon*）是著名魔法書，據信成於十四、十五世紀，收集冠有「所羅門」書名的魔法書殘章而成。書中收錄了大量護符。

把最後一塊丟進水池。黑暗中出現反應，我則逆時鐘方向貼牆而行，劍尖指在身前。想吃我的東西得先吃我一劍才行。我才開始貼牆移動，剛剛所站的位置上已經傳來嘩啦水聲，然後是一陣狼吞虎嚥的聲音。我透過昏暗的光線看見金光閃閃，然後是凹凸不平的巨背扭來扭去地回到水裡：那是我這輩子見過最大的一隻鱷魚，身上佩戴著大量金屬裝飾品，足以重現往日榮光。我連忙趕往下一面承重牆，進入下一扇門。我沒看到任何可以防止鱷魚進入下一間房的東西，但或許牠不想離開可以輕鬆獵食烤肉的舒適迷你沼澤。

下一間石室光線充足，和第一間一樣，讓我可以撤銷夜視羈絆，但是石室內的景象截然不同。牆邊放的不是石棺，而是箱子——是那種在地球樹木減少，而使人類認爲用可回收紙箱比較好之前，常見的木箱。裡面或許裝滿了墓室中短少的那些寶藏。我沒去動它們，心想全部打包裝箱會讓古物部省事很多。我對房間另一頭的恐怖景象比較感興趣。

艾卡沙布把一座當初可能是用來進行防腐處理的古代工作石台，改裝成臨時祭壇。祭壇上沾了不少理應待在身體裡面的液體，兩邊各有一顆小頭骨。他在祭壇對面畫了兩個大圓圈，沿著圓圈外圍寫滿祈福和保護的符號，圈內整整齊齊擺著許多儀式用品。旁邊還有其他圈圈——召喚用的魔法圈，繪有五星芒的羈絆圈。硫磺的氣味證實他曾成功召喚惡魔實體，而不光只是第一間石室魔法圈召喚的靈體。他在五星芒的頂點處畫了很完美的召喚、羈絆、強制、順從和放逐的封印，幾乎太完美了。

我以全新的懷疑目光重新打量祭壇。兩個頭骨的角度一模一樣。他在幾個碗裡裝滿儀式材料——鹽和蠑螈尾之類的——而那些碗的間隔距離完全相同。蠟燭都是新的，造型也都一樣。儀式匕首放得和祭壇邊緣垂直。

我回想客房浴室的空氣芳香劑和折疊整齊的毛巾、井然有序的圖書館，就連故意弄亂的畫室其實也是有番精心安排。這個人有強迫症。

這很合理。施展魔法必須一絲不苟，這絕對不是開玩笑的。

我決定要惡搞他。用指甲在強制、順從和放逐封印上刮花一小條縫隙，這可夠他忙的了。他會花好幾個小時重畫，確保一切完美無瑕。前提是我沒有殺了他。

祭壇上擺著面無表情的索貝克、阿蒙和阿蒙—拉的金雕像，瞪大死氣沉沉的眼睛等候供品和獻祭。我微笑。艾卡沙布似乎在打賭阿蒙會以哪種外型接受他的獻祭。阿蒙是早期埃及王朝的主神，但後來他得和拉分享祭品；而在某些傳說中，索貝克也是阿蒙—拉結合後的實體化身。艾卡沙布肯定不確定哪個神會收到《羔羊寶典》的獻祭。

這是最後一間石室了。位於我左邊祭壇後方角落，有道通往天花板的螺旋梯。如果螺旋梯直通到地面，那就是他走私文物離開這裡的通路了。在遭人監視之下，他絕不可能夾帶走私品離開他家，會從其他地方出入。

這同時也解釋了他爲什麼不賣石棺那種大型文物。除了石棺會引來太多麻煩之外，他根本就沒辦法把石棺搬上小小的樓梯井，我懷疑他也沒辦法把石棺推上陡坡走道運上畫室。不知道他爲什麼不裝台簡單的升降梯，太可疑？

螺旋梯值得調查。畢竟，那可能是我最好的脫身路徑。

但我得先仔細檢查祭壇才行。我繞到後面，發現祭壇對面還有張小桌子，有點像是走廊桌，不過比較矮，所以從入口那一側看不見這張桌子。桌上擺了兩疊紙——不，是羊皮紙。非常古老，大部分內容無法辨識，幾個世紀以來墨水褪色、斑剝脫落。然而，透過魔法光譜，上面的字還是清晰可辨、綻放遠古魔光。我賭五個小麵包，這些就是艾卡沙布提到的古老手稿——奈布溫奈奈夫的手稿。

我的第一反應是當場銷毀它們，不過後來決定不這麼做，因爲這樣艾卡沙布立刻就會發現有人來過這裡。就像祭壇旁邊的東西一樣，這些手稿都擺放整齊、一絲不苟，而我還不想洩露行蹤。不過我離開前一定要回來解決它們。

我把注意力轉移到螺旋梯上。堅固的金屬螺旋梯，我上樓時沒有嘎吱作響，也沒有絲毫搖晃，我體內的忍者非常認同這種樓梯。不過在逐漸接近天花板時，我的胃開始翻滾了。上面有東西發出惡臭，和鱷魚神室的臭味又不一樣了。

頭探入天花板和地板之間的空間後，我不再往上爬。臭味顯然是從上面的房間傳來的，但我看不清楚。我無聲無息地從背包裡拔出一支匕首，伸出樓梯井洞口，看看有沒有觸發什麼陷阱。我晃了晃匕首，然後沿著洞緣轉圈。沒事。

我探頭偷看一眼，覺得有點蠢，但是隨便啦——我可不想在艾卡沙布的陷阱下結束兩千年的人生。沒有反應，我也沒有看清楚什麼東西。上面一片漆黑，宛如冥河。

我施展夜視羈絆，探頭偷看一段時間，三百六十度仔細檢查一遍。螺旋梯的欄杆有道缺口，讓人可以由地板上進出。樓上看起來像是間比樓下房間小的石室。這裡有一具石棺，不過比較傳統，不是索貝克石棺。石棺擺放的方式也比較傳統，平躺著，而不是靠牆站立。石室中其餘的空間放了三個大鐵籠，臭味就是從鐵籠裡傳出來的。我身後只有一面光禿禿的牆壁，螺旋梯繼續向上，通往未知的樓層。我收起匕首。

我往上爬，走出螺旋梯，檢視那些鐵籠。第一個鐵籠裡有具小骷髏，沒有頭骨。第二個鐵籠裡有具腐屍，一樣沒頭，衣衫破爛，原先的白色亞麻衣都被蝙蝠咬碎了。又或許是《神鬼傳奇》裡面的那種肉食聖甲蟲，我到現在還會作惡夢夢到它們。我看不出屍體是男是女，但是年紀不大。我想起祭壇上的兩個頭骨；我以爲那些只是表達莊嚴或提供戲劇效果，但那個混蛋竟然眞的獻祭小孩。當然，惡魔十分樂意被羈絆在小孩的頭骨上。

第三個籠子裡有道動也不動的身影。雙腳朝向籠門，聳起的肩膀遮蔽了頭——如果有頭的話。這裡臭味沖天，籠裡一個角落放著裝滿排泄物的桶子。奇怪的是，這桶子的感覺給了我希望。

「嘿，孩子。」我輕聲說道。接著我發現我沒有必要壓低音量，但或許該說阿拉伯語。「醒來！」我叫道。沒有反應。我喉嚨緊縮，但又叫了一聲。小孩沒有動。

我專注在門鎖上，把金屬栓羈絆在解鎖的位置，拉開籠門，走進籠裡。那個男孩——是個約莫十歲的男孩——的頭還在。他還活著，但是昏迷不醒，頸部脈搏很微弱。他大概脫水，也餓壞了。艾卡沙布跑去美國偷遠古寶典期間，就這麼把他丟在這裡。

我不能讓他繼續待在這裡。他該立刻接受治療。我利用之前羈絆歐伯隆的手法和這個小孩羈絆在一起，讓他取用我儲存在熊符咒裡的魔法。羈絆完成後，他睜開雙眼，從我面前退開，一路貼到鐵籠另一頭，他揚起雙手，用阿拉伯語苦苦求我不要殺他。

「Salaam,」我也用阿拉伯語回道。可憐的孩子當然有理由害怕。「我是來救你出去的。讓我們遠離那個男人。」我退出鐵籠，沒有關門，從自由的空間和他說話。「來吧。」接著我才想起他大概什麼都看不到，可能以爲我是艾卡沙布。我對他施展夜視羈絆，然後又說：「我們走。上樓梯。帶你回家。你父母很擔心。」

我希望他做決定不會花太久時間。符咒裡的能量維持不了太久，已經快要耗盡了。

男孩睜大雙眼。「你不是他的人？」

我哼了一聲，搖頭說道：「不。我喜歡生命，不喜歡死亡。如果今天有人會死，肯定是他，不是你。來吧。」

「你是誰？」

眞是又棒又直接的問題。我腦中浮現幾個超級英雄的名號，我最喜歡的是威士忌俠，因爲這個名字的英雄氣概有待商榷，但是他搞不好從未聽說過威士忌。「叫我阿提克斯。」我說。「你叫什麼名字？」

「哈默。」

「哈默，你住法尤姆嗎？」他點頭。「很好。你家往樓上走。出發。」我朝他伸手，他終於肯動了。他站起，朝我奔來，撲到我懷中，雙腳夾住我的腰，感覺像是年紀更小的小孩。他用力摟住我的脖子。

「好吧，這樣也可以。」我說，然後抱著他上樓。螺旋梯通過另一間漆黑的石室，裡面有更多木箱，然後又是一間，接著是一整段岩壁。最後我們來到一個小房間，顯然是現代房間，是更衣室。有幾套不同的衣服掛在鉤子上，讓艾卡沙布可以換成和進入屋子時截然不同的裝扮重返世界。幾台電視螢幕顯示四個不同的沙漠景象，明顯是出口附近的區域。目前沒人在畫面裡。我撤銷了夜視羈絆。

這裡沒有引誘人去按的大紅按鈕，艾卡沙布很肯定沒人會意外發現這個地方。樓梯旁邊有個簡單的開關，打開一扇滑動的暗門，外面是塊假石頭。這塊石頭隱藏在一片荊棘叢裡，這導致我們出來的過程有點痛苦，不過也完全沒有被人看見。

不知道是誰幫艾卡沙布建造這神祕兮兮的一切。不知道他們現在還活著，還是已經淪爲天殺的鱷魚晚餐。

離開大石頭後，我等候暗門自動關上，但是沒有關。這表示附近一定有關門的開關。搜查了一陣子，而哈默不肯放手增加了搜查的難度，我總算在同一塊大石底部找到一個小按鈕。門關上了。

我們跟著地上的腳印，從荊棘叢最稀疏的路徑離開。我們來到湖北岸沙漠中一塊岩石地。法尤姆市中心位於南方數哩外。

「好了，看到了吧？」我對哈默說。「陽光。你現在安全了。」男孩沒有說話，但是開始哭，卻沒眼淚——這看起來不妙。他非常須要補充水份，但是湖水不能喝。古時候這座湖是淡水湖，如今則因爲與尼羅河分家而變成鹹水湖。

腳下再度接觸大地後，我補滿熊符咒的魔力，持續吸收能量，提升奔跑速度。我不知道要上哪裡去找醫院。

我沿著湖岸往南跑，抵達法尤姆市郊，找到一座市集。路人神色好奇地打量我——背上揹著長劍的白人抱著那個髒小孩做什麼？

這是寄望人類基本道德感的好機會。我開始用阿拉伯語求救。

「這個孩子需要水！我在沙漠裡發現他！」立刻就有四、五個本地人圍了上來。法尤姆綠洲外的沙漠是冷酷無情的地方，這裡的人都很清楚這一點。

我解除朝哈默灌注魔力的羈絆，他摟著我的手臂立刻放鬆，讓我可以把他放下來、跪倒在他身邊。有人拿出水壺放在哈默嘴前。

「別喝太多。他需要立刻接受治療。我不是本地人。這附近有醫院嗎？」我要讓事情繼續進行下去，以免路人開始問我像是「你在沙漠裡幹什麼」之類的問題。

大家開始爭論怎樣最好——叫救護車，或是去找一條街外的醫生過來，還是直接把他抬去醫院，因爲，你知道，天知道救護車什麼時候會來？我趁著所有人都沒在看我的一瞬間，在自己身上施展僞裝羈絆，然後退開。

他們注意到我消失，但卻想不出來我跑去哪兒了。我站著不動，聽著他們很快就把我拋到腦後，因爲那孩子才是重點。一點也沒錯。在確定哈默會受到良好的照料，並回到家人身邊後，我步行回到廢墟，小心翼翼地爬回荊棘叢，按下大石頭下的按鈕。暗門順暢開啓，我二度深入黑暗，魔力十足，雙唇緊閉。鱷魚祭司的死期早該到了。

不幸的是，如果他不現身，死期就不會到來。我下樓時檢查手機，沒有開羅尤瑟夫傳來的訊息。我停在哈默那個房間的樓梯旁，坐下來等。艾卡沙布很快就會來，我很肯定，他會盡快跑來試用《羔羊寶典》。他會在擺著阿蒙雕像的祭壇上試用，不會是在其他地方，而當他這麼做時，我就會幫哈默和其他孩子奪走他一磅肉。

如果艾卡沙布太久沒回來，法尤姆警方就會擁入此地解決一切，因為哈蒙遲早都會說出他的經歷。不過我希望能在安然取回寶典後，親自知會警方。

我不禁好奇為什麼考古學家沒有發現這些墓室。它們顯然埋得很深，地面上也沒有顯眼的金字塔在大叫：「這裡有好東西等著你拿！」但現在他們有各式各樣電磁雷達掃描器小道具可以搜尋這種石室。我猜可能是艾卡沙布利用儀式施法愚弄，或賄賂他們——也可能是真正的索貝克發揮神力掩藏自己的寶藏。從巴絲特渴望奪回那本書的樣子來看，我認為索貝克這麼想保護他的遺產也算合情合理。

在二十世紀初期的考古熱潮中，埃及諸神非常享受他們從世界各地所受到的關注。但我知道古蹟並未全部都被找到，也很肯定諸神的喜悅之情在發現人類的關注並沒有引來全新信徒後就開始消退。他們依然保有很多祕密。這地方就是索貝克的祕密。

我越想越佩服艾卡沙布的聰明才智。他顯然有天賦和勇氣去做與惡魔打交道要做的事，但他肯定也了解不能一直這樣綁架和殺害小孩下去。如果殺害羔羊能達到與殺小孩大致相同的效果，好吧，他就可以永遠【註】這麼幹下去。沒人會管你殺幾隻羔羊。他們還會希望你殺好了以後，可以把羊賣給他們。

一陣恐懼的羊叫聲讓我知道艾卡沙布終於來了，還帶了羊來。他餵食他的大鱷魚，然後進入我正下方的石室。我無聲無息拔出富拉蓋拉，做好準備伏在螺旋梯旁。

羊叫聲越來越大，隱約夾雜著艾卡沙布的咒罵聲。

「以後我要直接打麻藥，趕快搞一搞。」他喃喃道。「我等不及要獻祭你了。好了。在這裡等。」

羊又叫了幾聲，然後艾卡沙布「啪」一聲，丟下某樣東西在祭壇上——或許是羔羊寶典？「好了，奈布溫奈奈夫。我把書帶來了，你看到了吧？」他說，語氣中充滿了勝利意味。我聽到類似擺放幾個塑膠袋的聲音，還有塑膠袋裡的東西掉在石板上的聲音，金屬摩擦聲則顯示有人拔出了匕首。

「但首先，我要處理之前的問題。哈默！」他輕喚這個名字，刻意拉長最後一個音節。我差點大吼出聲。大部分連續殺人魔不想知道受害人的名字。如果你殺的只是受害人，而不是有姓名、有家庭的眞人，晚上會比較容易入眠。艾卡沙布不是那種連續殺人魔。

我沒算到他會上來，本來打算趁他忙著做其他事時偷偷溜下去。但如果他想把頭探出那個洞，隨便他。那樣他會死得比我預料中更乾淨俐落點。

我悄悄移動位置，等在他的腦袋後方，然後縮回持劍的手。他的靴子在樓梯上發出悶悶又空洞的聲響。他的白帽如同大香菇般冒出螺旋梯的洞，然後是他的後頸，我揮劍——但他必定是聽見破風聲，或感應到什麼不對勁，於是縮回下面；富拉蓋拉擊中螺旋梯柱，發出響亮的撞擊聲。

「狗屎！是誰？」艾卡沙布喝問。

我低聲咒罵，離開樓梯井。只有白痴才會待在敵人可以找到的地方。

「是你嗎，哈默？你怎麼逃脫的？」巫師想了一想，發現不可能是哈默。十歲的小男孩在附近就有逃生出口時不會待在這裡埋伏他。艾卡沙布的意識緩緩消化他的潛意識所吸收的東西。

「不。剛剛那是劍。是你。美國巫師。」他換成英文。「我知道你在那裡，歐蘇利文。我不知道你是怎麼找到這裡的，但你將會死在這裡。」

他沒有再說什麼，我有點失望。我期待他會來段更長的獨白。或許他在等我回話？慢慢等吧。我絕不會打噴嚏、放屁，或是做任何可能透露自己位置的事，更別說是探頭到洞下面去。他也不可能再給我任何放手攻擊的機會。我們陷入僵局了。

他在留神傾聽。但除了偶爾會有羔羊叫以外，我沒聽到任何聲響。片刻過後，艾卡沙布受夠了僵局，於是開始移動。他劃亮兩根火柴，點燃祭壇上的蠟燭。拿起一、兩個碗，然後又放下。他含糊不清地說了幾句；要嘛就是聲音太輕，不然就是一種我聽不懂的語言。

他突然深吸口氣——似乎有點痛。他到底在幹什麼？他繼續喃喃自語，但是音量迅速提升，聽得出來是用一種很古老的語言在唸咒，有很多喉音和摩擦音的語言。

地下諸神呀！他在用自己的血召喚召喚惡魔，好命令惡魔上來對付我。如果他忙著幹那個，就不可能盯著螺旋梯、攻擊我，他必須專注在召喚儀式上。我決定要冒險偷看。

編註：阿提克斯在這裡用了代表「永遠」的拉丁文片語 ad infinitum。

我躡手躡腳走向樓梯井，趴在地板上，用右手抓住洞緣，探出腦袋和左肩，迅速偷看一眼。下方石室傳來黃橘色光芒，但隨著我探頭下去，光開始變成紅色，樓梯在某人用力甩上冰箱門的聲響中搖晃起來。

「很好！」艾卡沙布叫道，光線再度變回黃橘色。我目光下移，看見鱷魚祭司正在揮拳歡呼。他面對著召喚魔法圈裡的惡魔，毫不在乎石室中瀰漫的那股硫磺氣味。我看得出來他想要先大笑一場，然後再命令惡魔把我吃了，但接著一個低沉沙啞的聲音以同等勝利的語調回應他，而艾卡沙布臉色一沉，終於察覺事情非常不對勁了。

「不！」他的語調變成驚慌失措的假音。他發現他沒辦法透過不完整的封印逼迫他的私人惡魔服從命令，也沒辦法在強制封印損毀的情況下迫使惡魔遵照自己的意志，甚至沒辦法驅逐它。我的指甲抓出的缺口，以及他迫不及待想殺我的欲望就這麼害死了他。他此刻唯一能做的，就是在惡魔之爪劃破他的肚子、扯出他的腸子時放聲慘叫。他慘叫了很長一段時間。惡魔在生吃艾卡沙布時，發出濕答答的咀嚼聲。

正義。

我盡可能安安靜靜地爬起身來，但是惡魔肯定知道我在這裡。惡魔感應獵物的能力舉世無雙。它待會兒就會來殺我，但若我試圖上樓逃走，它就會立刻殺到，而我就會難以自衛。在現在這種情況下，我擁有兩樣大部分凡人沒有的優勢——和我的靈氣羈絆在一起的寒鐵護身符，能在大多數魔法前保護我；而我的劍可以砍穿任何護甲。惡魔不穿鎖甲、鎧甲，或任何傳統護甲，但有些惡魔會穿魔法盔甲，足以抵擋一般武器，但富拉蓋拉不是一般武器。

我後退遠離螺旋梯，因爲我有預感惡魔的速度會比我快，就算我有魔法加持也一樣。我當然有用魔法強化自己。如果讓它一路爬上來、找到我，然後攻擊，我就有足夠時間搶先攻擊。它搞不好會妄自尊大到故意讓我砍它。

艾卡沙布終於死了，惡魔似乎對他失去了興趣。他已經不能提供恐懼和痛苦了。我發現羔羊已經好一陣子沒叫了。我不知道牠是死了，還是希望惡魔不會注意到牠。我剛剛偷看的時候沒看見牠，但也沒有費心找牠。

這下惡魔可以爲所欲爲。召喚它的人死了；所有羈絆都解除了。羔羊——如果還活著——稱不上是美味的靈魂。惡魔決定來找我。

它沒有算得上是腳的東西，因此樓梯上沒有傳來腳步聲，聽見一陣類似擊鼓的聲響時，它就已經上樓了。它的身體外圍發出類似火堆餘燼般的橘光，血盆大口、鼓脹的肚子，還有兩雙把食物塞入口中的粗手臂。它完全沒有腳；漆黑的身體圓滾宛如氣球。它用指節撐地移動，揚起嘴角對我冷笑。

「Khaja gorl mahka...」惡魔開口，嗓音聽起來像性情乖戾的湯姆・威茲【註】和乙炔焊炬的混合體。我沒讓他說完，反正我也聽不懂。我以比它預料中更快的速度撲上去，齊肘砍斷它的左前臂。

怪物嚇了一跳，反應非常暴力；它大吼一聲，右手朝我揮來，利用後面的兩條手臂保持平衡；我

編註：湯姆・威茲（Tom Waits, 1949-）是美國著名歌手，他略帶沙啞的嗓音非常獨特。

試圖格擋，結果震斷了左手腕。我們兩個一起往後跌開，都受傷了，也都提高警覺。我認為攻擊就是最好的策略；這個惡魔八成不習慣防禦，而我得盡量利用我少數的優勢，特別是魔力有限的時候。

我揮劍從左上方砍落，惡魔此刻防守最弱的方位。它轉向側面，避開此擊，然後用右後臂加以反擊。我早就料到這個反應，於是和它一樣轉身閃避。我發現它後面的兩條手臂並沒有大爪子，主要是移動用的。

它動作比我快，但是斷了一手，也不習慣對付長劍。惡魔目前為止只看見兩下砍劈。它或許以為我就只有這兩下子。我假裝對它的左側再砍一劍，然後轉動手腕，壓低劍勢，把劍帶過我的身側，對上預料之中的右爪。富拉蓋拉往上一挑，從下方砍中惡魔手腕，砍斷有利爪的手掌。不過這一劍導致我左側毫無防備。

惡魔失去理智。只剩下背後兩條手臂，又看見有機可趁，它從右後方往我衝來，以左拳擊中我的肋骨。肋骨碎裂，我摔倒在地，不知道全世界所有空氣都跑到哪裡去了。

我想不出自己有什麼辦法起來。我的左手腕撐不住身體，但我的肋骨不讓我翻到右側，而且呼吸困難，不過我想這還不算問題。這個惡魔看來是會衝上來攻擊人的那種——特別是當你難以自衛的時候。

它落地時摔得有點難看，但已經開始轉身準備攻擊。我提起富拉蓋拉的劍刃，確保它不會被壓在地板上，然後縮起雙腳，減少被攻擊面。呼吸困難的情況下，我就只能做到這個地步了。我奮力喘息，始終盯著惡魔。

它發出宛如雷鳴的吼叫聲，散發出屁股和瘟疫的氣味。光是小小聞到一口就讓我慶幸自己呼吸困難。怪物的牙齒是大小不一的漆黑尖竹釘，牙縫夾著許多腐肉，堪稱拒絕剔牙者的典範。

它伸出超大的拳頭抵住地面，接著手肘似乎卡到了。它不再前進，搖搖晃晃。兩條斷臂大量失血——或是失膿——開始影響它了。

惡魔口沫橫飛地說道：「Barg rah!」如果我沒猜錯，那是「我幹」的意思。它身後兩條手臂抖動，天殺的黑牙在我有機會閃避前深陷我的小腿。我悶哼一聲，對準它的腦袋揮出富拉蓋拉，宛如甜瓜削皮般削掉一塊。這一擊把它震退，牙齒離開我的小腿，接著融化成一灘硫磺般的黏液。惡魔的軀體在解除羈絆之後都撐不了多久。

我吐了一大口氣，放鬆片刻——至少在受到這種傷害的情況下盡可能放鬆。但是石室裡的臭味，以及迫切想要接觸大地的渴望驅使我展開行動。儘管剛剛回來前曾補足魔力，但我把很多魔力用在強化速度上，剩下的並不足以進行有效的治療。妥協之道就是隔絕痛覺，讓我有辦法移動和集中注意力。我的小腿儘管很可能被惡魔的牙齒感染什麼恐怖的東西，但還是可以移動就是了。肋骨碎裂、手腕折斷，我要爬起來有點困難，但小腿的傷勢不重，我還可以下樓去取回寶典——或更好，把它連同奈布溫奈奈夫的手稿一併摧毀。

認定這裡沒有其他人，我大步走下金屬螺旋梯，沒有保持安靜。腳步聲讓我在踏上石板地前都沒有聽見隔壁房間的動靜。我僵在螺旋梯底下，聽見撞擊並摩擦石頭的聲響。黃燈泡的昏暗光芒照出地面一塊令人不安的黑影。黑影在逐漸接近我稱之為鱷魚休息室的石室門口時越來越大。這一次我小心不再發出聲音，慢慢躲到祭壇後。我發現被啃到殘缺不全的艾卡沙布，還有他的購物塑膠袋，散落在祭壇前面。打開的寶典位於他死前點燃的蠟燭之間。一陣令我恐懼的聲音把我的目光引向左邊、接近門口的牆。那隻羔羊還活著，縮在裝滿寶藏的木箱附近。黑影在門口露出實體，我在它踏著沉重刺耳的腳步聲走進來時，爬出它的視線範圍。

不管對方是什麼東西，總之都把羔羊給嚇壞了，因爲牠驚聲尖叫，搞不好嚇到拉屎了。我冒險透過祭壇角落偷看一眼，心想進入石室的傢伙肯定把注意力集中在羊身上。

那是索貝克的石棺之一——或該說是石棺的正面——棺蓋如今落地行走，跌跌撞撞前進，由石塊和金屬組成的恐怖怪物沒有身體後半部，大部分漆料都褪色了，但是現在可以張開的玄武岩大嘴巴裡有著一整套石灰岩牙齒。它雙腳移動的方式看起來像是可動式公仔，在石頭膝蓋和腰部的縫隙容許範圍內僵硬地移動。當藝術品時看來十分美麗的鍍金銅權杖在被當成武器高高舉起時，突然就變得非常噁心了。而那個邪惡的傢伙就是這麼幹的——它用右手權杖打碎羔羊脊椎，然後丟掉左手裡的安卡，撿起屍體。

我有很多事情要消化，但是沒有多少時間。

首先，這傢伙是怎麼活過來的？它是眞的有生命，還是不死怪物？這個差別對我而言非常重要，因爲德魯伊之道嚴禁我透過羈絆或解除羈絆傷害生物。話說回來，它的石頭身軀和它可以離開石棺的事實，顯示它可能是不死怪物或類似魔像般透過魔法驅動的存在，但是從另一角度來看——萬一它是索貝克的化身怎麼辦？

在我看來，這是有可能的，但是可能性不大。在開羅的時候，巴絲特先是以貓咪形態出現，然後又化身爲半人半貓的形體，所以比較合理的情況應該是索貝克會附身在隔壁的鱷魚身上，而不是操控石棺的棺蓋雕像。

那雕像並沒有停下來幫我解惑。它把羔羊的頭放入口中，以石灰岩牙齒咬下，然後迅速吐出，把羊身拿到自己頭上，讓羊血流入嘴裡。

因爲沒有喉嚨，所以它沒有呑嚥羊血，只有封閉的石頭表面，就像一個手偶；但是血也沒有從嘴角流出來。血被石頭吸收了。我默默啓動魔法光譜，導致魔法存量低到危險，但我看出了這傢伙並非索貝克——它身上沒有諸神特有的白色靈氣。石像並沒有全身綻放白色魔光，力量集中在嘴巴後面，鮮血凝聚然後消失的位置。換句話說，它是力量強大的靈體操縱的普通石塊和金屬。我晚點再來研究那是誰的靈體，爲什麼要在這個節骨眼上操縱那具石棺，還有它是怎麼辦到的。此刻我比較應該考慮的問題在於，該如何避免對方連我的頭也一起扯下，把我的血當能量飲料喝掉。

逃跑聽起來很吸引人。光是那傢伙的體型——七呎高，還和書櫃一樣厚——就會讓它很難爬上螺旋梯。但我又不想丟下寶典不管，也不希望這傢伙取得更加強大的力量。要怎麼對付它？

富拉蓋拉派不上用場。它對付護甲很好用，對付石頭就不行了。現在想起來，能對付石頭的武術不多。或許是因爲很少有人會遇上被附身的石棺。

或許我可以解除它腳的羈絆——反正那也只能算是半個腳——然後它會「轟」地一聲摔倒在地。這種做法值得一試，特別是在我試完之後，殘餘的魔力大概只夠幫傷口止痛的情況下。

我利用符咒默默撤銷魔法視覺，但我不可能一聲不吭就解除它的羈絆。我當然有壓低音量唸咒，但即使這樣還是在石室中掀起回音，讓怪物發現這裡還有其他人。它不再喝血，側頭朝我轉來。它在我唸完解除羈絆咒語，並且啓動的同時看見我在祭壇後窺伺。

它放開羔羊，拋到腦後，張開大嘴。我認爲它如果有聲帶的話，一定已經在大叫或嘶吼了，而我有點希望它能叫出聲音，因爲這樣悶不吭聲感覺很詭異。它朝它腳踝附近的地板甩動左手。沒有任何效果——至少看不見任何效果。我可以想像在魔法光譜下是什麼情況，感謝艾卡沙布，那個手勢我很熟。我的大地魔法被索貝克的水系魔法取消掉了，一小灘水淹沒了我的羈絆術，我已黔驢技窮了。躲藏毫無意義。我的左手還是派不上用場，只能用右手撐地，從祭壇後方起身，拔出富拉蓋拉。它對付石頭的效果不大，但至少可以抵抗對方的武器，那把權杖一端有喇叭狀羽飾，另一端是雙頭叉。我從左側繞過祭壇，這樣能迫使對方依靠不穩的雙腳轉身面對我。

它熟練地揮動權杖。身手比大部分石頭矯健，也比雙腳動作流暢多了，它把權杖轉到身前，然後在我接近時揮出。我架開第一杖，又架開一杖，它的杖技高超到能和我對打片刻。它一直張著嘴巴，無聲地威脅要解決我。但它的武器本來就使不快，讓我能在架開攻擊後趁隙一腳踢中它的腹部。由於沒有腳跟往後撐地，它當場倒下。然後它在摔倒的同時揮出權杖，用羽飾那端勾住我撐地的腿——左腿——讓我一屁股坐倒。我感覺在落地的時候有東西往身體裡面刺了進去；我的肋骨現在不光只是斷掉，八成還刺傷了脾臟。這陣劇痛導致我無法滾開閃躲，幾乎動彈不得。這讓索貝克的怪物有機會坐起身來，再度對我揮杖，羽飾端瞄準我的臉。在別無選擇的情況下，我提起左臂抵擋，結果又被打斷了一截骨頭。不過我的左手還不算徹底派不上用場。只是很痛而已。我一邊皺眉一邊行動，於對方再度揮杖前滾出攻擊距離，利用右手支撐自己。

我們兩個都很慢才起身，不過原因不同。我骨頭斷了，而它是個頭重腳輕到荒謬的地步，還沒有腳跟支撐的大怪物。它奮力爬起一半，然後失去平衡，再度摔回地上。

我起身時剛好魔法耗盡，手臂和肋骨上的劇痛立刻來襲，於是我了解在合理範圍內唯一的希望就是盡可能讓這傢伙繼續癱在地上。我手邊沒有電鑽。而在魔法方面，我們也是僵持不下：就算我還有法力，那座雕像也已經示範過它可以瓦解我的羈絆法術，而它對我施展的法術也都會被我的寒鐵靈氣擋開。不過它還不知道這一點。它用左手對我比劃——接著在發現法術沒有效果時閉上大嘴。我的護身符在胸口微微擺動，就這樣了。

「哈！吃屎吧，索貝克，或天知道你是誰。水巫師以大地形態現身實在有點蠢，你說是吧？」

我懷疑它聽得懂英文，但我知道它聽得見我說話，因爲它之前有聽到我唸咒。它顯然也看得見。儘管它的實體沒有正常的眼睛或耳朵，但附身在石棺上的靈體還擁有基本感官。不過腦筋轉得有點慢。它一直對我揮手，期待魔法生效。

「爲什麼還在這個時候？」我問它，大聲地自言自語。「你有好幾世紀的時間，尤其最近幾年，你都可以晃出這些石室。出了什麼變化？」

它放棄對我施咒，再度掙扎起身，石板刮地的聲響搞得我後頸的寒毛根根豎起。我一腳把它踢回地上，然後閃開權杖的攻擊。不過閃避的動作加重我小腿剛剛被惡魔咬傷的傷勢。疼痛不停發展出更多的層次和口味，有點小火慢燉的感覺。

「我幾小時前從你面前路過，你動都沒動。但是在艾卡沙布——」就是這個。艾卡沙布帶了《羔羊寶典》和活生生的羔羊下來，經過那傢伙身邊，肯定和那個有關，因爲它開始活動後做的第一件事就是吃掉羔羊。而獻祭羔羊就是進行寶典中任何儀式的首要條件。

使用寶典的指示寫在奈布溫奈奈夫的手稿裡，艾卡沙布甚至還提起他的名字。

「奈布溫奈奈夫？」我說，索貝克的石雕在聽到這個名字後轉頭看我，不再掙扎。

喔，狗屎。關於他死亡的傳說顯然被人加油添醋過了。他不知如何想出辦法用這種半死不活的方式存在。寶典必定是他取回法力的門票——寶典加上祭壇後面的手稿。我剛剛透過魔法光譜看的時候，手稿綻放著魔光。

除非親身經歷，不然很少有人可以體會殘廢的痛苦。我很想衝過祭壇，拿起那捆羊皮紙摧毀。我的上半身和小腿告訴我，現在絕不可能衝去任何地方。但我還是一拐一拐地以最快速度往祭壇移動，奈布溫奈奈夫則趁機爬起身來。我把富拉蓋拉插回背上的劍鞘，路過時撿起一根艾卡沙布點燃的蠟燭。來到祭壇後方，我把蠟燭放在小桌子上，遠古手稿旁邊，夾起手稿邊緣，放到燭火上。

奈布溫奈奈夫已經看透我了。只要和我保持距離，我就沒辦法推倒他，而我又沒有拔劍出來抵擋他的攻擊。他開始甩動權杖、蓄勢待發，我偷看一眼羊皮手稿，滿心以爲手稿已經著火。

結果並沒有——因爲水法師喜歡用抗火法術保護自己，而此時此刻我幾乎可以肯定這些手稿乃是奈布溫奈奈夫的一部分。水法師把自己與墨水羈絆在一起。繼續燒下去，火遲早會勝出，但可能要燒好幾分鐘，甚至幾個小時——我沒那麼多時間。

權杖橫過祭壇，打爛蠟燭頂端，但我已經閃了。我往後退出攻擊距離，讓祭壇維持在我和奈布溫奈奈夫中間。我往右跨出一步，他往左跨出一步，艾卡沙布的殘軀在他腳下啪答作響。

既然左手短時間內不能拿東西，我便用嘴巴咬住羊皮手稿，試圖撕裂它，但它硬得和鋼板一樣。奈布溫奈奈夫用了一切手段加持這份手稿。好了，該認眞對付這份手稿，而不光只是夾住邊角了。或更好，讓我廢掉的左手再度發揮功用。

我一邊注意奈布溫奈奈夫，一邊將手稿垂在我的左前臂上，讓第一頁貼上我的皮膚。不管上面加持了多少法術，應該都會在接觸到我的寒鐵靈氣後幾秒之內瓦解殆盡。不過奈布溫奈奈夫不到一秒就發現不對勁了。他抖了抖，失去移動能力片刻，差點在艾卡沙布的內臟上滑倒。他知道不能任由我站在那裡繼續下去，於是繞到我右邊，朝螺旋梯過去。我移動位置，保持在他對面，讓第一頁手稿從我大拇指下滑到地上。我把第二頁放在左臂上，繼續移動。奈布溫奈奈夫再度打顫，手臂移動的流暢度大幅降低。我自己也差點被艾卡沙布的殘骸絆倒。奈布溫奈奈夫抓緊機會，從祭壇上方擊出權杖，雙叉端朝前。我眼看權杖來襲，但卻沒有東西可擋，動作也因爲肋骨斷裂而變慢。我側身閃避的速度太慢了，他刺中我左邊胸口，不過刺得不深。杖叉上沒有倒鉤，所以我一後退雙叉就滑出來了。我退出他的攻擊範圍，小心不被地上的黏液絆倒。我丟下第二頁，把第三頁貼上手臂，繼續倒退，遠離祭壇，在地板上留下血腳印。奈布溫奈奈夫舉起權杖，一副像要擲矛般對我擲來，但他在第三陣顫抖——可以這麼說——下，渾身劇震，脫手放開權杖。他得靠在祭壇上才不至於摔倒。我換到第四頁時，他徹底癱瘓，摔出我的視線範圍。還有兩頁，我確保有讓它們好好嚐嚐寒鐵滋味。全部弄完後，我拿著最後一頁手稿，走回祭壇想做個實驗。我確認祭壇後方沒有動靜，小心繞過地上的殘骸，把最後一頁羊皮手稿拿到最後一根還在燃燒的蠟燭上，心滿意足地看到手稿迅速燒起來。徹底消失吧，奈布溫奈奈夫。他早在法老王出現的年代之前就該死去，但卻想辦法安排了這個小計謀，讓靈魂依然羈絆在被他偷走，後來又散入尼羅河流域的元素法術裡。

他顯然不是會回答問題的人，但我眞想問問他是怎麼辦到的。我猜他本來就沒有死到煙消雲散的程度。他在這個接近鱷城的地方慢慢收集起自己的影子，策劃奪回權力的陰謀，影響這個祭司或附身那個巫師，寫下能夠重新取得實體的法術，把自己的一部分與墨水和羊皮紙羈絆在一起，然後，用獲得力量的憧憬和崇拜阿蒙的騙局去引誘艾卡沙布這種人幫忙收集所有讓奈布溫奈奈夫重生的道具。我得檢查我其他的埃及魔法寶典，看看還有沒有哪本可能被運用在類似的用途上，還要檢查艾卡沙布的手稿，確保他沒有受到影響，用現代阿拉伯語寫下任何東西。這不是我第一次懷疑亞歷山大圖書館裡還有些什麼東西被摧毀。那場火搞不好不小心拖延了奈布溫奈奈夫的復活計畫好幾個世紀。

我把羊皮手稿放在祭壇上燒光，然後拿起《羔羊寶典》一併燒掉。我會把剛剛丟在地上的羊皮手稿燒光，但那可以先等到我治療好傷勢再說。我會閱讀手稿上的內容，確保除了「阿蒙的失落之書」外不再有其他可以用小小血祭就讓野心巫師取得強大力量的書籍。繞過樓梯井後，我看見索貝克的雕像面朝下躺在地上，擺出一副很難向科學家解釋的姿勢。沒人會相信有人做得出那種雕像，但偏偏事實——不會動的石頭——擺在眼前。我提腳放在石像後腦勺上，不是爲了享受勝利的感覺，而是要再三確認奈布溫奈奈夫完全被驅離這塊石頭。我之前看見他的力量集中在喉嚨後面或頭部，用寒鐵去接觸那裡也要不了我多少工夫。

爬樓梯是會導致疼痛和頭暈的運動。我感謝地下諸神，索貝克沒有像巴絲特一樣選擇現身。兩個有能力施展祂的魔法的巫師就已經給我帶來夠多麻煩了。

天黑後，我爬出大石頭暗門，在重新接觸大地時鬆了一大口氣。

「歐伯隆？聽得見我嗎？」

「阿提克斯？你在哪裡？」他的音量很小，語氣不定。

「離你有點遠。受了點傷，須要治療。你撐到早上沒問題吧？」

「我不能去找你嗎？」

「我怕你自己穿街走巷的話會被人抓走。」

「你以爲他們抓得住狂奔的愛爾蘭獵狼犬嗎？」

「或許你說得對。你記得怎麼到艾卡沙布家嗎？」

「當然。」

「好。跑到他家後面，到時候我再告訴你怎麼走。」

開始專心治療時，我打了個電話給開羅的尤瑟夫，請他帶他的族人趕來法尤姆。他可以和我一起進入艾卡沙布的地獄，拆掉索貝克石棺的棺蓋，把那裡洗劫一空，當作是支付給部族的酬勞。我要解除他屋子後面那條繩錨的羈絆，抹除我闖空門的證據。我還要擁抱每一座石棺，解除其上所有魔法。

這次我可不要給奈布溫奈奈夫任何機會東山再起。等我檢查過所有艾卡沙布書房裡的魔法書後，我們就會打電話通知眞正的官方人員，讓他們發現一個超可怕的犯罪現場和考古寶窟。希望能趕在哈默在醫院醒來、告訴他們事發地點之前。

「現在就上車。」尤瑟夫說。「晚點見。」

既然巴絲特會急著找人幫她宣傳她的遠古神祕信仰，我打算在轉移回亞歷桑納前嘗試偷回《好貓咪！》，但如果行動失敗，我可以將之視爲徹底剷除艾卡沙布和奈布溫奈奈夫行動中可以接受的損失。畢竟，除掉他們這種人就是我存在的理由，蓋亞賜給我力量就是爲了這個。雖然身爲世界上最後一名德魯伊，我內心難免會受到倖存內疚的煎熬，但這天我覺得自己苟延殘喘了這麼久總算做了點事。我有權喝杯啤酒慶祝。

歐伯隆約莫一個半小時後找到我的藏身處，然後打了個噴嚏。

「啊！阿提克斯，你跑去哪裡打滾了？我們得把你丟去洗車店才行。」

「抱歉，老兄。」

「我知道我現在應該開開心心地舔你的臉，但或許我可以晚一點——晚很久再舔。」

「我完全了解。我也想清洗一下。你的腦袋怎麼樣？想通了點沒？」

「應該吧。我在那座屋頂上打了好幾個盹兒，好好想了想，而我想出了一個對我而言算說得通的視覺隱喻。你知道那些夏季音樂節的影片裡總是會有很多、很多嗨翻天的觀眾讓樂團成員覺得自己超級有名？感覺就像那樣，只不過那些貓沒喝醉、抽大麻、或穿熱褲。牠們很生氣。」

「所以你和我就是這段視覺隱喻裡的樂團成員？」

「沒有錯。我想當史萊許【註一】那樣的主吉他手，因爲他的吉他獨奏無人能及。現在想想，我要頂能蓋住眼睛的大帽子。還有用培根口味糖果做成的假菸。」

「好呀。那我要當誰？」

「我不知道，關．史蒂芬妮【註二】？你的腹肌可以。」

我大笑，我的肋骨提醒我它們還沒復元。「這個建議不錯。」

「我們要在這裡待多久，阿提克斯？」

「越短越好。我有點驚嚇過度，差點沒能活著出來。」

「這個，我們回坦佩前可以在停車的那座樹林裡玩一下嗎？如果我不禮貌性地追追那些松鼠，牠們會覺得我在侮辱牠們。」

「好吧。但你應該慶幸埃及沒有松鼠神。」

「啊！謝謝你給我灌輸那個畫面，阿提克斯！這下我要作惡夢了！」

「那我們就扯平了。我也會作惡夢。各式各樣被貓、鱷魚，還有惡魔吃掉的惡夢。」

哈默肯定也會作很多惡夢。身處艾卡沙布墓穴裡的經驗將會折磨他一輩子。我離開埃及前得去探

編註一：史萊許（Slash,1965-），爲美國著名搖滾樂團槍與玫瑰（Guns N' Roses）的前主音吉他手。

編註二：關．史蒂芬妮（Gwen Stefani,1969-），美國歌手，也是搖滾樂團不要懷疑（No Doubt）的女主唱。

望探望他，順便看看還有沒有什麼能幫得上忙的。

讓古埃及看起來很酷的象形文字眞是可惡透了。那些古老諸神最好繼續遭人遺忘；你可能以爲祂們大部分的形象都出現在墓穴裡應該就算是祂們絕不友善的大暗示了。我很希望接下來一千年內都不要再聽說來自巴絲特、索貝克，或任何埃及古神的消息，但我知道我遲早有一天得要回來面對他們——還有更多像艾卡沙布這種巫師。力量的誘惑就是這麼難以抵擋，而金字塔依然像是魚餌般漂在沙漠之海上，等著下個瘋狂到願意拿人性去換取野心的人上鉤。

《羔羊寶典》完

拉斯凱勒部族

Clan Rathskeller

An Iron Druid Chronicles Short Story

這個故事發生於《鋼鐵德魯伊1：追獵》之前十個月。

亞歷桑納的十二月肯定十分涼爽，但還不至於寒冷。在坦佩市場之類的購物廣場逛街的人，只要穿輕薄毛衣就夠了，而且完全不會有人在黑冰上滑倒，或是因為凍瘡而失去腳趾，沙漠裡並不存在那種危險。基於類似理由，他們也不會被飢腸轆轆的雪人吃掉，或淪為頭足綱動物的點心。或許你以為他們也不會吸引反社會科博地精【編註】的注意，但我在某個週一晚上很失望地發現事實並非如此。

坦佩市場是片占地廣大的購物聖地，主要是由一間大型電影院和幾間引人注目的大賣場所組成。一些比較小的商店和餐廳宛如狄更斯筆下的孤兒般環繞電影院而建，希望能從看完電影的人潮身上賺點零頭，勉強支付開店成本。（「拜託，先生，多買一點。」）一條鵝卵石路上設置了許多高檔室外家具，搭配水舞表演，讓逛街的人放鬆心情，同時裝模作樣。最好的部分在於，這裡沒有八位元喇叭在播罐頭音樂，在美國購物很少能享受這種特殊待遇。這裡禮拜四到禮拜六都有現場演奏的表演，因為購物廣場會在戶外舞台贊助免費音樂會，樂團的演出總是非常適合闔家欣賞，彷彿合約上有註明要盡量避免小和弦一樣。其他日子裡，舞台會有其他用途，像是聖誕老公公和他的精靈來訪之類的。

當爸爸的都在家裡觀賞週一夜足球賽，當媽媽的則帶小孩來看聖尼克【譯註】，或幫丈夫買點東西。亞歷桑納州立大學的學生和追求時髦的年輕人，還有一些將近三十歲的單身漢，則擠進聖菲利佩小酒館尋找美好時光。我可以看見他們是因為聖菲利佩外圍大部分都不是用牆壁，而是矮金屬欄杆；

編註：《鋼鐵德魯伊7：破滅》裡阿提克斯在第五章曾提過「礦坑裡的地精」，即為此處的科博地精（Kobold）。他們是德國民間傳說的醜陋妖精或精靈。有兩種形象，其一為幫人做家事交換牛奶或穀物，若沒報答，他們就會惡作劇；另一形象為居住在礦坑或地底的妖精。

因爲小酒館就位於舞台對面，有表演的時候，就能讓顧客合法地喝啤酒看表演。我是在走到舞台和聖菲利佩小酒館中間時開始發現事情不對勁的。因爲我的狗——歐伯隆，聞到了非人生物的氣味。

歐伯隆是愛爾蘭獵狼犬，儘管他是仰賴視覺的獵狼犬，嗅覺還是比任何人類來得敏銳。而由於我把我的意識和他的羈絆在一起，他慢慢透過連結學會我的語言，和我溝通的方式不侷限在吠叫和搖尾巴。他可以在心裡說話，我則透過心靈聽見他的聲音。

「阿提克斯，這裡有不是人的東西。」他說。

「就是你，歐伯隆，或我，如果你要吹毛求疵的話。」

「不，我是說這裡有我從未聞過的氣味。但不是植物，也不是我印象中的任何動物。有點土味。」

我立即開始左顧右盼。首先我看向小酒館裡的酒客，開始掃描人們的靈氣，確定他們都是人形。我在不安與寂寞的靈氣旁看見開心與興奮的色彩，但是沒有任何不尋常的地方。

「嘿，你知道嗎？我想味道來自那裡，聖誕老人和精靈附近。」歐伯隆說。

我轉頭望向舞台，只見一個留著鬈鬈白鬍鬚的胖聖誕老人努力在精靈把尖叫不斷的小孩放到他大腿上時，裝出和藹可親的模樣。聖誕老人的靈氣顯露出眞相——他心浮氣躁，只想離開這個鬼地方。或許那個小孩之所以尖叫，就是因爲感應到這一點；又或許是因爲小孩不會被多年的邏輯和科學知識在事物眞實的本質前蒙蔽雙眼，他體內的原始本能知道，這個抱著他的「精靈」眞的是其他種族的生物。

「他們不是精靈。」我對歐伯隆說，不過我知道他爲什麼會弄錯。他們都是非常討人喜歡的小傢伙，並且成功融入假日節慶氣氛中。但我看一眼他們的靈氣就知道他們不是當地人。

「喔，我知道。他們是假扮精靈的侏儒。」

「不，他們也不是侏儒。」

「好啦、好啦，他們是『小個子』，對不起！我不敢相信只有你聽得見我說話，我還得要講這種政治正確的用語。」

「歐伯隆，他們是地精【編註】。你聞到的就是他們的味道。」地精一共有五個，穿了厚底鞋也不到四呎高，但只有一個在注意聖誕老人和排隊的小孩。剩下的都在留意過往群眾。我認爲我們應該繼續前進，以免他們發現有個愛爾蘭人和他的大狗在注意他們。我繼續走過聖菲利佩正面的街道。

「地精？」歐伯隆問。「你是說人們放在院子裡給我咬的那些白鬍子雕像？」

「不，不是花園地精。那些雕像是在第二次世界大戰後才出現的。這些是貨眞價實的古世界地精。他們十分罕見，如果你去咬他們，他們會咬回來。」

歐伯隆停止前進，腦袋側向一邊。「你的意思是那些地精假裝成侏儒去假裝精靈？你又在玩比爾

譯註：聖尼克（Saint Nick），即聖尼可拉斯（St. Nicholas, 約170-343），是今土耳其境內米拉城的主教，傳說他會悄悄送金幣給貧苦人家，被認爲是聖誕老人的原型之一。

編註：地精（Gnome）是司掌大地的精靈或妖精，也代表著四大元素之一的土。中文有時也會音譯。而後面提及的裝飾花園的小矮人雕像則被稱爲花園地精（Garden Gnome），是歐美常見的花園裝飾。

博・巴金斯的六度分隔遊戲【註】了嗎？」

因爲我不想拉他的牽繩，所以我拍他的肩膀招呼他前進。「來吧。」歐伯隆跟上，我右轉路過聖菲利佩小酒館，離開舞台的可見範圍。我走到分隔清醒的人和醉鬼的欄杆附近，想在搖搖晃晃的腦袋之間找個能夠看清地精的位子。歐伯隆毀了我的計畫。

「我的媽呀！」一名酒客突然驚呼，放下舉起一半的啤酒杯。

他朋友順著他的目光看來，說道：「可惡！」

「眞是條天殺的大狗！」兩人中比較聰明的傢伙說道。

之前那個人引起了隔壁桌另一個傢伙的注意，指向歐伯隆。「嘿，看看那條天殺的大狗！」

「我的媽呀！」

我嘆氣。「又開始了。」

「人爲什麼總是那樣說？」歐伯隆問，耳朵低垂，乖乖坐下，同時長嘆一聲。

「我也不確定。從前的人喜歡用諷刺語調或保守說法陳述明顯的事實，但過去幾十年來，他們會用發現新大陸的語調說這種話，這讓我有點擔心。」

「我們得要待在這裡聽他們繼續講嗎？你知道我通常喜歡和陌生人混，但就連你也得承認醉鬼可以在三毫秒內就開始惹人厭。」

「沒有異議，老兄。他們再過一會兒就會注意到你的牽繩握在我手裡，然後他們就會開始問我問題。我只想要好好看看那些地精。」

我在幾個說長論短的姊妹會成員之間看到一扇窗戶，盡我所能地打量其中一名地精。他的靈氣只透露出他的種族。和會以全光譜色彩呈現情緒的人類靈氣不同，除了緊貼皮膚的魔法白線，地精的靈氣是淡棕色的，有點像牛奶巧克力。但他，加上他的夥伴，出現在此，本身就很不對勁。地精鄙視人類，盡量不和我們扯上關係。五個地精如此公開露面——好吧，是前所未有的事情。他們要不是被某件事情激怒到極點——或許攸關榮譽——不然就是徹底瘋了。他們甚至沒有費心掩飾大鼻子和用魔法造型的小鬍子，當然，逛街的人都漫不經心地把這些特徵當作他們的裝扮或道具。

如果他們是來解決什麼宿怨的話，我最好不要牽扯其中。但如果他們是因爲永生不死而無聊到想要自殺，或是會對這裡的人造成同等危機之類的，那我就必須阻止他們。過去十年裡，坦佩一直是個不錯的藏身處，我可不要因爲幾個地精製造的騷動引人注目而搞砸這一切。

「嘿，老兄。」一名酒客叫道。「那是你的狗嗎？」我沒有回話，只有揚起牽繩。不幸的是，有人認爲這是在請他進一步評論。「這個，他還眞是一條大狗呀。」他說。

我轉向說話的人。對方是個穿藍襯衫的技工，口袋上的白名牌上用紅線繡著「傑夫」。我看見他的塑膠口袋保護套上掛著兩支筆和一個壓力計。

「嗨，傑夫。我可以向你借枝筆嗎？」我問他。他眨了眨眼，想弄清楚陌生人怎麼會知道他的名

編註：比爾博・巴金斯（Bilbo Baggins）是托爾金的《哈比人歷險記》（*The Hobbit*, 1937）的主角。而所謂六度分隔理論（Six Degreess of Separation）是一個假設全部的人事物都能在「六個層次」內聯結在一起的假說，例如：只要透過五個中間人，就能連結起兩個互不相識的人。

字。他忘了自己衣服上有名牌，還有別人認識字的事情。「或許再來一張吧檯餐巾紙？」

「什麼？等等，老兄。我認識你嗎？」他的表情顯然很懷疑這一點，不過我不確定他為什麼認為我們要認識才能借筆。他的酒伴收到暗示，對我怒目而視。

「不認識，我只是識字而已。我可以借枝筆嗎，拜託？還有一張餐巾紙。筆很快就還你，我保證。」

傑夫想要拒絕，但我說了那個魔法關鍵字，而他不想在朋友面前表現得像個混蛋。

「當然，老兄，隨便啦。」他從口袋裡拿出一枝筆，伸過聖菲利佩的欄杆來給我。他也對我丟出一張餐巾紙。

「謝謝。」我說。我把餐巾紙平放在欄杆的弧形表面上，用古代高地德語草草寫下幾個字。我猜想地精應該會用這種語言溝通。我寫的是：「我想和你談談。跟著狗來。」我把餐巾紙交給歐伯隆，並且吩咐他：「把這張餐巾紙拿去找地精，丟在他面前。叫一聲，等他看完，然後帶他過來。」

「收到。」我解開歐伯隆的牽繩，他小跑離開，牙齒輕輕叼著餐巾的一角。

「嘿，他上哪兒去？」傑夫問。

「筆還你。謝謝你。」我用笑容獎勵他。他接過筆，心不在焉地塞回口袋。

「你知道你的狗沒繫牽繩就跑掉了？」

我當場決定如果我有車——雖然我沒有——須要修車時，我絕對不會去找傑夫。他只會告訴我車要修理，或天空是藍色的，或什麼差不多明顯的事實。但我沒有把這些想法表現在臉上，而是掛出親切的笑容。

「喔，他會回來的，別擔心。我們在玩撿東西的遊戲。」

「他在撿什麼？」

「耶誕老人的精靈。」

「用牙齒撿？」傑夫的酒伴笑問。「這樣合法嗎？」

「不，不是那樣。」我搜尋可以緩和他對公共安全擔心的現代用語。「沒事的。」我解釋，然後轉過頭去，表示我認為我們簡短的交談（和交情）已經結束了。傑夫願意就此打住，但他忍不住要壓低音量批評我。

「什麼怪人都有。」我聽見他說。他一點也不了解這種說法有多含蓄。

「我們要來囉。」歐伯隆說。片刻過後，他搖著尾巴轉過轉角。他身後跟著眉頭深鎖的地精，緊張兮兮，一副隨時要面對埋伏的樣子。他穿著紅色的佩伯中士外套【註】搭配硬領亞麻襯衫；外套胸前有白色滾邊和太多銅鈕釦；紅色及膝短褲，側面有黃色條紋，黃色的襪子塞進把地精墊高將近一呎的超大厚底鞋。我猜他如果沒穿那雙鞋的話，大概剛好三呎出頭。當他目光來到我身上，接著往下看見我的刺青時，他鬆了口氣。他口操古代高地德語，和我猜的一樣，不過我已經好幾個世紀沒說過這種

編註：出自披頭四第八張專輯《佩伯中士的寂寞芳心俱樂部》（*Sgt. Pepper's Lonely Hearts Club Band*, 1967）封面，正中央是穿著色彩鮮艷雙排釦軍裝外套的披頭四，因此這種雙排釦軍裝也會被稱為佩伯中士外套。

語言了。

「你來了。」他說。「很好。我們已經開始擔心了。一切都準備好了嗎？」

我有點吃驚。他表現得好像認識我，但我很肯定我們從未見過，也絕對肯定我沒有把名字繡在衣服上。

「我當然希望一切都準備好了。」我說。「再告訴我一次你叫什麼，朋友？」

地精臉上蒙上一層懷疑。他瞇起黑眼睛，小鬍子微微抽動。「先告訴我你是誰。」

「你剛剛還認出我。」

他往我的右側點頭，用鼻子指了指。「你身上有圖阿哈．戴．丹恩的刺青，我也看得出來這是你的眞身。」他說。「但我現在不認爲你是我們在等的人了。」

我臉色發白。他們在等圖阿哈．戴．丹恩，而我要躲的就是這些愛爾蘭神。本來這些神只是像我這樣的德魯伊，和我一樣透過刺青和大地羈絆在一起。乍看之下，很容易會把我誤認成他們。但到底是哪個圖阿哈．戴．丹恩要來？

「不，我不是你們要等的人。」我承認。「我只是剛好路過，有點好奇爲什麼大地生物會行走在人類之間。」

「嘿，老兄，你在說哪國語言？」傑夫問。「俄文嗎？你們是共產黨還是什麼的嗎？」他的酒伴哈哈大笑，和他擊拳讚賞他機智過人。

向傑夫解釋蘇聯幾十年前就已經解體，冷戰也早已結束是完全沒有意義的事情，告訴他斯拉夫和日耳曼語系毫無關聯也是在浪費時間。我不理他，比個手勢告訴地精說我們該遠離聖菲利佩小酒館。如果傑夫想要繼續這個話題，他就得放棄啤酒，而我直覺認爲他絕對不會這麼做。地精非常樂意與喧囂的人群保持距離。我們朝對面的加州比薩廚房走去。

「我們是來取回被偷走的東西。」地精說。「小偷很快就要到了。孤紐在幫我們。」測量我體內壓力的偏執妄想測量表數值立刻下降。孤紐是愛爾蘭鐵匠和釀酒之神，上次見面的時候，他還是個很不錯的神。但那是一千年前發生在另一個國家的事情了。我不知道他現在怎麼看我，但是和地精站在同一陣線似乎是個好兆頭。

「我可以請問你們什麼東西被偷了嗎？」

「用眞話交換眞話。」地精說。「告訴我你是誰。」

我雙掌合十，朝他鞠躬。「我是世界上最後一個德魯伊。」

地精輕哼一聲，完全不信。「德魯伊幾百年前就死光了。」

「對，除了我之外。你知道我說的是實話。你認得我的刺青，而且，這年頭很少有人會說古德語了。」地精目光轉到歐伯隆身上。「沒錯，我可以和我的獵狼犬溝通。告訴我什麼被偷了。」

他垂頭喪氣，認命地嘆了口氣，吹動他的小鬍子。「我們五個就是拉斯凱勒【註】部族僅存的族人

編註：拉斯凱勒（Rathskeller）在德語系國家中是指在市政廳（Rathaus）地下室或附近的酒吧或餐廳，這個字有「議會地下室」的意思，常被用來命名酒吧、餐廳或夜總會等等。

了。」他解釋。「我們是地精之中最頂尖的釀酒匠。你或許有注意到我們都是男性。我們快要絕種了，過去五十年來，我們都在幫福路奇巴【註一】部族的族長打造一件高貴的禮物——無盡之力酒。我們要拿這件禮物去換五個新娘，但是禮物被偷了。」

「誰偷的？」

「克雷赫斯【註二】和一個妖精。」

我不知道克雷赫斯是誰。但聽說有妖精涉入此事就讓我很不爽。我或許可以信任孤紐，但我永遠不能信任妖精。他會爲了一片花瓣就把我交給和我有仇的圖阿哈·戴·丹恩。

「你說小偷會來這裡？」

「隨時都會到。」

「那我該繼續我的行程。」我說。我來市場是想去電影院附近的愛爾蘭酒吧晃晃，所以嚴格說起來我也不算是在說謊。但是如果地精要告訴別人碰見我的事情，這種說法會讓他以爲我不住在這裡。

「願你及所有拉斯凱勒部族的人民心靈和諧。既然我比你們還要瀕臨絕種，我希望你們幫我保守在這裡遇上我的祕密。」

地精點頭，二話不說就轉身往舞台走。他沒說他會在臉書上提到我或什麼的。

「那是怎麼回事？」歐伯隆問。

「我們得躲起來。我要在你身上施展僞裝羈絆。」

「好，我們要躲誰？」

「一個神，一個妖精，還有一個叫克雷赫斯的傢伙。」

「我們幹嘛不離開就好了？」

「因爲我好奇。」我對歐伯隆施展僞裝羈絆，他在法術將周遭環境色彩和他羈絆在一起時融入環境。這算不上是完美的隱形，特別是移動的時候，不過夠好了。接著我對自己施展僞裝羈絆，並環顧四周，看看有沒有人注意到。有對路過的情侶朝我多看了一眼，但是很快就把我拋到腦後，專心去當他們的消費者去了。確認沒人看見歐伯隆和我後，我慢慢走過鵝卵石十字路口，來到聖菲利佩小酒館斜對面的建築物。我找了塊僻靜的區域脫光衣服，請歐伯隆幫我看守。我把衣服放在他前爪下。

「你要去哪？」

「你上面的屋頂。我們要在這裡觀察行人一段時間。聞到其他不是人的傢伙就告訴我一聲。」

「好。但我有點餓了。希望不要搞太久。」

「有耐心點，歐伯隆。結束之後，我買塊牛排給你吃。」

「不唬我？」

「不唬你。你提醒我有地精，表現得很好，所以如果你想要，我可以幫你買塊用培根包起來的菲力牛排。」

編註一：福路奇巴（Fruchtbar），德文中的「豐饒」。

編註二：克雷赫斯（Kohleherz），這個名字是由以下兩個詞結合而成：kohle爲「煤炭」，而herz則是「心臟」。

「才一塊？我聞到五個地精。不是該有五塊菲力牛排嗎？」

我微笑，把形體羈絆成大鵰鴞。這是我可以化身的四種動物形態之一，很適合在晚秋的夜晚執行暗中觀察任務。「我不認為地精和菲力牛排的匯率是一比一。」

「別那麼小氣嘛，阿提克斯。」歐伯隆在我起飛時說。我起飛時幾乎是無聲無息，和隱形的程度差不多。有兩個路人依稀看見一些動靜，轉頭朝我看來，但是雙眼沒辦法在購物廣場的人潮中鎖定任何東西，於是放棄搜尋。從現在起，直到再度接觸大地為止，我得小心施法。我的項鍊裡有個符咒——十個符咒之一——可以儲存魔力，因為剛剛那些法術，符咒裡的魔力已經只剩一半了。那條項鍊是我花了好幾個世紀打造而成的，會依照我採取的形體縮小放大。變形需要大量魔力，維持隱形則會持續吸收少量魔力。這個完全鋪設水泥道路的環境就是對我最不利的地方，在沒帶武器的情況下，我真的得要避免衝突。但我還是覺得即將與人產生衝突。

在屋頂上待了不到五分鐘，我就看見孤紐從西面步入廣場。他的頭髮沒有我的紅；比較類似赤褐色，而他長髮披肩，中分。他穿牛仔褲，用愛爾蘭毛衣遮去大部分刺青。他在舞台前停步，朝地精點頭苦笑，他們則點頭回應，顯然在看到他時鬆了口氣。他左手拿著不鏽鋼保溫瓶，右手插在口袋裡，朝聖菲利佩小酒館走去。他消失了一段時間，然後出現在舞台對面的外圍，不過在酒館的欄杆裡面。欄杆最外圍的桌子都有人坐，因為那裡視野最好，也最容易讓人看到。孤紐自信地走向一張坐了四個人的桌子，自口袋裡拿出些東西放在桌上。那是四張班哲明【註】。他給了他們每人一張；他們立刻拿起酒杯離開。

獨自霸占一張好桌子後，他在高腳凳上坐下，把保溫瓶放在桌子正中央。一名身材苗條的女服務生過來幫他點餐，他點了一杯八成不會喝的酒。

沒過多久，我開始感應到空氣中逐漸升起緊張的氣氛，像重低音喇叭般隱隱震動，無法逃脫。我承認這種情況讓我心浮氣躁。底下有人引起這種現象，但我卻看不出來是誰。該換個角度看待事物了。我啓動項鍊上把視覺羈絆成魔法光譜的符咒。我盡量不使用這個法術，因爲看見世間一切相互羈絆的模樣，會導致官能超載。儘管如此，看穿妖精的幻象是非常寶貴的能力，這就是我稱之爲「妖精眼鏡」的原因。

魔力來源確實是個妖精，或是來自他揹在背上的東西。妖精打扮成一個黑髮情緒搖滾男孩，頭髮凌亂、遮住了半張臉，還穿了看起來超不舒服的超貼牛仔褲。事實上，他一頭金髮、身強體壯，比幻象高一點。他揹著一個大粗麻布袋，類似修剪庭院時會派上用場的那種大垃圾袋。繫繩綁著袋口，看不見裡面的東西，但我感覺得出來袋子裡有股黑暗魔力等著要逃出來——最好永遠被埋在土裡的地底魔法。

「阿提克斯，爲什麼我後頸的毛都站起來了？」

「因爲有個邪惡的東西接近。」

「聞起來像機油加屁股。」

譯註：百元美鈔上的人物是政治家、發明家與外交家班哲明．富蘭克林，故有此暱稱。

妖精看見孤紐，於是走向聖菲利佩的入口去找他。地精看見妖精，還是繼續做他們的事，不過顯然都心不在焉。

女服務生回到孤紐那張桌子，放下一品脫啤酒和兩個空酒杯。他謝過她，然後她就走了。妖精沒精打采地走了過去，朝孤紐點一點頭，沒有打算坐下，或放下背袋。孤紐嚴肅地點頭回應。我不知道他們有沒有關係，也不知道他是不是故意帶那個鋼保溫瓶來挑釁妖精的。

所有妖精——我是指眞的愛爾蘭妖精，而不是迪士尼那種可愛的小翅膀妖精——都是圖阿哈·戴·丹恩的後代，出生在提爾·納·諾格。妖精和他們祖先不同，是純粹魔法的生物，而這種生物無法忍受與鐵接觸。鋼鐵很可怕，熟鐵更糟。至於寒鐵，或者該說是來自隕石的鐵，和這個世界的魔法毫無羈絆——則最致命。這就是我在項鍊中央鑲寒鐵的原因——那是最頂級的妖精驅逐劑。

孤紐沒有說話，伸手拿起鋼鐵保溫瓶，轉開瓶蓋。他往一個酒杯裡倒出某種琥珀色的液體，然後轉回瓶蓋，放回桌上。這個時候我的視線開始呈現出兩種不同的影像。

人類肉眼看見的畫面還是一樣，黑髮情緒搖滾男孩只是站在原地，看著酒杯和桌子，袋子動也不動地扛在背上。但是在魔法光譜——以綠色的重疊畫面眞實反映現實的景象——下，金髮妖精拿起空酒杯舉在右肩上。一條瘦瘦、皮膚類似被鑿過煤炭的黑手臂，伸出粗麻布袋，用只有三根手指頭的手去拿酒杯。繫繩鬆開，袋子抖動，一顆醜陋的黑色腦袋和肩膀冒出來，冷酷的笑容露出宛如冷卻熔岩般的牙齒，將整張臉分開。地精也看到了，他們的魔法視覺和我一樣好，而他們僵住了。這傢伙肯定就是克雷赫斯，所有邪惡魔力的源頭，儘管我從未見過這種生物，但他鐵定是來自最黑暗的礦坑和地底洞穴的科博地精，絕不可能是其他東西。

科博地精和地精的關係就像是西斯武士與絕地武士一樣——甚至可以說是陰與陽的關係。他們都是遠古的雙足動物種族，能施展大地魔法，長相非常需要整形手術，但科博地精和更深入大地的暴力與混亂力量羈絆在一起，而地精則崇尚成長與培育的力量。如果關於他們的傳說爲眞，科博地精對高溫和壓力的抗性很強。帶科博地精去岩漿湖，他會把湖當作浴缸般涉漿而過，甚至還會點一杯杯緣插了小雨傘和水果切片的飲料。然後他會心平氣和、漫不經心地策劃非常邪惡的陰謀，像是讓克雷克吐爾火山【註】再度噴發之類的。

那傢伙的左手從袋子裡拿出一個金酒瓶——不是鍍金，而是純金，瓶子表面印有地精文字，還鑲了一層閃亮的寶石。他在酒杯裡倒出一小杯黏黏稠稠的銀色液體，放回妖精手中。妖精把酒杯放在桌上，然後拿起裝滿孤紐酒的酒杯；孤紐也拿起裝滿拉斯凱勒部族頂級純釀的酒杯。我覺得這好像毒品交易，雙方人馬先試用產品，然後正式交易。

科博地精一口喝光琥珀酒，咳嗽一聲，滿臉讚嘆地點頭。孤紐喝下一小口地精酒，臉上露出漫長一生中少見的歡愉神情。最後他點了點頭，放下酒杯。我沒辦法透過購物廣場的吵雜聲響聽見他們的聲音，但我可以想像科博地精發出滿足的嘶嘶聲。他探出袋子，遞出酒瓶。由於妖精不能碰鋼鐵，孤

編註：克雷克吐爾火山（Krakatau），也譯作喀拉喀托，是位於印尼爪哇島及蘇門答臘島之間，位於巽他海峽的火山島的總稱，爲持續活動的活火山。一八八三年的爆發是震驚全世界的大災難，也影響了很多影視與文學作品。

紐拿起保溫瓶站起身來。他接過科博地精的酒瓶；把鋼鐵保溫瓶交給他，小心不碰到妖精。科博地精露出邪惡的笑容，帶著戰利品回到袋子裡。

雙方沒有握手道別。孤紐若無其事地往欄杆跨出一步，伸出手掌，對著廣場搖晃金酒瓶。這很顯然是在打信號。地精以肯定不是精靈該有的聲音高喊：「拉斯凱勒！」不再假裝他們是聖誕老人的小幫手，衝出舞台，把聖誕老人弄糊塗了，也把表現良好的小男生和小女生給嚇壞了。

「太棒了！他當場就把私酒還給地精！這樣擺明是在惡搞科博地精！」

「神可以這樣惡搞別人嗎？」

「神想惡搞誰就惡搞誰。要看範例，參考歷史。」

妖精驚訝到下巴都掉下來，眼睜睜看著一群鼻子通紅、小鬍子氣得直發抖的地精朝自己奔來。科博地精的黑暗身影從袋子裡探頭出來，看看出了什麼事，結果發出一聲撼動整個廣場的驚呼。顯然他和那個妖精都一樣沒想到地精竟然會出現在這麼多人的地方。人們停下腳步、閉上嘴巴，轉身看著精靈衝向聖菲利佩的欄杆。科博地精用古代高地德語尖聲叫妖精逃命，刺耳的聲音讓人不舒服，重擊愉快的人群。沒人看得見發出那個聲音的東西，而我也很肯定沒人會想要看。小孩開始尖叫，驚慌之情開始沿著大人顫抖的脊椎竄下。妖精在孤紐看著拉斯凱勒部族微笑時衝向出口。本來在幫聖誕老人的地精拿走無盡之力酒，然後全部鞠躬對他表達謝意。

孤紐對他們說了句大概是「不必客氣」，然後向他們揮手道別。他輕鬆跳過欄杆，開始向西朝書店，也就是他來時的方向，慢跑而去，把一口都沒動過的酒留在桌上。地精排成楔形隊形，開始繞過聖菲利佩的欄杆，去攔截妖精和克雷赫斯。我不認爲他們追得上，因爲妖精已經快要跑到門口，然後他就會往南跑向停車場。地精的小短腿絕不可能追上妖精的步伐。如果我不出手干涉，科博地精就會逃走，而我有很好的理由不管此事。首先，這眞的不關我的事；而且我在這裡過得不錯——我在同一個地方生活超過十年，生意蒸蒸日上，沒人懷疑我比世界三大宗教還要古老，能說四十二種語言。如果我管了這檔閒事，而妖精或科博地精逃了，我就得再度努力消失。

話說回來，如果任由科博地精逃走，我一定會很內疚。根據傳說和記載，科博地精完全沒有可取之處。就這方面而言，他們有點像蚊子——是有能力造成嚴重傷害的害蟲，我只要一看到就必須基於公德心動手除掉。如果傳說是眞的，當年龐貝火山並非自然爆發，而是三個科博地精和城裡巫師結仇而導致的後果。他們不和常人類打交道算是我們走運。

「待在原地。」我對歐伯隆說。「我要確保壞蛋不能逃走。」

「好吧，但是如果有人掉了塊鬆餅在地上，然後鬆餅消失了，你可別怪我。」

「好啦，但是你不能幫助鬆餅掉在地上。」我展翅無聲無息地飛向聖菲利佩入口，剛好趕上妖精和他的邪惡朋友衝出大門。他們撞上了正往舞台走去的一個媽媽和兩個小孩，不但把他們撞翻了，還在那兩個可憐的孩子心中永遠留下聖誕老人與重重摔倒有關的陰影。妖精迅速爬起身來，在小孩開始哭泣時拔腿就跑。拉斯凱勒部族轉過轉角看見了他，但是我一看就知道除非有人幫忙，不然他們絕不可能拉近距離。

我在妖精往南跑，科博地精則透過袋子口露出漆黑雙眼打量追兵時，思索他們可能的逃生路線。

是呀，他們為什麼會挑坦佩來進行這場古怪的交易？妖精無法在缺乏橡樹、梣樹和荊棘的幫助下轉移前往提爾．納．諾格，而那些樹在鳳凰城都會區內十分罕見。啊，但是科博地精——特別像克雷赫斯這種不曬太陽的黑傢伙——很熟悉地下通道。坦佩市場的一個特點是，這裡離鹽河河床上一座砂石場很近。我認為是科博地精帶他們來的，科博地精也會帶他們離開。

他們確實是往那個方向前進，抵達停車場後立刻沿著北邊公路往東跑，地精始終尾隨在後。如果等到了砂石場的裸地，我就有取之不盡的魔力——但是話說回來，身為大地魔法使用者，他們也一樣。而且若讓科博地精接觸到可以沉入地底的土地，就再也沒有人可以阻止他離開。如果我移動土地的能力是拿塑膠鏟子的小孩，那麼地精和科博地精就是履帶挖土機。在柏油路上，我們全都力量有限——我特別有限，因為變回人形會進一步耗竭我的魔力。我得想辦法撐到穿著愚蠢厚底鞋的地精趕到為止。

謝天謝地，當時停車場車流不多——如果我可以在不摧毀其他人的星期一的情況下解決此事，就算是獲勝了。我盤旋而下，降落在妖精面前，然後取消偽裝羈絆。突然出現在停車場的貓頭鷹把他嚇了一跳，導致他放慢速度，但並沒有完全止步，只有轉向左邊繞過我。不過當我在他面前變回人形後，他立刻緊急煞車。我刻意亮出右半身，讓他看見從我腳跟一路延伸到右手手臂上的德魯伊刺青。如果他透過魔法光譜看我，就能看到變形魔力在繩紋中循環流動造成的背光效果，而且他還會看到另一種景象。我就指望這一點了。

他在驚訝中破口大罵，他背上的科博地精也一樣。他怒氣沖沖地用古高地德語質問妖精為什麼停下來。

妖精在發現我不是圖阿哈・戴・丹恩時瞪大雙眼。對他而言，我等於是一段突然進入現實的營火恐怖故事。

「他是鐵做的！」他尖叫道。

我對他的錯誤報以淺淺微笑——不過或許就他的角度來看，這種說法十分精確。我把寒鐵護身符和靈氣羈絆在一起，所以在他眼中，我看起來就等於是赤裸裸的死亡。我利用僅存的一些魔力強化反應速度，讓那個妖精更加害怕；他在魔法光譜中看見能量的白光在我體內流竄，完全不知道我剛剛做了什麼。

「繼續跑！我們要跑到砂石場才行！」科博地精嘶聲叫道。

妖精想要照他的話做，首先做個往左跑的假動作，然後向右試圖繞過我，但我跟得上他的速度，而他很清楚他沒辦法不被我碰到地繞過我。我們玩的這個遊戲叫作「碰到就死」，我的靈氣會瓦解他的實體。我撲向他、伸長雙手，他連忙後退試圖避開。他甚至轉身逃跑，盲目衝向地精。

但他忘了自己位於鳳凰城都會區最繁忙的購物商圈的停車場裡。他在科博地精的咒罵聲中逃命，直接撞上一輛格柵網前有鋼條，還有鉻鋼保險桿的超級男子漢大卡車。他和卡車都以將近時速五英里的速度前進，通常撞不死人，但是接觸到鋼鐵對他影響甚鉅，他還沒落地就昏了過去，身體壓在他的黑乘客身上。

這個時候，克雷赫斯決定繼續隱藏行蹤對自己沒有任何好處。他利用大地生物的超人力量把妖精從自己身上踢開，撕裂布袋；然後他立刻用雙手抓起妖精，把妖精丟到卡車的引擎蓋上方，重重撞上擋風玻璃。把早已讓不知道保險金額會因這次意外飆高到什麼程度而心靈受創的卡車司機，嚇得差點中風。他衝出駕駛座，一邊罵髒話，一邊找人來怪。他身穿牛仔褲和扯掉袖子的T恤，是把自己的手臂當成「武器展」的那種人。他看見我站在車前，赤身裸體，但是沒看見離地較近，膚色也很接近柏油路面的科博地精。他立刻做出撞上他車子的瘦小情緒搖滾男孩——後來又不知道怎麼著從停車場地上跳回引擎蓋上——是想要逃離我這個性變態魔掌的結論。

「你他媽的幹了什麼，你這個變態？你搞不好害死了這個可憐的孩子！他們該把你關起來，送你去坐電椅！」

我沒有回話，因為沒穿衣服的人永遠辯不過人家。別人會對他們大吼大叫、逮捕他們、拿電擊槍電，總之絕不會聽他們辯解。再說，我還有條更小但更危險的魚要炸。我不能讓克雷赫斯逃走。他撿起了鋼鐵保溫瓶，正在觀察拉斯凱勒部族那方。慢慢接近中的地精跑得上氣不接下氣，但他們顯然希望自己穿的是多功能訓練鞋，而不是笨重的精靈增高鞋。

妖精開始分解了，他的身體沒有辦法應付鋼鐵和撞擊的創傷，於是在卡車引擎蓋上化為灰燼，而卡車司機則開始吐出一大堆「搞什麼」、「你相信這種狗屎嗎」及其他現代人用來表達無力的用語。

克雷赫斯首度轉身面對我。「滾開！」他吼道，但沒有等到我回應。他可能以為我不會說古高地德語。但是對我說話等於是在為他的法術鎖定目標。他用左臂夾住保溫瓶，右手像自大狂般不可一世地向上揮起，彷彿一手握住整個世界的睪丸。我很肯定這道法術原意是要把我震開，飛到很遠的地方去，但是法術沒有產生這種效果。瞄準我的法術得先穿越我的靈氣，而由於我的靈氣和寒鐵羈絆在一起，大部分法術都會在接觸我的靈氣時煙消雲散，無法造成影響。護身符在脖子上抽動，除此之外再也沒有任何他曾施法的跡象。

科博地精深感困惑，決定再來一次。「走開！」他說，魔法力量破風而來。我的護身符再次抽動一下，但我的腳牢牢固定在地上、擋住他的去路。拉斯凱勒部族迅速逼近——至少是在他們尷尬鞋子容許的情況下迅速逼近；而科博地精絕不樂見這種情況。他沮喪嘶吼，或許是第一次認真看待我。

我嘲笑他，用他的語言說：「我的年紀很可能比你還大，克雷赫斯。你沒辦法輕易震開我。」科博地精臉色發白，但他並沒有像預期中開始與我交談。結果我挑釁他的話似乎提醒了他附近有可以讓他輕易震開的傢伙——也就是在罵髒話的卡車司機，他到現在還不肯閉嘴，也沒注意到我根本沒在理他。

克雷赫斯漆黑的手指指向對方，再度喝道：「滾開！」這次比劃的手勢十分明確，而不是隨手一揮。他手臂高舉過頭，那個不幸的傢伙飛入天際，嘴裡發出超不搭調的尖叫聲，接著科博地精的手指直接指向我。這表示我可以讓開，讓那個傢伙一頭摔在地上，或是想辦法接住他。我沒有時間及時施展拯救他的羈絆術，再說我的魔力存量已經非常低了，所以我選擇去接他。

我本來期望他會感謝我救他一命，但他的腦筋就不是那樣運作的。他本來就認定我是性變態，所以發現自己被人強迫丟進我懷裡，還在停車場裡滾來滾去，八成就是他所能想到最恐怖的情況。他一口黃牙、有口臭，喉嚨不斷發出驚慌失措的叫聲，開始對我拳打腳踢，努力想要擺脫我。我立刻就不耐煩了，於是用沒有必要的力道回他一拳。他頹然倒地、不醒人事，我連忙四下尋找克雷赫斯的身影。

他往後朝砂石場的方向退，不過已經開始和地精邊跑邊打。地精終於接近到可以施法攻擊他的距離。在可見光譜裡，正常人只能看見五個聖誕老人的精靈快步行走，三不五時會突然揮揮手臂。不過透過魔法光譜，我看見他們試圖羈絆科博地精，而他則擋開了每一道法術。他沒有反擊——沒有時間在地精持續攻擊下抽空反擊——只要還能繼續往砂石場移動，他就沒有反擊的必要。

此時此刻我已經不能施展任何法術了。我僅存的法力必須拿去維持歐伯隆的僞裝羈絆；我不能讓他在購物廣場裡陷入沒綁牽繩又不在主人身邊的處境。不幸的是，我也沒有足夠法力可以對自己施展僞裝羈絆，而我非常須要這麼做，因爲其他逛街的人已經被衝突的聲音吸引而來，開始注意到此地複雜的感情糾葛了——特別在看見有個沒穿衣服的男人躺在有穿衣服的男人身旁時。我看得出來這種情況可以掀起他們強烈的好奇心。我必須離開此地，重新和大地連結——同時幫助地精。

四面八方傳來不少驚呼聲，還有人氣呼呼地叫道：「嘿！你在幹嘛？」因爲我把卡車司機翻了個身，在他身上找尋可以當武器的東西。我希望能找到摺疊刀，但是沒那麼好運。不過牛仔褲後面口袋裡一個鼓鼓的環狀物體顯示他那一口黃牙是嚼菸草造成的。我從口袋裡拿出菸草罐，對它的重量感到滿意，然後向東朝砂石場裸奔疾行——同時用到那個字的兩個意義【註】。

我身後傳來許多怒罵聲。他們八成以爲我偷走了那傢伙的皮夾。如果他們當眞追來，就可能會被捲入地精和科博地精之間的戰鬥。盡快解決才是上策。

我沿著停車場北緣狂奔，這樣可以讓我從三到四碼外的距離路過決鬥雙方。來到地精附近時，我藉由把菸草罐丟向科博地精來爲這場打鬥盡一份心力。他看見我和反射停車場燈光的菸草罐，手忙腳亂地對罐子施展格擋法術，或許以爲那是一把飛鏢或是類似武器，但我只是要讓他分心而已。

結果罐子在科博地精的魔法防線中打破了一道缺口，令一名地精的羈絆法術穿越防禦，將他打倒。鋼鐵保溫瓶在地上撞了兩下，然後滾開。防線出現缺口，其他法術立刻接踵而來。克雷赫斯發出足以撕裂神經的尖叫聲，心知自己即將死亡，而他完全無能爲力。我繼續往東跑，地精則一擁而上，用拳打腳踢讓科博地精付出代價，克雷赫斯的叫聲隨著一下濕淋淋的撞擊聲戛然而止——而打從他出現開始就在我心中揮之不去的那股不對勁的感覺終於消失了。

踏上砂石場的沙地時，我聽見警笛聲遠遠傳來。我透過刺青吸收能量，對自己施展僞裝羈絆，這才鬆了一大口氣。補滿魔法槽後，我慢慢晃回停車場，確認克雷赫斯眞的死了。

他死了。柏油路上只剩下一團油油黏黏的液體，還有一群心滿意足的殘暴地精。我很肯定他們不會洩露我在這裡的祕密，而那個妖精也不會出去亂說，因爲他的骨灰已經隨風而逝。孤紐來了又走，完全沒有發現我，結果和我期待的一樣，我可以繼續在坦佩安安穩穩地住一陣子。拉斯凱勒地精撿起了鋼鐵保溫瓶，這是最好的結果——不管孤紐釀的是什麼，肯定不是給人類喝的。他們看見我路過，我的僞裝羈絆在他們的魔法視覺前無所遁形，於是朝我淺淺鞠躬。我點頭回應，心知這表示我幫了他

譯註：阿提克斯在這邊用了streak，同時有裸奔和疾行的意思。

們一個忙，如果有朝一日遇上什麼須要幫忙的事，他們也會幫我。

從警笛聲和幾個圍觀群眾有拿手機的情況來看，嚼菸草的司機很快就會上救護車，所以我走回狗狗等我的地方，穿好衣服，好讓我可以再度於大庭廣眾見人。

「也該是時候了，」歐伯隆在我回來時說。「我餓斃了！」

「餓斃了，呃？狗狗會說這種字還眞是厲害。」

「我特別留到特殊情況才拿出來用，而現在就是特殊情況。我們已經從普通飢餓進入到快要生氣的狀態了。你不在的時候，沒有人掉鬆餅、三明治，或任何東西下來。」

「悲劇呀。」

「我知道！嘿，阿提克斯，你可以告訴聖誕老人我冬至節想要香腸嗎？」

「聖誕老人是幫聖誕節發禮物的，歐伯隆，不是德魯伊的節日。」

「好吧，你知道，爲防萬一？」

「好吧，爲防萬一。我敢說你在他的好狗狗名單上。」

《拉斯凱勒部族》完

解放凱貝

Kaibab Unbound

An Iron Druid Chronicles Short Story

如果我在正常人生結束時就死去，就會錯過所有有趣的東西。我會玩不到iPad、iPhone、任何i裝置，還有所有E開頭的東西，像是E-mail和eHarmony電子交友，那些東西對我來說會像現代的中東能夠永久和平一樣難以想像。我會錯過難以形容的大師傑作，像是喬叟的《坎特伯里故事》、貝多芬的《快樂頌》和《聖杯傳奇》，還有衛生紙！我告訴你，世人總是不斷吹捧電力是多棒的點子，但我要把衛生紙和輪子擺在一起，這兩樣東西才是史上最偉大的發明。你可以盡管笑，但請先和我一樣過上兩千年沒有衛生紙的日子，然後再來談。文明的拂曉基本上都很寒冷、很寒酸、味道很糟糕，而最好的部分就在於那段日子已是過往雲煙。

度過人生中的第一個世紀後，我很快就了解到漫長的人生就是要懂得享受這些生命中微不足道的小事。就是這種小事讓我活在當下、享受人生，比方說和我的獵狼犬歐伯隆一起打獵。我們打獵是屬於並不在乎獵物是什麼的哪種打獵，因爲說到底你只是想要和你朋友一起在大自然中歡度美好時光。

我們一起開我專爲這趟旅程租來的省油車，前往大峽谷北邊一個獨特的生態體系凱貝高原。

「出城的感覺眞好，阿提克斯。」歐伯隆說，他的話透過我們分享的特殊羈絆進入我心中。我不會隨便就和生物分享這種羈絆——首先，這種羈絆十分複雜，而且不是所有動物都像歐伯隆一樣聰明，也未必願意討論任何和食物或性無關的事情。但是偶爾還是會遇上值得這麼做的時候，讓我放慢腳步，觀察把一切生物與大地連結在一起的線條，拿起這匹馬或那隻熊的生命之線，和我的意識短暫連結，從他們的角度看看世界。我和歐伯隆的羈絆比那種羈絆強大多了，而他則隨著時光的流逝緩緩吸收我的語言，讓我不用透過影像及情緒和他溝通。他把腦袋伸出車窗，舌頭在臉旁邊甩動。「北方的空氣清新多了。」

「完全同意。」我說。

「我們爲什麼不常這麼幹？」他問。

我聳了聳肩，試圖想出個簡單的答案，以免他擔心。眞相在於，我早在耶穌降世前就該死了，而有個愛爾蘭神——安格斯．歐格——依然爲了兩千年前我占了他一次便宜而想要我的命。他派遣各式各樣的妖精在地球上找我，所以我不能在森林裡待太久，否則就會洩露行蹤——基本上會出現一群開心到不像話的樹，由於我是世界上碩果僅存的德魯伊，樹一看到我就會像粉絲看見喬斯．溫登【註】一樣激動不已。這表示我得躲在城市裡。妖精不喜歡造訪到處都是鐵的地方，而亞歷桑納特別讚的原因在於，鳳凰城都會區整個就是一大片妖精厭惡的城市區域。倒不是說他們沒辦法在都會區出沒，而該說他們很懶，也沒辦法快速進出鳳凰城。他們透過橡樹、梣樹和荊棘傳送，而整個州裡只有幾個地方同時有這三種植物，而且都離城市很遠。待在城裡對我來說比較安全。但是歐伯隆並不知道我從前惹上的麻煩，而我此刻沒有理由增加他的負擔。我決定用普通的藉口打發他。

「好吧，我要顧店。有顧客要依賴我調配藥茶。」我在坦佩市裡經營一家新時代書店，鄰近亞歷桑納州立大學，並以藥劑師身分在店裡一角販售藥草，還會煮讓顧客覺得藥效神奇的獨家藥茶。我有一群常客每天都會來喝一杯莫比利茶，不僅能舒緩關節炎的症狀，還讓他們覺得活力十足、年輕十歲。這種茶其實沒有什麼特別神奇的地方，我大多數的藥茶配方都一樣；只是我有兩千一百年的配藥經驗，更懂藥草搭配的效果而已。

「你以前和我說過你大部分的藥茶都沒有魔法成份，」歐伯隆說。「那表示你可以先把茶調配好，我們出門打獵時讓你的員工去賣。」

「你眞是聰明狗。」

「說得一點也沒錯。」

「但我現在只有一個員工。他這兩天在我們放假時，一個人打理店裡已經幫了大忙。」

「那就多雇幾個呀，阿提克斯。大家都想工作，因爲大家都要幫好狗狗買牛排——除非他們喜歡貓，那他們就要買貓砂。嘿，那些樹是黃松嗎？」

「對，沒錯。」我們沿著I-17州際公路北行，穿越芒茲公園。可可尼諾國家森林在這附近拋棄了較矮的橡樹和鱷魚杜松，開始換成其他比較高的樹種。

「看起來那片樹林應該很好玩。我敢說下一座山丘後面就有鹿。」歐伯隆這種愛爾蘭獵狼犬最初是配種出來獵狼和鹿的。因爲這種獵犬太擅長狩獵的關係，如今愛爾蘭已經沒有狼和鹿了。

「對，但那裡是私人土地。」我指出這一點。「我們得在國家森林裡玩。那裡也會有黃松。還會有些山楊樹。」

「我們直達目的地嗎？」

「不，我們要在旗竿市停一下。」

譯註：喬斯・溫登（Joss Whedon），美國知名科幻片製片、導演，代表作爲復仇者聯盟系列電影和科幻影集螢火蟲。

「喔，不。你要帶我們去那家素食店，是不是？」

「那是咖啡店。你不能把所有不是牛排館的店都當成素食店。」

「不，我可以。這裡是美國。你說美國人可以把自己的意見當作事實，把不利於自己的事實當作不重要的意見。」

有時候歐伯隆完全不在乎我說了什麼，有時候他又聽得有點太仔細了。「我們或許身處美國，但你又不是美國人。你是世界上最後一個德魯伊的獵狼犬，我不會讓你採用這種站不住腳的邏輯。」

「你把我的標準訂得比這個國家的人還高可不公平。」

「公平得很。我餵你吃香腸和牛排，而不是乾燥狗食，所以我有權提升對話的水準。」

我們開開心心地爭辯我對他的高度期待，一路聊到旗杆市。我很快地把車駛入鐵軌南邊的水獺街，來到瑪西歐洲咖啡館。這是一家會自家烘焙咖啡的小店，所有酥皮點心都是手工製作。他們把室外的金屬野餐桌漆成森林綠色，附近有根大電線桿，上面貼了音樂會海報，還有客座亞洲神祕主義講師研討會的傳單。友善的狗一如往常地綁在桿子或桌子上讓所有出入的人摸。我把歐伯隆綁在桿子上，以免嚇到路人，然後叫他努力裝作溫馴的模樣。由於體型龐大，他得加倍努力才行，但通常搖尾巴加上垂出舌頭就可以達到效果了。

「快點，拜託，」他說。「你不在附近的時候總是讓我覺得很蠢。人們要嘛就是對我發出奇怪的聲音，不然就是和我講一些好像我很笨的話，而我又不能叫他們走開。」

我向他保證會盡快，然後穿過店門，聞到世界上最芳香的氣味——阿拉比卡咖啡豆和剛出爐的麵包。瑪西咖啡館向來這麼香。

這家店的常客都是左派政治觀的人，穿著打扮也很左派，穿棉麻或羊毛材質的衣服、蘋果傑克帽、粗粗的羅斯塔髮辮【註】，加上不修邊幅的豪邁鬍鬚。牆上掛了一排當地畫家的裱框水彩畫，黑板上有手寫的三明治菜單。店員的穿衣標準是「有穿衣服」，但他們似乎也鼓勵店員透過各式各樣的顏面穿孔來表達他們的波希米亞民俗文化。

瑪西咖啡館是我最喜歡坐下來觀察路人的地點之一。半數顧客都是北亞歷桑納大學的自覺知識份子，剩下的都有各自的訴求，偶爾才有人會不知情地誤闖進來。這類人在進入這種反大企業的獨立小店時通常都會打從心裡感到震撼。他們顯然很不自在，身爲唯一穿著合成纖維布料的人也會導致恐懼和罪惡感逐漸增強；我覺得這種情形很好笑。

我喜歡觀察他人的靈氣，看著那些代表健康和期待會變得更加健康的藍光和綠光。儘管他們並不知情，也不會這麼想，但這裡的人都羈絆在一起，眞的：不滿足的鐵鏽色靈氣在瑪西咖啡館裡會很顯眼，憂鬱的暗灰色也是，還有貪婪和物質至上的怒紅色。

我進門時排在隊伍最前面的年輕女子散發出一股強烈擔憂自己應得權力受損的氣息。她是個瘦瘦的黑髮女子，頭髮綁成一條馬尾，身穿棕色絨面運動服，以藍綠色線條襯托出她的身材。她的靈氣混

編註：蘋果傑克帽（apple jack cap），即報童帽（Newsboy cap）。而羅斯塔髮辮（Rasta dreads）即雷鬼頭，又稱髒辮，是一種將頭髮編成如繩子般一束、一束的髮辮造型。

雜著紅色和橘色，透露出迫切想要踏上權力之旅的欲望。或許她只是今天過得很不順遂，但她有點在影響我的嬉皮好心情，我希望她快點出去，好讓我可以享受一屋子反傳統份子營造出來的愉快氣氛。

當她拿起她點的三杯外帶咖啡，出門前路過我身旁時，我注意到她頭髮旁的靈氣中浮現一道漣漪，一絲白色雜訊顯示這個女人曾經成功施展法術。我差點當場學起《史酷比》裡的夏奇：「媽呀！快跑，史酷比，她是女巫！」從她其餘的靈氣來看，她的偶像八成不會是好女巫葛琳達【譯註二】。她比較像是「加倍再加倍，勞神又傷身【譯註二】」的那種女巫，而三杯咖啡可能也具有意義：她可能是那種「少女—母親—老太婆」【編註二】女巫團裡的少女。

我跟女巫通常都處不來。德魯伊會看顧自然的掛毯，維持強韌的編織工法，強化所有生物之間的羈絆，縫好邊緣磨損和散掉的縫線。另一方面，女巫往往爲了追求自我力量而在自然的掛毯上打洞，與只想看見世界墮落毀滅的超自然黑暗勢力交易。

既然全世界只剩下我一個眞正的德魯伊，女巫就比從前更容易逃脫制裁，而我得坦承，雖然很清楚這種做法並不公平，但我傾向於在證明她們無辜之前都把她們當作有罪。

如果她看得見靈氣的話，這個女巫並不擅長解讀靈氣，不然她路過我的時候就會有反應。能看得見靈氣的人總是會多看我一眼，因爲我的靈氣並不符合我二十一歲紅髮小夥子的外表。

「嘿，歐伯隆，有個拿著三杯咖啡出門的年輕女子看起來很怪，」我透過心聲說道。「你聞聞看有什麼不對勁的地方。」

「我可以聞她屁股嗎？」

「絕對不行。你不會想那麼做的。」

「好吧，但是屁股可以把所有你需要知道的東西通通告訴你。有點像是你告訴過我的那塊羅塞塔石碑【編註二】。喔，一定是她了。」他安靜片刻，然後又說：「我被綁在這裡，咖啡味又濃，所以我沒辦法好好聞，但她身上有衣物柔軟精、薰衣草香皂，還有很多你店裡的東西的味道。」

「你說什麼？我店裡的什麼東西？」

「你知道，那些植物。」

「哪些植物？」

「我不知道，你又沒說過它們叫什麼。我又不是德魯伊，我只是德魯伊的獵狼犬。」

「你是最棒的獵狼犬。非常感謝你的幫助。你可以說說聞到的那些植物是有香甜的花味，還是有點苦、帶有土味的？」

譯註一：葛琳達（Glinda）是《綠野仙蹤》（*The Wonderful Wizard of Oz*, 1900）裡的好女巫。

譯註二：「加倍再加倍，勞神又傷身（Double-Double-Toil-and-Trouble）」為《馬克白》裡女巫攪拌大鍋時唸的台詞。

編註一：少女—母親—老太婆（Maiden-Mother-Crone）是一種三相女神（Triple Goddess）的概念，包括了三個女巫，分別代表了女性生命階段（少女、母親與老嫗）與月相（月盈、月圓與月缺）。

編註二：羅塞塔石碑（Rosetta Stone）是埃及托勒密五世於西元前一九六年發出的敕令，西元一七九九年發現於埃及羅賽塔。石碑上面刻有古埃及的聖書體（Hieroglyph）與世俗體（Demotic），再加上希臘文。雖然細部可能有所不同，但基本上推測三種語言寫的是同一篇文章，成為破解古埃及文字的關鍵，也因此有了破解情報時的關鍵物品的引伸意義。

「土味。沒有甜的，但也不刺鼻。」

這讓我知道她不是在做愛情藥水，也不打算召喚惡魔去對付人，或是釋放瘟疫或瘧疾。這表示她此刻可能不會造成什麼危險，我可以心安理得地忽視她。「謝謝你，歐伯隆，很有意思。你贏得了一根香腸。」

「得分！我要德國油煎香腸，但是不要泡菜或芥末。我才不管什麼慕尼黑啤酒節，在肉裡放醃甘藍菜就是不對。」

「說定了。我很快就會出去，隊伍開始動了。」

來到櫃檯前，我買了一個藍色的手工陶杯，然後請我超級有風格的咖啡館服務生——塞帕普——在杯裡倒了杯舊金山卡布奇諾。由於我太喜歡說她的名字了，我又請她幫我多拿一些東西（塞帕普，你們還有在賣《卡斯密克．雷的高山單車路線指南》嗎？），最後買了堆我用不上的東西。她甚至還賣了些烘焙素食狗餅乾給我，我基於開玩笑的心態買得很開心。我等歐伯隆吃下去兩塊，然後才告訴他說那些餅乾裡沒有肉，一切都是塞帕普的錯。

我把三杯咖啡女巫拋到腦後整整十分鐘。正當我們離開鎮上，往東開到道路轉向北的八十九號公路前，我看見她坐在一輛排隊要出加油站的褐紫紅色本田喜美乘客座上。結果她的車開到我的車後面，我迅速透過照後鏡看看她車上的其他人，確定我有沒有猜錯少女—母親—老太婆女巫團的事情。

我猜錯了。「可惡，這下我開始偏執妄想了。」我大聲說。

「你隨時都在偏執妄想。」歐伯隆說。「而且你還和你的狗說話，還相信魔法。就現代人的觀點來看，你應該被關起來，拿插雨傘的高腳冰杯喝托拉靈。」

「什麼？你從哪裡聽過托拉靈的？」

「他們在魔鬼終結者第二集裡本來要給莎拉・康納吃的，因爲她和你一樣偏執妄想。」

「我上班的時候得給你弄點新片看。」我說，一眼始終保持在那個女巫身上——或那群女巫——透過照後鏡。其他兩個也和她一樣年輕、一樣美麗，靈氣也是一樣的怒紅色，不過我沒辦法在鏡子裡看出她們頭上有沒有白色雜訊。這在我心裡掀起了很多問題，但歐伯隆讓我暫時分心。

「我可以看有忍者的電影嗎？我不想再看你愛看的浪漫喜劇或是青少年憂鬱電影。」

「我不是愛看那種電影。」我說。「我看那些電影是爲了要研究那個年紀的人在想什麼，會怎麼說話。我花了很大心力才讓人們以爲我在這裡長大的，你知道。我應該逼你看一整個禮拜的珍・奧斯汀電影，然後你就會求我換回《鴻孕當頭》。」

「我不知道珍・奧斯汀是誰，但我敢說她有足夠的理性不會去擔心嬰兒的指甲和滴答糖的事情。」

「你要理性？好。那就來看《理性與感性》。看你有多愛。」

我又把注意力放回後照鏡上。在無法看清靈氣的情況下，三個年輕女子有可能會幹出很多令人不安的事情。有可能——很有可能——其他兩個女孩只是咖啡女巫的姊妹會同學，本身並非女巫。但既然她們的靈氣幾乎和咖啡女巫一模一樣，穿的也是絨面運動服，感覺就像是女巫團成員會有的一致性。駕車的是個金髮女子，身穿粉紅色運動服和墨鏡——姑且叫她小粉紅。她的嘴唇超薄，嘛來嘛去，看起來很不耐煩，正和她的某個乘客或兩個乘客在爭辯。乘客座那一側的後座坐著身穿品藍色運動服的黑髮女子，膚色黝黑。我給她取名爲小古銅，而她身體前傾，想聽清楚小粉紅在說什麼，臉上眉頭深鎖。

我眞的很希望這不是一個年輕女巫組成的女巫團。擁有那種靈氣，搭配上年輕人特有的天不怕地不怕的幻覺，她們往往都會嘗試很愚蠢的做法。在少女—母親—老太婆的女巫團，擔任母親的女巫會盡量安撫少女和老太婆。少女會說：「見鬼了，我們來幹點令人髮指的狗屎吧，因爲我很強大，如果出了什麼差錯也要不了我的命。」然後老太婆就會說：「有何不可，我們來幹點令人髮指的狗屎吧，反正我也活不了多久了。」但是母親形象的女巫通常就會說：「大家冷靜下來，好好想想，衡量我們的實力，打安全牌。」

不管她們在爭論什麼，沒多久就不再吵了，安安靜靜地跟在我車後一路開上高原。這讓我有點緊張——她們是基於什麼理由在跟蹤我嗎，還是說只是巧合？難道她們還是有察覺到我的靈氣，想要知道一個看起來只有二十一歲的小伙子怎麼會有如此成熟又充滿魔力的靈氣？

坦佩市中少數知道我眞實身分的人都有他們自己的祕密要守，所以我不認爲他們會告訴別人（更別說是這些小鬼）說我比新約聖經還老。但是天知道，似乎所有人都想要掌握永恆青春的祕密，而他們願意不擇手段去取得這個祕密。或許有人告訴這些女孩我手裡握有答案。又或許她們的旅程就和表面上看起來一樣，三個女大學生跑去大峽谷北緣旅遊。

我在八十九號公路轉向六十七號公路後往南開了一段路，然後向西轉入四六一號森林服務道，往雅各湖開去。這時我終於甩開那輛車了：我開上二八二森林服務道往南，繞過雅各湖，繼續在一條迂迴的黃土路上開了好幾哩，咖啡女巫一行人則繼續沿著四六一道開，大概是要前往湖上的旅社。我鬆了口氣，把她們拋到腦後；她們肯定是去旅社品嚐遠近馳名的派，然後再往北緣開。

一來到樹木茂密的森林區域，我立刻把車停在路邊。我吸了一大口早秋的空氣，欣賞聳立在我面前的樹。大多是有年紀了的黃松，偶爾夾雜幾棵針葉樹，還有些地方有幾棵山楊樹叢生在一起，樹幹上的細白手指透過風對我說哈囉。

放歐伯隆下車後，我踢掉涼鞋，透過繩紋刺青向大地打招呼，我的刺青可不光是裝飾用的：它們是我與大地之間魔法羈絆的實體證據。靛青繩紋是從——如果凱爾特繩紋可以從任何地方開始的話——我的右手手背上開始，然後沿著手臂而上，繞過肩膀下方，順著右半邊身體直通腳跟。和大地接觸時，只要有需要，我就可以吸取它的力量，因爲我和大地羈絆在一起，大地和我羈絆在一起。

與大地交談需要技巧，因爲它沒辦法了解人類語言的語法，而且習慣了地質學那種時間觀。如果我想直接與世人口中的蓋亞交談，我必須進入深沉催眠的狀態，光哈囉就要說上一個禮拜。於是我和她的代理人交談，也就是以生態體系來區分的大地元素。那有點像是和工蜂，而不是和女王蜂交談，因爲女王蜂很少有空，而此處的工蜂可以代替她發言。

至於發言本身根本不是發言。比較像是把我的情緒轉化爲名詞和動詞後，透過費洛蒙釋放出去；不過這樣解釋並不精確，而且聽起來沒有實際上有趣。直接稱之爲德魯伊之道——羈絆自然世界的魔法——比較單純。很難把這種溝通轉化爲文字，不過我傳達給本地元素的意思大概是這樣：／／德魯

伊向凱貝打招呼／健康／和諧／提問：打獵？／／

回應迅速透過我的刺青傳來。／／凱貝向德魯伊打招呼／歡迎／休息／打獵／滋養自己／和諧／／

除非你有過一座森林透過其化身歡迎你的經驗，不然不會知道心裡暖暖的是什麼感覺。／／感激／滿足／和諧／／我回應。

「來吧，阿提克斯，」歐伯隆說，他一邊搖尾吧，一邊興奮地轉圈。「和我一起穿越樹林。」

他不需要說第二遍。我脫下衣服，放在後車箱，然後把車鑰匙藏在前輪內側。我四肢著地，啓動變形法術化身獵狼犬，然後打個噴嚏，嗅覺突然增強五十倍時就會讓人有這種反應。我可以讓自己羈絆成四種不同的動物形態，當我變成獵狼犬時，身上會有一層厚厚紅毛，身體右側有刺青的部分顏色較深。我們開開心心地跑進樹林，一條紅狗和一條灰狗，兩個朋友跑過森林裡的針葉地毯，沉浸在松樹清爽的氣味中。

約莫半小時後，我們聞到一群凱貝鹿的味道，於是我們分頭行事。我把一隻三點雄鹿【註】往南趕向歐伯隆，他順利撲到鹿身上，把牠撞倒。我即使化身獵狼犬還是不喜歡吃生肉，於是我讓歐伯隆去大快朵頤，自己跑到一段距離外找塊舒服的草地曬太陽。

正當我在地上打滾，一邊搔癢一邊享受青草的氣味、聽著自己四肢擺動的聲音時，一股恐懼和厭惡的感覺突然來襲。

／／凱貝需要德魯伊／雅各湖／幫助／不和諧／／

空氣竄出我的肺，所有聲音都消失了，彷彿四周暫時進入眞空狀態。蟲鳴鳥叫聲、樹木間的微風全沒了——萬籟俱寂。幾秒之後，聲音緩緩出現，但還是有股深沉的死寂感揮之不去。

／／提問：凱貝？／／沒有回應，他甚至沒有繼續求救。

我的心彷彿被憂愁抓住了一樣。難道我和大地的羈絆消失了，和我朋友解除羈絆了嗎？我嘗試其他連結。「歐伯隆，聽得到我嗎？」

「當然，」他說，我鬆了一大口氣。「我的耳朵剛剛啪了一聲。不管那是什麼情況，你有感覺到嗎？」

「有。來東邊草地找我。」

「好，反正我也吃飽了。出了什麼事？」

「雅各湖出事了。」我立刻想到咖啡女巫，但我想不出她和她朋友能對凱貝做出什麼事。「你可以回到路上，順著道路向北，自己前往雅各湖嗎？」

「當然，你不和我一起嗎？」

「我要飛過去。」我解開把我羈絆成獵狼犬形態的繩紋，把自己綁定另一種形態，這一次是大鵰鴞。

「在那附近找我，沒看到我的話就在湖畔等。」

「你要去教訓人嗎？」

編註：在打獵術語中，雄鹿的點（points）代表的是牠頭上鹿角分叉的數量，點越多，鹿角上的尖叉就越多。

「我不知道。或許。」

歐伯隆在我向上躍起，振翅提升高度時抵達草地。「好了，我是不會擔心的。我看你和後院那個功夫假人打過很多次，每次都是你贏。」

「謝了，老兄。晚點見。」我繞向北方，努力加快速度。貓頭鷹擅長匿蹤，並非以速度聞名，但依然是我能最快趕到雅各湖的形態；如果那裡有麻煩，那麼無聲無息地接近也對我有利。

雅各湖是高原上的石灰岩溶坑。它已經存在很多年了，乃是附近野生動物的水源。湖畔有一大片草地圍繞，更遠的地方是黃松和山楊樹林，形成一道雄偉的天際線。北方有一座同名小鎮，旅社就是在那座鎮上，所以我不確定麻煩是發生在湖裡還是「鎮上」。

爲免浪費時間閃躲樹枝，我飛在樹林之上，直線飛往雅各湖。飛進圍繞湖畔的草地範圍後，除了幾匹正在享用本季最後一點青草的野馬外，什麼都沒發現。保險起見，我認爲我該繞湖飛行一圈，於是開始反時針方向繞行；待在樹林上方，觀察底下。繞至西側後——空中纏鬥術語裡的九點鐘方向——我看見林頂下傳來一道白光，於是折返回去仔細觀察。我聽見奇怪的尖叫聲，然後是有點緊張的人聲：

「我不認爲妳該殺死牠，因爲殺了牠等於是釋放它。」

「就算它逃得出動物形態，也逃不出魔法圈。它還是遭受羈絆。」

「好吧，但是我們要怎麼把它的力量據爲己有？」

「我不知道，我沒想過這個半吊子的法術竟然會成功！」

「所以妳一點計畫都沒有？」

講話的是三個看起來很眼熟的裸女，現在可以肯定她們都是女巫了。她們聚在一起，圍住中間一樣東西，我決定降落在她們身後的松樹上審慎評估行事，避免她們意外發現我。我發出的細微聲響肯定都被在三個女人中間狂叫的動物掩蓋了。她們那三具非常容易讓人分心的肉體，遮住了發出叫聲的東西。

即使沒穿運動服，她們三個還是很好分辨。小咖啡在左邊，膚色白皙、有點雀斑，頭髮依然綁著馬尾；金髮薄唇的小粉紅在中間；小古銅則站在右邊——我發現她全身都曬得很勻稱。她們三個都有經常上健身房。

「不，我沒有。」小粉紅有點粗暴地說。「妳們也沒有，所以妳們別把事情怪到我頭上。」

「好吧，我們總得想想辦法。」小咖啡說。

「妳以為我不知道嗎？」小粉紅大聲道。

雖然我想我知道這是怎麼回事，我還是不敢相信她們竟然辦得到這種事情。我得弄清楚狀況，然後再下結論。我無聲無息地降落地面，然後解除大鵰鴞的羈絆，恢復人形。

我安安靜靜地對自己施展偽裝羈絆，這是我最接近隱形術的一種羈絆。它可以把我身體的顏色與周遭環境羈絆在一起，只要靜止不動，基本上就完全隱形。如果我動得太快，就會被人看見，但當我模仿直布羅陀巨岩時，她們就必須真的清楚我的位置才有可能發現我。我認為這是最好的做法；除了在A片裡，裸女很少會歡迎陌生裸男接近。

我躡手躡腳走到三個女巫左邊，證實了我在懷疑的事——這個女巫團不知道透過什麼手段成功擄獲並羈絆住一個森林元素。森林的地面上有個小金屬籠子跳來跳去，裡面有隻顯然十分痛苦的凱貝松鼠，因爲牠小小的身體裡塞了一整座森林的靈體。凱貝松鼠乃是這片高原特有的生物，有著毛茸茸的白尾巴和看起來像流蘇的黑耳朵。牠們在地理隔離的地區進化，占據生氣勃勃的生態角落——從各方面來看，牠們都是這座高原的代表生物——但並不足以在體內容納一個元素。我認爲牠至今還能存活的唯一理由，就是元素眞的很想讓牠活著。牠的毛皮抖動、眼珠突起，身子扭動抽搐，害怕尖叫，我十分同情。

同時也怒不可抑。

我環顧四週，想知道她們是怎麼做到這種事的。附近沒有架在火堆上、冒著腐敗惡臭泡泡的大鍋；也沒有在石祭壇上慢慢流血致死的祭品。她們一定有透過某種方式羈絆凱貝——絕不可能就這麼請他過來，自願進入松鼠體內。最後我看到了——在石圈外的黃松樹皮上刻著阿里勒斯封印，《摩西七書》裡爲了羈絆地獄七王之一而設的邪惡封印【註】。自從這本書十九世紀在德國發行後，各式各樣的女巫都曾利用這個封印羈絆各式各樣的靈體，強迫它們遵從號令。她們發現這是少數具有安全機制的法術；靈體要嘛就是來了然後遭受羈絆，不然就是根本毫無效用，句點，而她們就只會損失一點時間，或許外加一顆蠑螈眼。這些女巫把壓碎的虎杖——一種羈絆法術常用的藥草——塗在封印上，松鼠鐵籠底下還有一張紙印著同樣的封印。

我嘆氣。「妳要知道，當那個元素逃脫之後，」我說。「妳們會希望妳們沒做過這些事情。」

「誰？」小咖啡轉向我，但由於我靜止不動，她什麼都沒看見。小粉紅和小古銅也開始環顧四周，甚至抬頭看樹，但她們的運氣也沒比小咖啡好。

「你在哪裡？」小古銅問。

「你是誰？」小粉紅大叫。

「我是誰並不重要。重點是我是個德魯伊，而妳們違背元素本願將其羈絆的行爲已經觸犯了德魯伊律法。」她們挑了力量較弱、容易應付的元素，八成是故意的。我懷疑她們有本事羈絆，比方說，亞馬遜或阿帕拉契亞。她們挑選了世界上最弱小的元素之一，以爲或許地方小和獨立的生態體系能不被世人注意到她們幹了什麼。但我不管身處世界上任何一個角落，都能聽見凱貝的求救聲，然後立刻趕來；剛好遇上我在附近只能算她們倒楣。

因爲我再度開口吸引了她們的目光，所以她們的視線現在都轉向我。不過她們還是沒看到我。

「他怎麼知道我們做了什麼？」小古銅輕聲問。

「我以爲德魯伊在羅馬殞落之前就死光了。」小咖啡說。

「只剩一個。」我說。「羅馬人沒找到我。」

編註：阿里勒斯封印（Seal Of Arielis）傳說是強制受召喚者聽從施術者命令，以及召喚海陸寶藏的魔印，收藏此魔印的《摩西七書》（*The Seventh Book of Moses*）與《摩西六書》皆爲魔法書，內容有許多咒文與符印，意圖指引人們利用這些記載行使聖經中提到的奇蹟。而這裡提到的地獄七王（the Seven Great Princes of Hell），依照出處不同，七王成員的惡魔也會有些許不同，但基本上可推測是位居統治階級的大惡魔。

「我還是看不到他。」小粉紅沮喪低聲道。「什麼都不能做。」這讓我知道，如果她們看得到我，早就對我展開攻擊。

「給我現身！」小古銅叫道，朝我的方向前進兩步。她們一點也不害臊，完全沒有遮掩裸露的身體。

「我對各位深表遺憾。」我在松鼠痛苦的叫聲中說道。「妳們顯然具有魔法天賦，本來有可能成爲偉大的女巫。但我不能讓妳們奪走凱貝的力量。我得釋放他。」我還是不知道她們是哪種女巫。阿里勒斯封印代表她們可能具有喀巴拉背景，但巫毒和奧比巫術【註】的祭司，還有在網路上找到這個可惡的東西的青少女也會使用它。不管她們是誰，都有足夠的聰明才智把封印運用在自己的目的上，而她們的目的絕不良善。

「我們不能讓他打破魔法圈。」小粉紅說著朝我走來，雙臂在前摸索，接著她轉成俄語，顯然是認定我聽不懂。如果她們要應付的是美國年輕小伙子，如此假設多半沒錯；但她們要應付的是個眞正來自遠古的愛爾蘭人，能說四十二種語言，其中有些早已失傳。「Nam nuzhno ostanovit ego.」她說。我們必須阻止他。小咖啡和小古銅從兩側上前，用雙手尋找我飄渺聲音的來源。

小古銅繼續用同一種語言說：「我們應該要加持速度。」聰明。如果不能用魔法瞄準我，那就瞄準自己，加速搜索。她們再度變換語言，一種我有聽過，但是聽不懂的語言；聽起來像是吉普賽語。她們異口同聲，右手也比出同樣手勢，接著她們的動作就快如殘影。

太詭異了。這也表示她們的法力比我預想中高強多了。她們或許也比外表看起來老多了：這些是跑來奪取新世界力量的古世界女巫。

她們快速前進，要是被她們抓住，我可能會受傷。我可不想親身體驗她們有多強大——如果她們能夠羈絆凱貝，很可能也羈絆得了我。我可以透過幾種方式去羈絆她們，但是此刻時間不夠，而且這個時候唸咒會把她們引來。如果想要繞過她們，她們會看見動靜，也會被聽見我的腳步聲，然後我就得應付瞄準腳掌的吉普賽詛咒。唯一的辦法就是打倒她們，然後希望我有時間帶凱貝離開魔法圈。

我等她們走到身邊，隨即展開偷襲，而我一點也不覺得可恥。想和女巫公平決鬥的人通常都死得很不公平。小咖啡和小粉紅鼻子上都中了一拳，小古銅趁她們向後翻身時朝我偽裝腦袋的幻影出拳。她動作超快，但並未受過武術訓練。我已經矮身出腳掃向她的腿，然後趁她倒地時狠狠擊中她肋骨下方，把她體內的空氣通通打出來。她抱著肚子大口喘氣，在氣息順暢之前都施不了法——或是追我。

由於我已經讓她們清楚知道我有拳頭，也很擅長使拳，所以我改變形體衝向魔法圈。我把自己羈絆成一隻海獺——我幾乎從未在陸地上採取的形態——直接朝向還在四下找尋我的小咖啡和小粉紅跳過去。她們聽見我接近的聲音，在我的偽裝羈絆試圖融入周遭環境時看見地面附近有東西在動，於是朝我的方向施展詛咒，從我頭上約莫三呎的位置掠過，假設詛咒會擊中我胸口。我聽見身後的樹幹裂開，很慶幸沒被詛咒打中。我鑽過小粉紅雙腳之間，十分驕傲自己沒有抬頭看，然後跳向羈絆凱貝的石圈。

編註：奧比巫術（Obeah）在西印度群島用來指稱巫術、民間宗教法術等，據傳是由西非來的奴隸建構而成的。

我像鳥撞上玻璃般撞上一道隱形力場，空氣「咻」的一聲離體而去。這些可惡的女巫比我想像中強大太多了。就在我四條短腿奮力掙扎起身，尋找適合撤退，站好不動的地方時，小咖啡和小粉紅發現我已經跑到她們身後，衝向魔法圈了。她們看見我在地面附近留下的陰影，這一次她們直接撲上來抓我。小粉完全沒抓到，但是小咖啡很幸運地抓到我的尾巴。我轉過身去，以銳利的水獺牙狠狠咬下去，她當即放手。

「噢！搞什麼？他已經不是人了！」她在我匆忙跑開時喊道。

「他變成什麼了？」小粉紅問。她沒有顯露難以置信的情緒，只是冷靜地審視全新的威脅。

「我不知道。」小咖啡在她們兩個重新站好，而我閃到魔法圈南邊的一棵黃松後面躲好時說。

「好吧，視線保持在地上，瞄低一點。」她說。

肉搏戰失利，該換個方法試試看了。我變回人形，腳趾頭陷入土裡。我專注在石圈下方的土地，透過我和大地的羈絆感應到那塊土地的存在。我聽見女巫從六點鐘方向接近，但我不能因此而分心。我念誦愛爾蘭咒語，當年把我和大地羈絆在一起的儀式中使用的語言，也就是我施法所用的語言：「Tabhair uaidh,」我輕聲道，透過刺青傳遞命令，那塊土地立刻在我的命令中坍陷，在土地移動的過程中，震開四面八方的石頭，解除了魔法圈。

接著聽見「咻」的一聲，伴隨著一道衝擊波，凱貝立刻逃離魔法圈。女巫大罵俄文髒話，互相詢問出了什麼事。她們回頭看向松鼠，牠看起來就只是隻神色驚慌的普通齧齒動物。

「不！」小咖啡大叫。「它逃走了！」我趁她們分心時慢慢走出樹後，定睛看著她們。小古銅也站起身來，來到凌亂的石頭圈附近加入她們。

小粉紅跺腳握拳。「他怎麼解除魔法圈的？」

「妳們停戰吧，」我在松針開始搖晃，於女巫身邊順時針旋轉時警告她們。「我不認爲凱貝會給／／凱貝感謝德魯伊／自由甜美／羈絆無理／解除羈絆／憤怒／復仇／／各位來場同行審判。」

「好了，等等，」小咖啡一邊看著移動的地面，一邊朝我的方向說，「我們沒想過會走到這個地步！我們根本沒料到會成功！」

「但妳們希望會成功，」我說，一點也不相信這種裝無辜的戲碼。「妳們試圖羈絆自然力量，將其占爲己有。」

小粉紅轉向我的方向，透過松針旋風大吼：「少來這套。如果你眞的是德魯伊，那你所做的一切都是在羈絆自然，取用它的力量。」

「不，那只是一部分而已。就像大地與我羈絆在一起，我也和大地羈絆在一起，它需要幫助的時候，我就必須回應。」

小粉紅全神貫注在我身上，似乎沒發現她站在一道非常奇怪的漩渦中。她一副想要對我丟出一、兩道精心挑選的詛咒的樣子；瞄準我的聲音，看看詛咒會不會打中。但就在這個時候，她腳下的地面裂開，把她整個吞沒，一道松針旋風隨之而下，接著地殼坍塌封閉，徹底隔絕她的叫聲。

另兩名女巫瞪大雙眼，隨即拔腿就跑，一邊衝向森林，一邊大聲討饒，奔向湖畔草地，以爲那裡會比待在樹下安全。

小古銅沒能跑出樹林。四周黃松的樹枝揮落，鞭打、撕裂女巫的皮膚，她用吉普賽詛咒反擊，炸爛樹枝、擊碎樹幹。不過這麼做只是更進一步激怒凱貝，最後一枝瞄得很準的樹枝刺穿小古銅的眼睛，讓她再也不能施展詛咒。

小咖啡有跑到草地，渾身是血，但肢體完整。然而她很快就發現在開闊空間並不會比較安全。凱貝派遣森林裡的動物來追殺她，她則手忙腳亂地在河邊繪製保護魔法圈。

在給小孩看的動畫裡，美麗的女主角會在森林裡開口唱歌，然後動物就會慢慢在她身邊聚集，跟著一起唱，直到他們用金嗓旋律創造出烏托邦。眼前的景象有點像是看著艾德加·艾倫·坡描寫那些片段的版本。率先抵達的是小鳥——青鳥、五十雀、知更鳥、烏鴉、啄木鳥，甚至還有蜂鳥和一隻金鵰——從四面八方飛出樹林。牠們全都朝她飛去，啄她的頭、阻止她完成保護圈，讓大型動物有時間趕到，造成真正嚴重的傷害。她殺死了一大堆鳥，但是鳥的數量實在太多了，她根本緩不出手來畫圈。一頭土狼從北方跑來，一隻山貓自東方出現，顯然牠們是附近唯一的獵食者。牠們咬她的腳跟和小腿，咬得她鮮血淋漓，但她在被牠們咬倒前殺了牠們。我覺得有點沮喪，於是上前幾步，想要動手幫忙，但接著發現沒有必要。牠們的騷擾，加上吵雜的鳥叫聲，完全遮蔽了一頭體型巨大的麋鹿從南奔來的腳步聲，牠全速撞上她的背部，把她撞飛了足足二十呎。我之前看見在湖畔吃草的野馬也從同一個方向跑來。牠們冷酷無情地解決了她，把她踩成一團血肉模糊的肉醬。

//德魯伊幫忙/解放小動物/感激//凱貝透過我的刺青說。我慢慢繞過凌亂的石圈，撿回那個金屬籠。我把凱貝松鼠帶到最近一棵完好的松樹前，在樹底打開籠門。牠立刻跑出籠子，直接爬上樹幹，身體狀況不比牠今天早上醒來的時候差，不過冬眠時大概會作惡夢。

／／感激／公義／和諧／／凱貝說。森林動物都聚集在草原邊緣，安安靜靜地看著我。我轉頭看向牠們，牠們對我點一點頭，然後凱貝釋放牠們，讓牠們朝四面八方飛走或跑走。

／／鬆一口氣／不必客氣／／我回應。我放下籠子，再度將自己羈絆成獵犬的形體，然後花點時間在女巫羈絆凱貝的地方聞了一聞。她們把運動服疊得整整齊齊擺在旁邊，我挖了個洞，把衣服埋進去，但是沒有花很多工夫加以掩飾。附近也有幾袋藥草，我把它們，還有擺在松鼠籠子下的阿里勒斯封印拿遠一點，細心掩埋起來。離開前，我抬腳去碰黃松樹幹上的封印，抹花塗在上面的虎杖，徹底瓦解其上殘存的魔力。

等警方終於抵達後，他們就會好好享受一段還原案發現場的美好時光。

我的工作結束了，我邁開大步，像是獵狼犬在慶祝一樣，穿越血淋淋的草地，來到森林道路上，然後轉而向南。幾分鐘後我看到歐伯隆迎面而來。「到底是怎麼回事？」他問。

「來幫一隻受困的松鼠脫逃，就這樣。」我說。

「就這樣？你像是趕著去防守基地對抗帝國步行者【註】一樣飛過來就是為了這個？」

「好吧，這麼說有點簡略，但是沒錯。」

譯註：出自《星際大戰：帝國大反擊》裡開場霍斯之役的橋段。

「你把輕重緩急都搞混了，阿提克斯。我這輩子都不會爲了幫助一隻松鼠急成那樣。除非目的地有牛排館在等著我，不然我絕對不會跑成你那個樣子。」

「好了，我們可以慢慢走回車上。事情都解決了。」

「我想在松鼠國度裡的事情都解決了。但是我覺得這個地方怪怪的。你知道，剛剛我的耳朵又啪了一下，而且我好像還聽見有人慘叫，還有一群鳥和馬發狂的聲音。這座森林有點恐怖。」

「眞的嗎？我不覺得，」我說。「對我來說，這一切再自然不過了。」

《解放凱貝》完

意志試煉

A Test of Mettle

An Iron Druid Chronicles Short Story

如今的我煥然一新。我覺得我的髮型變了，外表像是漫畫裡的女英雄。我不再是吧台女酒保或哲學系學生，而是德魯伊學徒，那感覺就像我結束漫長又悶熱的沉睡，渾身濕透、不停發抖地從簡陋的繭裡爬出來。關妮兒．麥特南這個名字已經沒有多大的意義，只是別人對我的稱呼。索諾倫元素稱我爲「德魯伊之子」，這就是我現在的身分。

□

即使樹葉掉光了，東沃德河畔的棉白楊樹仍美麗如詩。

它們的樹枝對我訴說寂靜、死亡，以及會隨著季節轉換而來的新生。季節交替也代表了時間的流逝，透過花蕾、花朵、種子，而不是鐘裡的齒輪或翻頁的日曆。

它們粗糙的樹皮對我述說風雨侵襲和防衛自我的故事。

它們的樹根宛如手指，但是不會握拳，喜歡友善地握手，還會對土壤說：「我會在這裡滋長茁壯幾季，然後成爲你的養份。取之大地，亦將回歸大地。」

我發現它們就像德魯伊，想到現在我成爲它們的一員，而不是從前那個世界的寄生蟲，就讓我感動落淚。

□

能夠執行這份西西弗斯的考驗對我來說也算好事，不然我想我會發瘋，就像那首英國詩《湯姆·歐貝蘭》【註一】一樣。我很擔心阿提克斯。萬一他回不來怎麼辦？但這當然又是另外一項考驗。所有的一切都是考驗，所有的一切都是美麗而又喋喋不休的瘋狂。我已經失去了正常的外衣，裸體站在原野裡……

我只是在胡言亂語，大人【註二】——

／／那裡／／索諾倫在我心中說道，我的注意力轉向突起於東沃德河深綠水面上一塊微微傾斜的岩石，其下有一道漩渦產生的滾滾白浪，看起來就咖啡上的發泡奶油。我透過掛在喉嚨下方的松綠石感應索諾倫的引導，感覺那個位置的水流，感覺岩石下方的緩慢步調，一隻大淡水龍蝦在那裡建造家園。中西部的淡水龍蝦不該出現在大陸分水嶺的這一側，牠們獵食本地魚類的卵，變成扼殺魚類生存空間的入侵物種。幼稚園的小孩在介紹甲殼綱課程結束時把牠們倒入河中，而理應知道不該這麼做的老師放任他們如此摧殘生態系統。

我抖動手腕，釣線隨著鉛錘往上游甩去，落入水流，漂過那塊岩石。吊鉤上的魚腸宛如女海妖般引誘著淡水龍蝦。龍蝦爬出牠的住所，出螯夾住釣餌，我便輕輕把牠拉出河面，吊在白水桶上方，直到牠的小腦袋發現自己已經不在水裡，然後放開螯爲止。那裡面已經有幾十隻牠的兄弟在等著了，我感到索諾倫傳來一陣滿足之情。

我笑到臉頰發痛。資源回收感覺不錯，節約用電也很好，但那些都不能與這個相提並論，爲了你做的事接受來自大地本身的感謝。

阿提克斯有種形容表達用語聽起來有點怪——「願你心靈和諧。」他說，然後別人就會一副他本來是要說「願原力與你同在」，但是說錯了的樣子看他——但現在那句話聽起來超完美的。那就是在形容我此刻所感受到的喜悅、滿足、想法和行為完美搭配的純眞無瑕、深表感激並接納我在地球上的身分，這就是和諧。

我直到今天才了解這種感覺。我運氣太好了，我感到眼眶潮濕，河面變成印象派的畫布，在陽光的親吻下呈現出邊緣暈染效果和土壤色調。

或許我在阿提克斯不在時感受到這些情緒也好。打從抵達此地，我就一直又哭又笑的，如果讓他看見我這種任由情緒支配的模樣，搞不好會質疑我適不適合當德魯伊——甚至適不適合做任何事。不過這不是說他本身不會受到情緒和忠誠支配。他和他的好兄弟去找某個雷神打場男人的戰爭，為了什麼？

為了一場夢幻和榮耀，他們就像上床睡覺一樣直奔自己的墳墓……而莫利根在阿斯加德上可幫不了他。

編註一：湯姆．歐貝蘭（Tom o'Bedlam）是一首沒有名字的詩作，主述者是個曾住在瘋人院（Bethlem Royal Hospital，簡稱Bedlam）的流浪漢。

編註二：「我只是在胡言亂語，大人（These are but wild and whirling words, my lord）」出自《哈姆雷特》第一幕第五場赫瑞修（Horatio）和哈姆雷特的對話中。

但如今我可以透過同一扇窗看世界，很快就能看見他眼中的一切。我現在知道他一點也不在乎政治，因為人類的紛爭裡容不下和諧。和諧存在於這條河的歌聲中、在沙漠之風的氣味裡，在冬季棉山楊的樹枝上看見的赤裸詩篇上。

它存在於笑聲裡、威士忌裡、偶爾當你在口袋裡找到忘記許久的鈔票時，它就在你的褲子裡。

歐伯隆在河堤上叫了兩聲，把我嚇了一跳。阿提克斯請我照顧歐伯隆，不過我懷疑他也有請歐伯隆照顧我。我知道歐伯隆完全可以了解我在說什麼，但我不能像阿提克斯那樣聽見他說話，在我正式成為德魯伊之前都不行。

「定時查看？」我問他。

歐伯隆又叫一聲，用很人類的表達方式朝我點頭。

「我工作的時候你不會很無聊，是吧？」

這一次他叫了兩聲，然後搖頭，同時搖尾巴。我覺得自己彷彿身處《靈犬萊西》的某一集，裡面的人問柯利牧羊犬【註】：「怎麼了，女孩？農夫包伯掉到井裡，摔斷了左脛骨？」或是某些差不多複雜到荒謬的話。但我認為歐伯隆只會嘲笑竟然能蠢到掉進井裡的農夫包伯。

「好吧，謝謝你跑來查看。」我說。「我很快就收工了。」歐伯隆對我嚓嚓笑，但我假裝沒注意。阿提克斯說過當歐伯隆嚓嚓笑的時候，就表示他覺得很可笑。在我們此刻身處的地方，他只有可能是在笑我。我八成看起來非常蠢，一點也不像女英雄。他又叫了一聲，然後回去做他們犬科動物愛做的事，消失在樹叢中。

幸好有他在這裡陪我，我想。我媽教過我絕對不要獨自穿著潛水衣在河川上游遊蕩。如果說她有辦法想像這種行爲的話，就會這樣教我。感謝二十個神界的諸神，我不用繼續待在堪薩斯州了。

我繼父家裡有很多房間。沒有一間屬於我。

我渾身僵硬地躺在營火和歐伯隆中間。我已經清理到上游的一半了，感謝索諾倫幫忙找出淡水龍蝦的位置。明天我會繼續清理同樣的範圍，然後轉到對岸往下游清去。我猜一覺醒來自己會渾身痠痛，還會被曬到脫皮。歐伯隆一直在笑我被太陽曬傷的臉；我的皮膚即使在冬天都很容易曬傷。

//休息吧，德魯伊之子//索諾倫說。//不會有生物打擾妳//

//感謝//和諧//我說，已經開始失去意識。

//和諧//

□

編註：《靈犬萊西》（*Lassie*）中萊西的狗種就是柯利牧羊犬（Rough Collie）。

鳥叫聲喚醒了我。我不知道是哪種鳥，我很不會認鳥叫聲，但那是因為我從未費心去認。通常我只會聽見鴿子咕咕叫；比較會唱出旋律的鳥類通常會避開城市。我得學會辨識所有鳥叫聲。

我皺起眉頭，伸展肢體，以為會聽見我的腳和背上傳來昨天勞動帶來的抱怨聲。我以為臉頰上的曬傷會造成熱呼呼的緊繃感。但我完全沒有那些感覺；反而覺得活力十足，一點痠痛都沒有。這和想像中差太多了，我懷疑昨天是否出自夢境——接著我排除了這種想法，因為如果昨天都是一場夢，我又怎麼會在這裡醒來？

／／新的一天／索諾倫向德魯伊之子招呼／提問：睡得可好？／／

我大聲說：「很好，謝謝，」然後才想起要專注思想和情緒，透過松綠石傳達這些想法。

／／德魯伊之子向索諾倫招呼／睡得很好／感覺很好／提問：索諾倫治療我？／／

／／對／／

我笑著對她表達感激之情。／／很快就會繼續工作／／

／／和諧／／

歐伯隆打個大呵欠，伸展他長長的後腿。然後他突然撲到我身上，開始舔我的右臉。

「噁！歐伯隆，好噁！」我揮手打他，但他已經跳到一旁，朝我嚓嚓而笑。我也看著他笑。「瘋狗。」

他開心地叫了一聲，然後跑入樹叢，大概是去回應自然的召喚。我基於同樣的理由跑向另一個方向。我們吃肉乾當早餐，歐伯隆因為沒香腸，有點沒勁兒。接著我又擠回我的潛水衣裡，展開另外一個收集龍蝦的日子。

「你要去獵點吃得飽的東西？」我問他。

喔，對呀，對呀。——歐伯隆十分清楚地對我表達他的意圖。

「那好吧，祝你打獵順利。」他消失在樹叢裡，我花了點時間捲起毯子，整理我帶來的小背包。

我一開始並沒有留意到樹叢中發出的聲音；我以爲是歐伯隆。但接著一聲肯定是豬叫的聲音讓我的目光離開釣魚線。

不到五十碼外，有一頭野豬半身隱藏在石南叢裡。牠的正式名稱是貒豬——有個傲慢自大的動物學家曾糾正過我，但我不喜歡這個名字，因爲我心裡老是會浮現一些奇怪的聯想——貒豬聽起來太像鶴嘴鋤【註】了，然後我咻一下就開始幻想穿襯衫打領帶的老二，而那讓我想起我繼父，所以我才不要那樣叫牠，還是叫牠們野豬就好了。牠們視力不良，但是嗅覺和聽覺絕佳。就在我眼前，另一頭野豬走到之前那頭身旁。然後又是一頭。然後再一頭。牠們的豬鼻不停抽動地尋找我的氣味，而我認爲牠們不太高興。我聯想到希區考克電影裡那些坐在公園裡神色不善地打量路人的鳥。當這麼做的動物是野豬時，感覺就更恐怖了。接著牠們同聲吼叫、朝我衝來。

「歐伯隆！」我大喊，丟下背包朝河邊跑去。「來吃你的培根！」

我離河邊只有約莫二十碼，但是野豬的速度比我快多了。其中一頭豬的獠牙在我抵達河邊時咬破

編註：貒豬是peccary，而鶴嘴鋤是pecker。

了我的小腿；我則雙手在前撲入河中，希望腦袋不要撞上石頭。本來已經因爲腎上腺素激增而劇烈跳動的心臟，在冰冷河水接觸皮膚時開始進入B級片尖叫模式。潛水衣會降低河水傳導體溫離開我身體的能力，但它並無法減弱一開始溫度遽降的刺激。

我避開石頭，腳往上縮，讓頭繼續深入水流，任由河水把我沖向下游，然後才浮出水面，伸長雙腳踏向河底。踏不到。我得往河岸游一段距離才有河底可踏。野豬在岸上尖叫，或嘶吼，或天知道該怎麼形容牠們喉嚨裡發出的那種邪惡的聲音。我放鬆雙腳，繼續游向下游。野豬在岸上跟來，等我接近岸邊就要展開攻擊。太好了。

小腿刺痛，但我無法確認傷勢有多嚴重。這時我才發現因爲那道傷口，潛水衣沒有發揮應有的功效。水並沒有被擋在衣服和皮膚之間，直接滲了進來，我還是感到冰寒刺骨。繼續待在河裡，我很快就會失溫。

暫時安全後，我想知道歐伯隆在哪裡，於是再度呼喚他。我同時也懷疑索諾倫怎麼會放任這種事發生。昨天晚上她不是幫我擋下了蚊蟲咬傷和臭鼬衝撞嗎？我集中精神，問她怎麼回事。

／／德魯伊之子遭受攻擊／提問：幫忙？／／

回答令我困惑。／／不是索諾倫做的／無法干涉／／

這表示有其他人要爲攻擊事件負責。／／提問：是誰做的？／／

／／非常古老的德魯伊／富麗迪許／／

富麗迪許來了？愛爾蘭的狩獵女神派野豬來攻擊我？爲什麼？

我決定先渡河到對岸去，既然這一邊的野豬不讓我上岸。我游向對岸，對抗水流，幸好這個河段水流不急，但對岸也有一頭氣沖沖的動物在等著我。一頭耳朵攤平在頭上、伏在岸邊的山獅，對我發出滿懷惡意的嘶吼聲，還用看起來超不公平的利爪朝我這個方向亂抓。

見──鬼──了。我覺得野豬比較好。我開始往回游，同時思考當前的難題。

富麗迪許不可能是想殺我──如果她想殺我，我早就死了。阿提克斯說她是箭術大師，還能施展眞正的隱形術；她隨時都能放箭射我，根本防不勝防。她還有能力完全控制動物，這表示只要她想，就能強迫那些動物下水。她沒有這麼做就表示，她要嘛就是想把我困在水裡，不然就是想看看我如何應付這個局面。後者比較合理。我想這是另一場試煉；阿提克斯隨時都會這樣測試我。我當然不是指用野生動物威脅我的性命，而是毫無預警地丟出狀況，也不告訴我說他在測試我。

但是爲什麼選在這種時候？想這個和解決問題沒有關係，先回去想該怎麼解決──現在該怎麼辦？這個問題比較恰當。那些野豬看見對岸有頭獵食者，但卻沒有撤退。牠們依然在河岸上守住我的出路。而我已經冷得不像話了。呼吸都會痛。

因爲還沒有與大地羈絆，我不能施展魔法──而大地已經說過我得靠自己。富麗迪許肯定知道這一點。她給我兩個選擇：待在河裡，避免衝突，最後死於失溫；或是在沒有武器的情況下殺出一條生路。我知道向她求饒並非選項之一。那只會讓我自動失格。

我的體格並不適合與野豬搏鬥，更別說是同時對付八頭，所以──？

接近岸邊時，答案出現在我腳下──石頭。我得拿石頭丟這些豬。光滑的大河石塊可以打爛一、兩顆腦袋。如果富麗迪許驅使牠們來追我，好吧，我的泳技比較高明。

我潛入河裡，從泥巴中挖出一塊和我腦袋差不多大的石頭。石頭比我想像中重，但是很適合當前的任務。我奮力把石頭抬出水面，深深吸了口新鮮空氣。野豬看到我出現，隨即開始大吼大叫。我踏著河底往前走，走到水深及腰的地方，然後用雙手把石頭舉在頭上，挑選一隻目標。接著我停下動作，心生疑慮。

殺死這些可憐的動物會讓我感到羞愧。要不是有神指使，牠們絕對不會這樣鍥而不捨。打傷牠們和打死牠們沒有差別，反而更痛苦、更殘酷。

但我看不出其他出路。我忍不住渾身發抖，牙齒開始打戰，石頭在我頭上抖動，我的身體想要提升體溫。我必須離開水裡，修補潛水衣，或許縫合我腳上的傷口。但是光靠好言相求，野豬是不會理我的。還是說牠們會？

「請你們走開，不要惹我。我不想傷害你們。」我說。牠們繼續對我怒吼。值得一試，我想。我對索諾倫傳達意念：／／很遺憾要殺害小動物／富麗迪許的錯／／

沒有回應。手中的石頭越來越重了。基於我對當前狀況感到的憤怒、想要逃生的絕望、不知歐伯隆下落的擔憂，我瞄準站在河邊的領頭豬，把石頭朝野豬群奮力擲出。我瞄偏了一點，石頭從目標頭上飛過，擊中他身後的那頭野豬。石頭砸碎了牠體內某樣東西，牠頹然倒地，痛苦悲鳴。我內疚到差點崩潰。

凝聚其他野豬意志的力量瓦解了，牠們四下散開，留下受傷的夥伴。對面河岸的山獅也不再徘徊，大吼一聲。

我及時轉身，看見牠跳入河中，開始朝我游來。我不知道是不是富麗迪許強迫牠這麼做的。大貓很少游泳；牠們的浮力不是很好，所以這是異常行爲。不過野豬淒慘的叫聲對牠而言可能是難以抗拒的晚餐鈴。

我不會讓那頭野豬繼續受苦。如果山獅想要吃牠，沒問題，但我不要牠的喉嚨慘遭撕裂。我雙腳對抗水流，走回岸邊。我抛出的石頭躺在野豬旁邊。我撿起石頭，忍不住大叫一聲，對準那頭可憐動物的腦袋狠狠砸落。慘叫聲戛然而止。我從屍體旁退開，石頭依然抱在手裡。山獅上岸，怒氣沖沖地壓低身形，對我露出利齒嘶聲吼叫。我緩緩後退。儘管我很想拔腿就跑，但那樣只會把我害死。我最大的生機就是拿那塊石頭來個幸運一擊。

「妳怎麼說，布莉德？」我右邊傳來一個聲音。

我往那個方向瞄了一眼，看見三道片刻之前還不在那裡的身影，不過他們都沒有擺開攻擊架式，也沒有山獅那種利齒，所以我把目光移回壞貓咪身上。就在我眼前，山獅躺下來，前肢在身前交叉，腦袋輕輕地躺在上面。寂靜。優雅。貓。

另一個人說話的聲音把我的注意力引回那三道身影上。一個宛如凍糕、焦糖、橙皮和勝利滋味層層交疊出來的女低音。

「她吃驚完後立刻展開行動，還推測出遊戲規則。」說話的是個高個子女人，身上的全套盔甲同時給人世界主宰所向無敵的感覺，以及鹿兒歡欣雀躍時所散發出的優雅詩意。她左手捧著一個頭盔，右手輕輕放在一把入鞘長劍的劍柄上，渾身充滿了帝王氣息。我面前的是布莉德——第一妖精——當我的下巴掉下來時，手中的石頭也差點一起落下。她側頭打量我，繼續評論我的表現。「首先策略性撤退，冷靜評估情況，然後果斷展開行動。她體內沒有半點懦弱。」

我不確定是否該主動道謝。我只是閉上嘴巴，深吸口氣，以免從頭到尾都是一副蠢樣。我目光飄向另兩道身影。一個是歐伯隆，看起來既可憐又害怕。我立刻知道他被富麗迪許控制住了。她是第三道身影，由鬈曲紅髮和土色絨面皮革組成的狂野形象。狩獵女神左手持弓，肩膀後方掛著裝滿箭的箭筒。她回應布莉德的評論，說道：「但是她對野豬丟石頭前有停下來說話。」她直接對我說道：「妳爲什麼要停，關妮兒．麥特南？」

我沒有回答她的問題，只是冷得發抖，透過打顫的牙齒問道：「我現在可以放下這塊石頭了嗎？」

富麗迪許不耐地點頭，布莉德右手離開劍柄，朝我指來。「提安土。」她說，我立刻感到一股暖意。我看了山獅一眼；牠依然趴在地上，於是我放下石頭、雙手抱胸，突然間意識到我站在兩個看起來眞的很像漫畫女英雄的女神面前。

「我說出當時眞正的感覺。我不想傷害牠們。」我回答。「我希望能想出不用殺害牠們的辦法。不幸的是，我想不出來。」

富麗迪許點頭表示嘉許。「尊重生命。很好。」

我想問她怎麼不尊重生命，她爲什麼認爲自己可以把動物當成傀儡一樣操控，還強迫我在某種變態遊戲裡殺害牠們。但阿提克斯說過不管圖阿哈．戴．丹恩有多該罵，絕對不可對他們無禮。這時布莉德選擇回答了幾個我沒提出的問題。

「關妮兒．麥特南，妳剛剛參加了包拉克克魯坦——危險試煉。德魯伊學徒必須通過這種試煉才能繼續接受訓練。這個試煉向來都是由該學徒不認識的德魯伊主試，試煉的條件也和此刻相仿。解釋原因。」

又是一項測試。

「學徒的老師可能很難毫無顧慮地進行危險試煉。」我說，立刻知道這樣講沒錯。「學徒也必須相信自己孤身遇險，不然會影響試煉效果。」

富麗迪許微微點頭。「這個試煉的用意為何？」

「在不能使用魔法及武器的情況下，測試勇氣和臨場應變的能力。」接著我想起富麗迪許質疑我停下來說話的事，於是立刻補充道：「還可以順便測試道德觀。」

「這是試煉的本質，但並非目的。」

喔。我還得幫她們剛剛對我，還有對歐伯隆、對野豬和山獅做的事，提供合理解釋。

「可以請妳釋放歐伯隆嗎，拜託，趁我思索這個問題的時候？」我問。

富麗迪許望向布莉德，看她是否同意。第一妖精輕輕點頭，富麗迪許解除歐伯隆的束縛，他立刻起身跑到我旁邊，低頭垂尾、神色難堪。我彎腰招呼他，低聲道：「嘿，抬頭。你沒做錯什麼。」我拍拍他，他輕搖尾巴。

「你們舉行包拉克克魯坦試煉多久了？」我問。

「自從圖阿哈・戴來到愛爾蘭起。」布莉德說。

我點頭思索。那表示阿提克斯有經歷過這個試煉，他也知道我很快就會接受這個試煉。搞不好還是他離開後親自安排的。

「這是在透過危機評估人格特質，」我說。「人要在生命受到危脅時才會露出本性。」

「沒錯。我們爲什麼要這樣評估妳？」富麗迪許繼續問。

「我有一天會和大地羈絆。」我說。「妳們不允許懦弱或嗜血之人與大地羈絆在一起。」

「非常好。」布莉德說。「我滿意了。妳有受傷？」

我首度檢視自己的小腿，隨著身體回暖，傷口越來越痛了。剛剛寒冷麻痺了痛覺，腎上腺素讓我忽略了其他受傷的跡象。小腿外側有條算淺的傷口，如果不是穿了潛水衣的話，傷口應該會更深才對。儘管如此，傷口還有在出血，大概須要縫幾針。

「這裡被咬傷了。」

「我們就不打擾妳療傷。」富麗迪許說。「恭喜。我們期待妳與大地羈絆的那天到來。」

「願妳心靈和諧。」布莉德說。

「妳也是。」我在她們藉由富麗迪許的隱身術轉眼間消失前回道。

她們可能會待在附近繼續觀察我一陣子，但我不在乎。我比較擔心那頭山獅。我眼睜睜地看著牠起身，朝歐伯隆嘶吼道別，然後跳回河裡，把野豬的屍首留給我們。

我摟住歐伯隆的脖子。「你眞是條棒透了的獵狼犬。很抱歉你必須經歷那種事情。我知道你想幫忙，但你沒辦法。你之前就被富麗迪許控制過一次，是吧？」

歐伯隆輕輕哀鳴一聲。我差點和他一起哀鳴，因爲我剛好在那個時候想到萬一我沒有通過包拉克克魯坦的話會出什麼事。

索諾倫用一個客觀的事實打斷了我可怕的思緒，讓我不再去想失敗的話會怎麼樣：／／德魯伊之子活著／喜悅／欣慰／／

／／對／遺憾／現在不能工作／得先補好潛水衣／／

／／得先治療腳／索諾倫會治療／／

／／感謝／和諧／／

／／和諧／／

□

歐伯隆很窩心。如今他和我形影不離。他看著我用釣線和釣鉤縫潛水衣，我敢說這對他來說大概就像看小草長大一樣刺激。又或許他只是等著看我刺傷自己。不管我怎麼補都還是會滲水，只希望不會滲到讓我失溫的地步。現在我覺得很溫暖、很舒服了，感謝布莉德對我施展的法術，但我認爲一旦再度下水，大概要得等回到租來的卡車上才能恢復溫暖了。

我殺了幾百隻淡水龍蝦，一點感覺都沒有，但是殺那頭野豬卻讓我深感罪惡。牠會一直出現在我夢中，我想。

我們又花了兩天才結束這裡的工作，回到出租卡車上。

「知道嗎，歐伯隆？經過四天喝水吃肉乾的日子，我認爲我們有資格吃點牛排。你覺得呢？」

他興奮大叫，尾巴搖得和鐮刀一樣，明白表達贊成。

「布莉德和富麗迪許的事情，阿提克斯回來後，我們要不要告訴他？」

歐伯隆垂下尾巴，叫兩聲表示不要。

「好。那就當是我們兩個的祕密。」

《意志試煉》完

交叉路口的女神

Goddess at the Crossroads

An Iron Druid Chronicles Short Story

在鋼鐵德魯伊編年史年代表裡，這個故事發生在關妮兒受訓的階段。《圈套》過後，短篇《兩隻渡鴉和一隻烏鴉》【編按】之前。

編按：《兩隻渡鴉和一隻烏鴉》收錄於《鋼鐵德魯伊6：獵殺》中。

納瓦霍保留區的天空下沒有工業噪音，赤裸的星星在夜空中閃閃發光，沒有受到都市污染的影響。在這種乾淨的環境下，你唯一能聽見的就是大地決定要吟唱的歌聲——好吧，那個，還有你自己發出的噪音。我最愛的音樂就是在沸騰冒泡的燉肉鍋下火堆發出的啪啦聲響，就視覺上來講也十分迷人，容易喚起過往回憶。

「火焰燃燒，大鍋冒泡【註】。」關妮兒凝視著營火橘色的火焰中心，輕聲說道，引述莎士比亞筆下女巫的台詞。這話掀起了一段回憶，我忍不住抖了一下。我的學徒看見，抬起頭來看我。「幹嘛？那些故事裡的女巫令你害怕？」

「不是故事裡的女巫，不。」我說，關妮兒身體一僵，盯著我看。我的愛爾蘭獵狼犬歐伯隆，蜷縮在爐石外緣，察覺到火堆旁氣氛緊繃。他抬起頭來，透過心靈羈絆對我說話。

「阿提克斯？怎麼回事？」

關妮兒還沒和大地羈絆，聽不見歐伯隆說話，但她已經學會看懂他的肢體語言。「如果歐伯隆在問你怎麼回事，我也很想知道。你怎麼會突然發抖？」

我考慮是該告訴她還是規避這個問題，但接著想起她跟著我之後已經見過很多不能當作沒見過的事情。比方說北歐死亡女神赫爾的外表就可怕到足夠讓人一輩子作惡夢了，但她也沒給嚇破膽。

「這個故事有點長，不過我想我們有時間講。」

編註：火焰燃燒，大鍋冒泡（Fire burn, and cauldron bubble.）出自《馬克白》開場三個女巫唸誦的詩句。

「我們絕對有時間，」關妮兒說。「我們生了營火，煮了一整天貨眞價實的燉肉，冰桶裡還有啤酒。沒人會來打擾我們。」她朝我搖搖手指。「這是關鍵。」

「沒錯。好吧，那是伊麗莎白女王剛去世不久後發生在英格蘭的故事，當時莎士比亞才在蘇格蘭吉米那裡找到新的贊助人——」

「蘇格蘭吉米？」

「當時不尊敬詹姆士王的人民就是這樣叫他的。事實上，這已經是最有禮貌的稱呼了。」

「你說的是詹姆士王版聖經【譯註二】的詹姆士王？」

「就是他。」

「等等。我知道你把莎士比亞所有作品都背下來了，但是你眞的見過他本人嗎？」

「我不但見過他，還救過他一命。」

關妮兒目瞪口呆。她知道我漫長的一生中曾見過幾個歷史上的知名人物，但我還是有辦法讓她吃驚。「你怎麼沒和我說過？」

我聳肩道：「可能聊一聊就被打斷了，還有就像妳說的，那是關鍵。我也不想老是拿別人的名號來自抬身價。」

「所以莎士比亞的故事和讓你發抖的故事不是同一個？」

「不。是同一個。」

關妮兒拍一拍手，輕叫一聲，這讓歐伯隆用尾巴拍擊地面。

「你是在興奮什麼？」我問他。

「我不知道，阿提克斯，但她聽起來很開心，所以我也爲她開心。當年英格蘭的人有養貴賓犬嗎？」

「可能有，但我沒見過。」

「喔，很抱歉，阿提克斯。你日子一定很難過。如果我孤身流落在外，沒有屁股可聞的話，我也會很難過——」

「我知道，老兄，我知道，我們得盡快進城，讓你展開社交生活。」

「我會夢到那個的！但先等我們吃完再說。我希望現在就能開始吃。」

我看著火堆對面的關妮兒，說道：「歐伯隆很爲妳高興。如果我們先吃飯再說故事的話，他會更高興。」

「聽起來不錯。應該燉好了，你覺得呢？」

我點頭，拿了三個碗，幫我們每個人都舀一碗燉羊肉，並警告歐伯隆要等涼一點再吃，免得燙到舌頭。

「所以莎士比亞寫作的年代你都待在英格蘭？」

「不，我錯過了整個伊麗莎白女王統治的年代【編註一】，在她去世後不久才從日本抵達英格蘭。」

譯註一：欽定版聖經。

「你去日本做什麼？」

「那個改天再說，總之那是個很刺激的年代。我見證德川幕府的崛起，還看過京都二条城興建早期的模樣。但最後安格斯．歐格發現我在那裡，逼得我再度搬家，而我決定要搬到家鄉附近，因爲有個英國水手和我提過這個叫莎士比亞的人，激發了我的好奇心。」

「那個年代英格蘭不是到處都是跳蚤嗎？」

「沒錯，歐伯隆。當年街上隨處可見跳蚤和排泄物，人民會因爲肺癆，還有天主教與新教彼此仇視而死。和日本差很多。但莎士比亞讓一切都值得了。」

「這樣想起來，他能寫出那種作品實在太神奇了。」關妮兒評論道。「你看《哈姆雷特》時絕不會想：『這傢伙每天都會踩到大便。』」

「那年頭走在倫敦街頭想不走進女巫施展魔咒的範圍都很困難。」

「當年女巫眞的那麼常見？」

「對。而且根本沒人會質疑她們的存在；那個年代的人知道巫術眞實存在，就和他們知道牙齒會痛一樣。而詹姆士王自認是很高強的女巫獵人，你知道。還寫了一本獵女巫的書。」

「這我倒沒聽說。」

「當然了，你可能會遇上的女巫，還有巫師——我們不該假裝只有女人會幹這種事情，而且巫術其實分成很多類型。對很多人來說，學習巫術是爲了品嚐中古社會制度不允許他們取得的權力滋味。」

「我不怪他們。如果不讓人民有正常取得權力的管道，他們會自行產生不傳統的管道出來。」

「德魯伊的學徒如是說。」我逗她。

「沒有錯。我就是要對抗權威！」關妮兒說著，向天空比中指。

「對！」歐伯隆說，然後幫著關妮兒叫了一聲，還搖了一下尾巴。

「好吧，差點殺死莎士比亞的女巫肯定也想幹翻他【註】。」

「這就是《馬克白》詛咒的典故嗎？你不能說出它的名字，不然厄運就會降臨，對，所以演員總是稱之爲《蘇格蘭劇》或什麼【編註二】的？」

「差不多，沒錯。根據傳說，女巫非常不滿莎士比亞寫出了她們眞正的咒語，所以她們想要阻止該戲公演，於是就下了詛咒。」

「那些不是眞正的咒語？」關妮兒問，舀了一匙燉肉放到嘴邊。

「不是，但是莎士比亞以爲是。眞正激怒女巫的是他描述了黑卡蒂【編註三】的外表。」

編註一：伊麗莎白女王的統治時期爲西元一五五八年至西元一六〇三年。

譯註二：對抗權威（stick it to him）也有要幹翻他的意思。

編註二：因爲《馬克白》背景在蘇格蘭，而被稱作 *The Scottish Play*，有時也叫 *The Bard's Play*（吟遊詩人劇），因爲這裡阿提克斯提到的詛咒，劇場裡會稱呼角色馬克白爲蘇格蘭王，馬克白夫人則是蘇格蘭夫人。

編註三：黑卡蒂（Hecate），古希臘女神，除了常常和岔路、月光、魔法、巫術連結在一起，也和死亡、墳墓等象徵關係密切。莫利根提過說會和她混在一起。

我的學徒吃到一半突然噎到，噴了一點燉肉出來。「你和莎士比亞見過黑卡蒂？」

「這算很含蓄的說法，但是沒錯。我見過她和三個女巫，莎士比亞也在一起，那件事啓發了現在世人口中的《蘇格蘭劇》的一些靈感。」

我的學徒笑嘻嘻地流露些許興奮之情。「好啦、好啦，我等不及了，但我想先吃完這碗燉肉。因爲我吃得津津有味，歐伯隆更是超級大聲。」

歐伯隆吃燉肉的聲音眞的大到蓋過附近其他聲音。

「她說得沒錯。說起吃東西的聲音，我認第二，沒人敢認第一。」歐伯隆說。

我們吃完飯後，歐伯隆蜷縮在我腳邊，讓我可以隨手拍他，關妮兒和我用拇指打開幾罐冰啤酒，燉鍋下方木柴燃燒的聲響偶爾在我故事說到高潮時提供音效。

□

我在一六〇四年抵達倫敦，付了兩便士在環球劇場【註二】看了《奧賽羅》公演。那地方很臭——劇場裡沒有廁所，你知道，所以大家都隨便找塊空地就拉了——但那齣劇眞的太棒了。我當時就知道天才莎士比亞的傳聞是眞的。韻文詩、感染力，加上令人震撼的壞蛋伊阿古——我不只是深感佩服而已。我知道他是個足以和我年輕時的古德魯伊吟遊詩人相提並論的吟遊詩人，我一定要見見他。

要在倫敦和任何人會面的辦法，基本上就是身穿昂貴的服飾，假裝是法國人。服飾等於金錢，金錢能開啓所有門，而假裝是法國人會讓對方很難調查我的身分，同時也容許我在遇上不想回答的問題時假裝聽錯。我把頭髮染黑，鬍子剃成紈褲子弟流行的尖鬍鬚，然後在針線街上的泰勒商人會館詢問要上哪裡去找裁縫幫我好好打扮。他們給我姓名地址，我則帶著滿滿的錢袋和法國口音跑去，自稱賈克斯・雷夫伯瑞——皮卡地的克雷弗克侯爵。在那個年代裡，這樣就可以建立新身分了。只要你有辦法裝出有錢貴族的模樣，大家就會以爲你是有錢貴族。而且扮演貴族有個額外好處，就是我隨時都能揹著富拉蓋拉走來走去，還戴手套。要不然我右手背上的三曲枝圖會引起很多不必要的問題。對詹姆士王年代的人而言，德魯伊和女巫沒有差別；只要遇上魔法，他們的解決方式就是用火撲殺。

如今大家都知道莎士比亞一六〇四年的時候向一對法國夫婦在瘸子門【註二】租房子住，但當年我花了不少時間才查出這一點。儘管有好幾個人都告訴我他在「瘸子門附近」，但卻沒人願意告訴我他確切是住在哪裡。無所謂，只要在瘸子門內幾家店裡打聽他，他終究還是會找上我的。樂於助人的鄰居——毫無疑問——即使有錢拿也想不起他住在哪裡，但卻會在和我交談過後直接跑去找他，告訴他有個皮夾很厚的法國人在打聽他。他在一間酒館裡找到我。我很謹慎地點了好酒，而不是薩克酒或便宜啤酒。那個年代外在形象非常重要，而莎士比亞很清楚這一點。他下了工夫打扮自己，清洗衣服，然後在我桌前鞠躬請我見諒，想知道我是不是克雷弗克侯爵。

編註一：環球劇場（The Global Theater）由莎士比亞的劇團「宮務大臣劇團」（Lord Chamberlain's Men）在一五九九年建成，一六一三年毀於祝融。此後重建又關閉，一九九七年倫敦建了現代版的仿造環球劇場。

編註二：瘸子門（Cripplegate）是倫敦城牆上一道門及門外區域的稱呼，幾乎全毀於第二次世界大戰的倫敦大轟炸。

他身穿黑色束腰上衣，繡有銀豎線，還有幾處細緻的繡花圖案。他的衣領很大，不是後世畫像中那種荒謬可笑的華麗襞襟。那些畫像——其實算是雕版畫——是在他死後才爲了發行劇作所畫的。現實生活裡，他看起來比較像是在加拿大發現的那幅山德斯畫像【註一】，繪於我遇上他的前一年。他的小鬍子和鬍鬚都很軟、有點稀疏，剃得很短，爲了迎合時尚而留，但顯然他自己並不喜歡。他有一頭滑順的棕髮，在他頭皮外形成一片不規則狀的雲彩，嘴角總是帶著洋洋自得的笑容。他長得不英俊，也不醜，但是一雙棕眼散發出難以掩飾的智慧之光。

「你是誰？」我故作法國口音問到。我的口音其實偏向法國南部，而不是道地皮卡地口音，但我希望英國人沒辦法分辨出其中的差異，就像現代美國人聽不出來英國各地口音的差異。

「我聽說你在找我，」他說。「我是國王劇團【註二】的威廉・莎士比亞大師。」

「啊！太好了，先生，我確實有在打聽你的下落！我想向你致敬。我最近看過《奧賽羅》的演出，對你的劇本深感佩服。你喜歡這間酒館嗎？」我問，因爲這間酒館不好不壞，我待在這裡是因爲這裡好找，不是因爲它名聲好。「我該在這裡請你喝酒，還是你有比較喜歡的，啊，你們是怎麼說的，精緻的酒窖？」

「如果你不介意走走的話，我知道一間很棒的酒館。」他回應，於是我結帳，秀出我裝滿硬幣的錢袋，然後走在屎尿滿地的詹姆士王年代倫敦街道上，前往白鹿旅店；那家旅店的中庭在伊麗莎白女王的時代曾是莎士比亞的劇團住宿的地方，當時該劇團名叫「宮務大臣劇團」。

儘管當時是四月天，天氣還是不太溫暖，讓我有藉口繼續戴著手套。由於正在扮演劇場創作贊助人的角色，所以我非常享受在大家都認識莎士比亞大師的白鹿旅店歡度的這個夜晚。他點了一瓶好酒，記在我的帳上，沒多久就開始聊起他當前在計劃的新劇。既然詹姆士王本人就是他的贊助人，他不太可能放下為他創作的劇作，特別來幫我寫一齣劇，但他還是可以討論他的作品，又或許只要我贊助一大筆錢給國王劇團，他也可以在作品中添加一些我想看，或想聽到的內容。

「我快要寫完《李爾王》了。」他說，「我在構思一齣應該可以迎合宮廷口味的劇本，約莫發生在一世紀前的蘇格蘭陰謀。一個名叫馬克白的領主打算靠著謀殺坐上王座。但是總覺得在揭露領主野心的情節上缺少了些什麼。」

「缺什麼？詐欺？醜聞？」

「一點超自然元素。」他說，壓低音量，好像在討論什麼有點恐怖的事情。「國王很喜歡這種題材，而我有責任取悅皇室觀眾。但我承認我對這類神祕知識沒有熟悉到足以撰寫相關題材。我可以去問我的占星師，當然，但他也不熟黑魔法，而且還很大嘴巴。」

「你需要第一手資料才能寫嗎？你難道不能從其他人身上獲取靈感嗎？」

莎士比亞搖頭，喝完杯裡的酒，然後拿桌上的酒瓶又倒了一杯。「啊，雷夫伯瑞先生，我查到的資料都玄到不像話，而且我也不想涉足已經有太多人寫過的題材。我需要令人信服的東西，能夠抓住

編註一：山德斯畫像（Sanders portrait, 1603）是一幅莎士比亞中年時的肖像畫，被視為他在世時畫的唯一一張肖像。

編註二：國王劇團（The King's Men），前身為宮務大臣劇團，伊麗莎白女王過世後，詹姆士一世（蘇格蘭詹姆士六世）繼位，成為劇團的贊助者，劇團也因此改名。

觀眾的眼睛，讓他們拒絕放手的奇觀。最頂尖的劇情也須要經歷過現實之吻才能增添眞實風味，少了眞實風味，在劇場就不會成功。」

「你知道該上哪裡去找這種奇觀嗎？」

吟遊詩人神祕兮兮地湊上前來。「我略知一二。今晚是新月，我聽說過一些傳聞，在這種夜晚，鎭北的芬斯伯利地會有人舉行黑魔法儀式。」

我嗤之以鼻。「黑魔法？誰會回報這種傳聞。如果是當眞涉及黑魔法的人不太可能大肆宣揚，引人來把自己綁在木樁上燒死。而親眼目睹這種儀式的人通常都不太可能活下來。」

「不、不，你誤會了。我說的傳聞是有人目睹深夜裡的污穢火光，以及發自遠方的巫婆笑聲。」

「去。可信度低的謠傳。」我說著，揮手把它當作愚蠢的傳言。

「很可能只是謠傳。但萬一不是呢，雷夫伯瑞先生？我可以從中獲取多少題材？」旅店老闆端來了一盤起司、麵包和香腸，莎士比亞插起了一根煮得太熟的灰香腸。他把香腸拿到我們中間，有點沮喪地看著它。「我以爲這裡的香腸不會煮得這麼糟糕。」

「那你想要去獵女巫嗎？」

莎士比亞以左手掌心拍打桌面，然後指向我，考慮著這個突如其來的想法。「我們可以一起去。」

我差點噎到，咳嗽幾聲清喉嚨，然後氣急敗壞地問：「什麼？你老糊塗了？」

「你有佩劍。我帶火把。如果一無所獲，就當是在鄉間散步。」

「但如果有所發現，我們搞不好會失去靈魂。」

「我最傑出的侯爵呀，我絕對相信你會保護我，直到我順利逃脫爲止。」他笑容滿面，我忍不住跟著大笑。

「相信你在下一齣劇裡會讓我英勇戰死。」

「沒問題，你會在韻文詩裡永世長存！」

我花了點時間做決定。如果我們眞的在野外發現有女巫團在舉行儀式，那肯定就會是個可怕的夜晚——她們喜歡把從混蛋貓（asshole cats）到貓屁眼（cat assholes）之間所有東西都放進鍋裡去煮，利用非常可怕的原料架構她們的羈絆，將意志強加在自然界裡，因爲她們不像我這樣已經和自然羈絆在一起。雖然此行眞的有風險，但是風險不高。

「好吧，我和你去。但我認爲或許騎馬比較明智，讓我們有機會跑得過任何邪惡力量。你會騎馬吧？」

「我會。」

於是就這麼說定了。我們吃光煮得太熟的食物，又喝了些酒，接著我任由自己享受微醺的感覺，不過等我們要出發時，我啓動了治療符咒，分解了體內的酒精毒素。有些人喜歡在酒精的影響下去獵女巫，但我不喜歡。我找了間馬廄借了幾匹馬；等到晚上，在月色中，與威廉·莎士比亞一起出發去招惹最糟糕的麻煩。

當我們出發時，他已經喝得滿臉通紅，整個人醉醺醺的，不過還沒有醉到沒辦法在馬鞍上坐穩；

作家和他們的肝啊。

倫敦的煙霧和下水道臭味如影隨形地跟著我們出城，前往芬斯伯利地，那裡現在是市郊地區，有一座公園，還有聖路加教堂；不過當時只是一片拉滿各式各樣堆肥的荒地，然後有些人會很英勇地在上面種點東西。泥濘的馬車輪痕分隔田野，而如果關於女巫的傳說可信的話，莎士比亞認爲我們會在某個交叉路口找到女巫。

「大陸上還是可以在新月時於交叉路口找到獻給黑卡蒂的祭品，或是三學科【註】。」他說，我假裝沒有聽過這種習俗。

「有這種事？我從沒聽過類似的說法。」

「喔，有呀。不過都是在三叉路口，不是十字路口，黑卡蒂有三種面向。」

「所以我們要找的是黑卡蒂信徒？」

「在新月時舉行儀式符合她的邪教的作風。那和與來自地獄的力量交易有些微差別，不過還是一樣邪惡。」

我強忍一股笑意。幾個世紀以來，信徒以許多不同形式崇拜黑卡蒂——她的概念和形象與大部分神祇相比都很有彈性。即使時至今日，她依然是某些威卡教徒信仰的守護神，將其視爲少女—母親—老太婆傳統女巫團的具體化身，比她早期一些殘暴嗜血的形象要溫和多了。

莎士比亞當然是透過基督教的眼光看待所有女巫，無論哪種類型的女巫都天性邪惡，爲了摧毀基督教世界而與地獄結盟。我是透過德魯伊的眼光看待她們；很多女巫對我而言都不算邪惡，除非她們試圖為了一己之利而扭曲自然力量。如果她們想要詛咒某人走霉運，或是用匕首獻祭一頭羊去召喚惡魔，那是她們家的事，老實說與我無關。我還很感謝試圖治療他人或是製作力場抵擋惡靈的女巫。但是月光魔法可能會很危險，試圖羈絆天氣、附身活人或動物則會很快吸引我不悅的目光。元素會讓我知道出了什麼事，而我會盡快趕到。

基於這種情況，我往往不會注意到善良的女巫，甚至不常遇上她們；她們都會保持低調，也不會傷害任何人。我會遇上的都是害群之馬，而如此長期下來就可能導致我對女巫產生偏見。

芬斯伯利地的黃土路面不是很乾，不過還稱不上泥濘沼澤。再過一天左右地就會乾了，馬兒只在泥巴上留下淺淺蹄印，踩花車輪痕跡，安安靜靜地慢慢前進。我們的交談聲和衣料摩擦的聲音比馬蹄聲還大聲。

然而，這些聲音，以及莎士比亞的火把，就足以引來黑暗中的四道身影，毫無疑問。

「拜託，好先生，可以向你問問路嗎？」黑夜中的聲音問道。我們拉韁停步——很糟糕的決定——接著四個不修邊幅、骯髒齷齪、惡行惡狀的男人從馬的兩側走了出來，一手拉住韁繩，一手拿匕首指我們。非常駕輕就熟的埋伏，他們也很清楚這一點。我們只要一動就會被割傷，他們則露出髒兮兮的爛牙，享受我們驚慌沮喪的表情。

他們的老大位於我右手邊，再度開口。「說得更清楚點，可以告訴我你的錢袋在哪裡嗎？現在交

編註：三學科（Trivium），即文法、邏輯、修辭。

出來，我們就放你們走，眞是乖孩子。」

如果我的錢袋裡只有錢幣，我會很樂意交出來。錢幣很容易弄到手。但是錢袋裡面有塊非常罕見的寒鐵，我不打算就這麼拱手讓人。

莎士比亞不單只是喝得爛醉，還醉得酒性大發，開始說些污辱強盜老大的髒話，不過強盜老大只是覺得有趣，對著怒氣沖沖的酒鬼微笑，目光始終沒有自我身上移開。

「你們這些渾身化膿的犀牛奶頭！」莎士比亞吼道。「你們這些吃洋蔥的雌獾下體化膿噴出的淫水！你們竟敢對克雷弗克侯爵不敬！」

強盜哈哈大笑，口臭污染了四周的空氣。我開始唸誦古愛爾蘭咒語，強化力量和速度，吸收儲存在熊符咒裡的魔力，在他們耳中聽來可能像是緊張兮兮的法語。「從大陸來的，是不是？好吧，我們這些化膿的奶頭和亂噴的淫水對法國和英國硬幣一視同仁。」

這段反唇相譏雖然蹩腳，他的夥伴還是輕聲竊笑，認定自己吃定我們了。我左邊那個鼻梁斷掉、臉頰長水泡的傢伙揚起匕首比了比。「就請你先從那匹大馬上下來吧，侯爵。」

莎士比亞一次罵人的機會也不放過，對我右邊的男人大聲說道：「退下、走開，惡棍！你們的自尊就和渾身跳蚤的野狗的智力一樣！你們這些清教徒傳教士縮成一團的乾肛門！」

眾強盜本來笑容滿面，突然間全都皺起眉轉頭看著吟遊詩人。「什麼？」老大叫道。「他剛剛說我是天殺的清教徒嗎？」

「不盡然，」水泡臉說。「我想他是叫你清教徒的屁眼。」

老大一手抓著我的轡頭，另一手將匕首移開我的大腿，指向我身後的威爾。「聽著，大便，我或許是屁眼，」他大叫，嘴裡濺出棕色黏痰，「但我是敬畏上帝的屁眼，不是什麼低賤的清教徒妓女！」

我趁他們全都看向威爾時，啓動我的僞裝符咒，和四周景色融爲一體，完全消失在黯淡的火把光線中。我利用強化過的力量和速度，左腳移出馬鐙踢中水泡臉的胸口，隨即朝右倒去，雙掌劈中老大的兩側鎖骨。鎖骨斷了，他放開匕首和我的馬轡，我則補上一記頭槌，確保他會向後倒下，並且待在地上。

這陣攻擊吸引了其他在看吟遊詩人的強盜注意，而他可沒有錯過這個機會。趁著兩個男人目光轉向前方，他壓低左手上的火把，插到他左邊的人臉上。對方慘叫一聲，放下武器，雙手摀住眼睛，向後退開。這一下嚇到了莎士比亞的馬，導致牠在哀鳴聲中匆忙退開，掙脫了莎士比亞右邊強盜握住的轡繩。他開始大叫：「喂！嘿！」接著發現他的夥伴不是受傷就是倒地，只有他好端端地站著，於是喃喃說道：「我不玩啦。」當即順著來時的路逃跑，深入芬斯伯利漆黑潮濕的爛泥地裡。強盜老大發現在鎖骨斷裂的情況下想起身有多困難，於是大聲求助。傷勢不重的水泡臉爬起身來跑去幫他，完全沒看見我。

這個時候，原先只是充滿惡意的火傷臉終於動了殺機。他如今唯一想做的，就是把手上的匕首插到莎士比亞肚子裡。他一邊嚎叫，一邊在地上摸索放脫的匕首，我則匆匆跑到威爾的馬前，邊跑邊撤銷僞裝羈絆，拔出富拉蓋拉，剛好在火傷臉找到匕首、得意洋洋地起身時，擋在他和威爾之間。

「考慮清楚，英國人。」我說，竭盡所能強調我是法國人，而不是愛爾蘭人。火傷臉並不擅長思考。他和我一樣是行動派，或許比較偏向衝動，於是他大吼一聲想嚇唬我，然後衝上前來。或許他的計畫是要等我揮劍或直刺後，再來矮身或側閃拉近距離，然後用匕首插我。或許這招對付反應能力一般的人確實有效。我一劍劃開他的胸口，在他身上拉出長長一條紅線；他摔倒在地，讓傷口的長度嚇得哇哇大叫。「喔！喔！我死啦！」

「喔，閉嘴，」我啐道。「你沒死。只是太蠢了，就這樣。」我轉向威爾，說道：「先往前騎一段距離，莎士比亞大師。我會跟上。」我拍了他的馬屁股一下，牠也不管背上騎師反對，立刻向前奔跑。我拿著富拉蓋拉繞過我的馬，查看水泡臉和強盜老大的情況。水泡臉想扶老大站起來，但問題在於不能去拉他的手臂。肝小如鴿【註】、逃之夭夭的那位老兄再也沒有現身。

「我不會殺你們，先生。」我說著還劍入鞘，翻身上馬。「換成你們八成不會對我這麼好。從現在起對法國人好一點，好嗎？」

我策馬趕上威爾，身後傳來一串很有創意的髒話和火傷臉的哀號聲，但我很高興沒有必要殺害任何人。威廉．莎士比亞很可能會誇大這場衝突，而我不需要擁有決鬥家或戰士之類的名聲。

我追上吟遊詩人，只見他興高采烈。「打得太好了，侯爵！你動作快到我有一段時間根本看不見你！」

我不去多提這件與我的偽裝羈絆有關的事，說道：「你火把要得也不賴。」

莎士比亞面露微笑，甩甩手中的火把。「而且還沒弄熄！是我拿過最好的火把。」

「我們要回倫敦了嗎？」

「什麼，這麼快？呿！剛剛那段插曲根本不算什麼。我們要找的是巫婆。」

「我懷疑我們能在這附近找到她們。這裡似乎已經被惡棍和淡色蔬菜占領了，下次我們或許不會這麼好運。」

「呸！別再去想那個了！你比強盜厲害多了，雷夫伯瑞先生。」

「我或許解決不了拿弓箭的強盜。」

「懂得用弓箭的強盜都會去搶交通繁忙的要道，不會守在這種只有車輪拖痕的爛沼澤裡，先生。」

他說得有道理，可惡。我利用一個符咒——當時剛完成的符咒——啓動夜視能力以防萬一，不再轉向火把的方向。如果還有強盜打算突襲我們的話，我會事先發覺。我太專心在注意道路右邊的情況了，結果莎士比亞在走出半哩外後說了句：「那裡。」就把我給嚇了一跳。他指向他的左側，我得伸長脖子湊向前去，才看得見他在看的東西。地平線上有道昏暗的白光，接近地面黑暗處的微弱光芒形成的光輪。光線明滅不定，似乎有人走過光前，並且不斷移動。「那是什麼？」他問。「不是營火的顏色，你說是吧？」

編註：鴿小如肝（pigeon-livered），因爲鴿子是一種常見的溫馴鳥類，而且非常容易受驚嚇，因此十四、十五世紀起，人們開始用鴿子肝來形容膽小或性格溫馴的人。

我不置可否地咕噥一聲，但又想不出理由不去管它。我們來到一條看起來直接通往光源方向的小徑，我跟著莎士比亞的馬走。

隨著我們逐漸接近，沼澤裡開始傳來唸誦咒語的聲音，我意識到，我們可能眞的找到了莎士比亞想找，但我不想找到的那群女巫。我不可能叫他回去，獨自前往調查——而我確實必須調查，以免她們的儀式是爲了奪取大地的魔力。但如果被迫出手，我又不能讓他發現我是德魯伊。如果他知道我是異教徒的話，我在他眼裡就會變得和女巫一樣邪惡。

我們下馬，躡手躡腳地徒步前進。我很懷疑回來時馬還會待在原地，但我們不能帶馬一起去；儘管牠們在這片軟泥地上蹄聲比平常輕，但牠們終究不是擅長潛行的動物，只要不耐煩地噴個鼻息就會洩露我們的行蹤。

我壓低音量，說道：「把火把藏在我身後，」眼看他搖搖晃晃地走在泥濘裡，酒還沒醒，我又補了一句：「最好不要燒到我。這樣可以讓我們看清四周，同時希望不會被人發現。」

「我贊成這個計畫。」他說，努力咬字清楚；我們上前踏入泥巴，令人毛骨悚然的唸咒聲往我們心裡敲擊恐懼的釘子。每跨出一步，我就更加肯定我們眞的發現了一個小女巫團。那團光線確實發自火堆，但是木柴燒出來的火焰卻非應有的橘色和黃色，而是月光般的銀色。或許她們有加磷進去，或許和魔法有關。

我開始擔心莎士比亞的安危。我把寒鐵護身符塞在上衣底下，這能在魔法前守護我，但是吟遊詩人沒有這種東西。我想告訴他我有防禦魔法的東西，但又不能說我把寒鐵羈絆在靈氣裡。我得想個他能接受的謊言。「莎士比亞大師，如果我們行蹤曝光，讓我走前面。我身上有個神聖護身符，可能可以對抗她們的，呃，地獄儀式。」我不確定他對神聖羅馬教廷抱持什麼立場，所以我用比較泛用的「神聖」，而非「教宗舔過」或「樞機主教吻過」，或是其他各式各樣聽起來有點神聖的用語。我從劍鞘中拔出富拉蓋拉。「必要時，我還有這把劍。」

莎士比亞呼吸急促，瞪大雙眼。「你的計畫向來周詳，侯爵。」

我們繼續偷偷接近，唸咒聲越來越大，隱約還能聽見隆隆聲和嘶嘶聲，我猜是大鍋裡在煮東西的聲音。那是一個部隊煮飯用的那種黑色大鐵鍋，通常會用馬車載運，我只能想像她們是怎麼把鍋子弄來這裡，還有裡面在煮些什麼。或許附近的黑影中還有頭牛和拖車。不自然的白火焰在大鍋底下發光，輕舔鍋側，燃燒的東西看起來像是普通的木柴。

接近到可以聽出她們在唸什麼的距離後，我聽出她們用的是希臘文，莎士比亞聽不懂，但我很熟悉這種語言。我選擇扮演受過古典教育的侯爵，在吟遊詩人問我聽不聽得懂她們在唸什麼時，低聲幫他翻譯。

「她們在向黑卡蒂祈禱，請求她的指引——不，她的親自指導。在這裡，親自現身，指導她們！她們想要召喚她。」

「召喚儀式！召喚來幹嘛？」

「我不知道。」

如今我們距離夠近，我能透過強化視覺看見黑暗中的身影——我想莎士比亞只能看見一直有東西在火光前移動。

有三個女巫圍著大鍋，赤身裸體，不過身上有抹深色染料——我猜應該是血液或是動物脂肪。她們的年齡難以判斷；從外表看來她們似乎剛剛步入中年，但我知道她們很可能比外表老多了。她們在沿著火堆繞圈的同時也有自己繞圈，舉起雙手，朝天空唸咒。眞不知道她們如何防止頭昏。

她們的右手裡都有一把短匕首——沒有特殊的弧形刀刃或鍍金刀衛，看起來不像儀式用刀——只是很銳利、很有效率的匕首。

「莎士比亞大師，」我輕聲道。「她們有武器，我絕不懷疑她們受到挑釁就會展開攻擊。我們最好保持距離。」

「你怎麼看得到，侯爵？我只看見黑暗中的陰影。我的眼睛須要輔助，我一定要看清楚點；這絕對能提供我劇本絕佳的素材。」

我沒辦法不洩露本領地對他施展夜視羈絆，於是嘆口氣道：「如果要繼續接近的話，我建議你熄掉火把。」

我以爲他會抱怨，但他立刻照做，把火把插入我身後的泥巴地裡。他非常想要靠近一點觀察；截至目前爲止，他看到的都沒我那麼多。

我們受眼前的魔光和儀式所吸引，沒理會骯髒的地面，緩緩前進。當時我已經很肯定自己不用扮演大地守護者的角色，但是如果被她們發現，守護莎士比亞可比守護大地還要危險多了。

我注意到那個大鍋坐落在交叉路口正中央，而且是莎士比亞之前提過的三叉路口。我無法想像這些女巫爲什麼會想要黑卡蒂親自現身指導。她們綁住的頭髮垂在身後，而我發現她們全都戴著古希臘時代的劇場面具，儘管大鬍子男人的面具接在女人身體上看起來有點奇怪。面具儀式表示她們可能是色雷斯人，果眞如此，我就想不透她們爲什麼會出現在英格蘭了。

我唯一能夠想到在倫敦附近舉行這種儀式的動機，就是要顛覆，甚至推翻詹姆士王的統治，但我很驚訝希臘異教徒會在乎這種事情。或許她們並不在乎，只是有人雇用她們這麼做——我聽說全國各地都有人在陰謀推翻國王，但大部分都是反對詹姆士王當政的天主教徒。畢竟，當時離蓋・福克斯的火藥陰謀只差二十個月【註】。但如果這些女巫是天主教徒，那我就是山羊之子。

「這是什麼地獄般的景象？」莎士比亞在我身旁喘道，他雙眼大張盯著眼前的情景。我們都彎腰蹲在地上。「長鬍子的女人歌舞狂歡，然後、然後……」他無言以對。有些情況就是會讓人說不出話來，就算是他也一樣。

「別再接近了，」我警告他，聆聽她們的咒語。「她們的咒語變了。召喚禱文已經唸完，她們正在等待。」

「她們在說什麼？」

「基本上就是說她們在等。Periménoume的意思是『我們等』，而她們一再反覆唸這一句，然後一直轉圈。」

譯註：蓋・佛克斯的火藥陰謀（Gunpowder Plot）是一六〇五年十一月企圖炸死詹姆士王的暗殺行動，失敗收場。

「她們在等什麼？」

「我猜是等祭品。或許她們知道我們在這裡，等著我們接近，然後把我們獻祭給女神。」莎士比亞沒有被我的恐嚇嚇到。「她們難道還沒獻祭嗎？大鍋裡肯定有東西。」

「有，但是光靠雞或蠑螈沒辦法召喚女神前來英國海岸。那樣只能吸引她的注意。她們需要更大型的祭品。」

「你怎麼知道這種事？」

「我本身也算是個女巫獵人，」我說，「不過我承認原先我沒想過今晚會找到女巫。」

「你懷疑我，先生？」

「不，我懷疑你聽說的傳言。」但現在聽到這些女巫在「等待」，我不禁要想她們已經來這裡等過幾次新月了。如今看來，那些怪光和巫婆笑聲的傳言多半是眞的。

「爲什麼不直接把必要的祭品帶來呢？」莎士比亞問。

「關係到力量強弱，」我說。「如果祭品是自願前來交叉路口的，獻祭的力量會比較強。」

我們身後傳來一匹馬的嘶鳴聲——很可能是我們的馬。女巫也聽見了。她們沒有停止唸咒或是儀式性的繞圈，但是戴面具的臉全都轉往那個方向——也就是我們的方向。我不用告訴莎士比亞不要出聲。我們努力在黑暗中模仿安安靜靜、毫無動靜的石像鬼，目光保持在女巫團身上。

沒多久我們聽見馬蹄踏在泥巴上的撞擊聲，還有憤怒的叫聲：「前面的肯定就是他們，不然也是有看到他們往哪裡去的人！」

那聲音聽起來像是火傷臉。顯然他已經從認定會被我殺死的想法中回復過來，此刻是來找我們報仇的。我輕拍威爾的肩膀，打手勢表示我們應該離開道路，於是我們在泥濘中滾開，直到我們在一片濕淋淋的甘藍菜田中取得自然（而非魔法）偽裝爲止。

來人確實是火傷臉，騎著我的馬，而威爾的馬上雙載了水泡臉和鴿子肝，這倒出乎我意料之外。鴿子肝八成是事後又回來想要彌補剛剛懦弱的表現。火傷臉肯定滿腔怒火，所以才會如此盲目地丟下他們的老大追趕而來。火傷臉如今是實際領導人了，而他顯然沒料到會在芬斯伯利地的交叉路口遇上三個戴面具跳舞的裸體女巫。強盜老大因爲鎖骨斷裂而被丟在路邊，如果他有目睹接下來發生的事情，會覺得自己非常幸運。

女巫不再唸誦「我們等」，開始輪流說：「時候到了。」然後同聲道：「黑卡蒂降世！」強盜在火堆附近拉韁停馬，水泡臉喊道：「他媽的怎麼回事？」緊接著現場就變成血腥地獄。

我坐起身來，扯下右腳的靴子，讓腳踝上的羈絆繩紋接觸地面，藉以吸收大地的能量。女巫分散開來，高舉匕首直接撲向兩匹馬，速度遠比人類還快。我得強化速度才能與她們一搏。

「這些沒穿衣服的妓女是什麼人？」火傷臉問，接著一名女巫直接跳過馬頭，把他撞下馬鞍。水泡臉和鴿子肝也都被撞下馬，那兩匹馬並非軍馬，也沒受過軍事訓練，當場拔腿就跑。接下來幾秒鐘內，女巫展現了過人的力量，拉起強盜，舉起匕首劃過男人的喉嚨，發出撕裂血肉的聲響。男人體內的鮮血灑落泥巴地，他們徒勞無功地伸手阻擋血流，女巫則把他們拖向交叉路口的大鍋前，然後讓他們肩胛骨對著肩胛骨擠成三角形，各自面對不同方向。

「來找我們，黑卡蒂，月亮女王！」她們叫道。「附身軀殼已經準備好了！」

「喔，不。」我說著站起身來，拔出富拉蓋拉。她們眞的要召喚她。

莎士比亞肯定想和我一起來，不過他正對著甘藍菜無聲嘔吐。之前喝的酒都在他肚子裡發酵，而目睹赤裸裸的謀殺導致一大堆酒開始往回跑。

我沒辦法及時趕到女巫身邊阻止召喚儀式，而且我還得照顧莎士比亞，所以我必須繼續看下去。他一吐完，我們就要離開。強盜開始抽搐、發抖，然後猛力抵抗壓在他們胸前的手掌；他們眼珠上翻，舌頭垂出嘴外，鮮血持續噴出頸動脈。時間彷彿停格了一秒，空氣中能量凝聚，我後頸的寒毛宛如激怒的豪豬刺般根根豎起，因爲黑卡蒂離開了她所占據的地底世界，進入三個既是她的祭品，又是她軀殼的強盜。他們的生命消失了，靈魂被逐往天知道什麼地方，三相黑卡蒂在距離色雷斯很遠的地方取得了可供號令的軀殼。

不過她不太喜歡軀殼的外形或感覺——首先，軀殼是男性。所以她開始依照自己的喜好改變軀殼，而莎士比亞就在這個時候抬起頭來，看看還有什麼可以把他嚇壞的景象。

女巫自屍體前退開，因爲如今屍體內是黑卡蒂，而它們能靠自己的力量站立。男人臉上的皮膚滑落，一邊融化一邊改變形狀，帕啦帕啦的聲響顯示體內骨頭都在依照女神的意志折斷重組。吟遊詩人當場幫了我一個大忙，在一下淒厲的驚呼聲中昏倒在甘藍菜田裡。這表示我不必繼續假裝法國人，也不用隱藏我的能力了。

然而，他的驚呼聲吸引了其中一名女巫的注意，而她剛好能看見我，於是語帶挑釁地朝黑夜嘶聲問道：「誰在那裡？」她的英文微帶口音。

另兩個女巫立刻轉頭，殺死水泡臉的女巫口操希臘語：「我去看看。黑卡蒂變身時絕不能遭受打擾。」

她手持血淋淋的匕首往我的方向衝來，而我則心想或許該去打擾一下黑卡蒂變身。任何透過這種手段召喚的女神，都不太可能仁慈寬厚又善良。透過動物和人類祭品現身的神祇，往往都不是來行善舉的。

女巫看見了我，直撲而來，顯然認定我和剛剛那些強盜一樣遲緩。但我不但動作和她一樣快，而且武器更好，訓練也更紮實。她毫無防備地出擊，滿心以爲能夠迅速擊斃我，結果她的手掌齊腕而斷，臉朝下摔進泥巴裡。面具破碎，她放聲怒吼，用完好的手摀住斷手。她與莎士比亞接近到令我不安，不過她還沒有看見他。爲了我的安全著想，最明智的做法就是對我自己施展僞裝羈絆，但她們可能會在搜尋我的過程中找到威廉，然後殺了他，所以我持續現形，刻意遠離他，走到馬路另另一邊，看起來像是蕪菁田的地方。女巫全都盯著我看，被我砍傷的那個舉起完好的那隻手指向我。

「他不是人！」她用希臘語叫道。「他動作和我們一樣快！」

「我是蓋亞的德魯伊，」我以同一種語言說道。如果莎士比亞醒過來聽見這些話，我的身分還是不會洩露。「只要妳們不傷害大地，我就不會傷害妳們。」

「不傷害！」受傷的女巫叫道。「你砍斷了我的手！」

「妳想用那隻手殺我，」我指出這一點。「我在可以取妳性命的情況下選擇斷妳肢體。從妳們剛剛對那些人所做的事情來看，我認爲我算師出有名。」原本是三個強盜的融化軀體已經慢慢開始凝結出女人的面孔，頭髮以極快的速度變長變黑；他們的體格在衣服底下縮小，轉變成女子的身形。「談一談不是比較愉快嗎？我們聊聊吧。妳們爲什麼要召喚黑卡蒂？」

「德魯伊很久以前就滅絕了。」火堆旁的一名女巫說，完全忽略我的提問。

「妳這麼說還眞是有趣，因爲我正想說英格蘭沒有色雷斯女巫。」

接著馬上聽見最後一下接骨聲響，加上血肉扯緊的緊縮聲，黑卡蒂終於將軀殼轉變成她所偏好的模樣，三個看起來像是剛從希臘古甕中走出來的女人——長鼻子、薄嘴唇、完美無瑕的皮膚、眼瞼上有各式各樣的化妝墨【註】——深深吸了口氣，然後同時吐氣。她們沒有依照少女—母親—老太婆樣板擁有不同年齡的外型，看起來像是三胞胎少女，而這樣其實很合理，因爲她們體內本來就只有一個女神，而如今我很後悔當時沒有問她，是不是很喜歡讓說故事的人搞不清楚提到她時該用單數還是複數代名詞。我決定暫時先用複數，因爲在我和女巫只能目瞪口呆地看著三具軀體完成變形的嘆息聲過後，她們同時睜開眼睛，很詭異地同聲說道：「血。」

這算非常可怕的不祥之兆，但是情況還沒跌到谷底。三相黑卡蒂的頭全部轉過來看我，微笑道：

「他的血就可以了。把他的心臟給我。」

她伸手指向我，口沫橫飛地說：「Pétra ostá!」，意思是「石骨頭」。她想要我動彈不得，乖乖讓她的女巫挖心，但她的魔咒遇上寒鐵當場失去作用，除了讓護身符撞上我的胸口，沒有產生任何效果。不過我還是假裝遭受石化，僵在原地瞪大雙眼，驚慌失措地看著兩個沒受傷的女巫衝過來執行黑卡蒂的指令。如果她們有一點點警覺的話——在看到她們姊妹之前來殺我時落得什麼下場就該學到教訓了。話雖如此，我或許沒辦法一次對付兩個女巫。總之她們毫無防備地殺到，完全沒想到她們女神的神力或許會遭受反制或有所限制。

最後，我還是沒殺她們。她們欠缺紀律、不構成眞正的威脅，但我不能讓她們聯手起來對付我，於是她們兩個肚子上都開了條口子，得坐下來治療一段時間。如果她們的巫術有點火候——能夠召喚黑卡蒂顯示她們確實有兩下子——就有辦法治好傷勢，但那要一點時間。接著簡單的部分就結束了。

三相黑卡蒂和她的女巫不同，非常有條理，也清楚該如何分配軀殼的攻擊。而且她加持在軀殼裡的力量比我還強，雖然一開始我並不清楚她的魔力來源爲何；如果是血的話，她很快就會需要更多血，而莎士比亞還在附近。她嘶吼一聲朝我衝來，分兵合擊；兩個軀殼從旁邊來襲，避開我砍出的第一劍。她們的攻擊閃躲都配合得天衣無縫，我腎臟的位置被踢了一腳，肋骨被打了一拳、折斷一根，橫膈膜也吃了一腳，空氣離體而去，接著我才想起來要啓動僞裝羈絆。之後她就沒那麼容易瞄準我，也看不清劍勢，但還是能打到我；而因爲我摔倒，她聽見了，所以開始往下踢。不過我也打到了她幾下。富拉蓋拉砍中她幾劍，傷口都不深，但每砍一下，她的速度都有明顯變慢。她確實需要以鮮血加持她的速度和力量；她不是在取用大地的生命能量，而是祭品的能量。

已經被我拋到腦後的斷掌女巫彷彿發現新大陸般叫道：「黑卡蒂女王！這裡有個昏倒的男人！他

編註：化妝墨（kohl）是古時候的眼部化妝品，廣泛使用於南亞、中東、北非等地，例如埃及人會用來畫眼線。

的血能夠提供能量！」

三相黑卡蒂後退轉身，我也轉頭看到女巫用完好的手指向莎士比亞。我絕不可能趕在黑卡蒂之前爬起來跑過去。

我使盡吃奶的力氣砍向離我最近的軀殼雙腳，砍斷一隻腳掌，順勢砍傷另一條腿，但另兩個軀殼已經衝向吟遊詩人。我趁目標倒地時跪起身來大口喘氣，而另兩個軀殼則叫女巫拿匕首去割開莎士比亞的喉嚨。

「我的掉在泥巴裡。」那個女巫哀號道，她的語氣明白表示她深怕觸怒黑卡蒂。

「看看妳的腰帶。」另一名女巫呻吟道，提醒黑卡蒂她的軀殼有穿衣服，沒錯，也有佩戴武器。她們動作一致——包括我這邊這個軀殼——低下頭去，看見匕首，然後拔出來。能動的軀殼逐步逼近莎士比亞，再過幾秒就會解決他。我沒時間思考太多了，想救他就要孤注一擲。我手腳並用爬向倒地的軀殼，她聽見了，然後我一劍從她下頷插入頭骨、貫穿腦袋，瓦解了所有治療這個凡軀的機會。她也在同一時間用剛找到的匕首插入我毫無防備的左半身，從腋下插中一側肺葉。我在她身亡的同時倒在她身上，隨即聽見兩聲慘叫；另兩具軀殼停止動作，彷彿癲癇發作般劇烈顫抖，然後炸成一堆肉塊和骨頭。

計畫成功了，不過比我想像的要血腥多了——三相黑卡蒂不能只附身兩個軀殼，殺死一個就等於殺掉全部，或等於按下重置按鈕。我絕對不會以爲黑卡蒂眞的死在我手上；她只是被逐回某個奧林帕斯神界，日後還能再度接受女巫召喚，不過我認爲那很困難。

震驚造成的死寂持續了幾秒鐘，接著三個怪姊妹放聲慘叫——不是因爲受傷。不管基於什麼理由，她們爲了今天辛苦了很久，而她們八成以爲黑卡蒂所向無敵。眼看著一切在這麼短的時間內化爲烏有，對她們造成了很大的精神損害。

我皺起眉頭，拔出身側的匕首，啓動治療符咒，透過大地吸取大量魔力。我需要一段時間療傷，不過很肯定不會死；莎士比亞就不敢保證了。第一名女巫站在他面前，有可能會爲了洩憤而動手殺他。我在沒辦法保持安靜的情況下奮力起身，所有女巫都轉向發出聲音的方向。她們看不見我，但知道我在這裡。

「我們會爲此詛咒你，德魯伊。」一名女巫承諾道。她在泥濘中捏緊腹部的傷口。

「喜歡可以試試看，不過只是浪費妳們的時間。」我說。「黑卡蒂的詛咒都對我無效，妳們的能有什麼效果？」

她們不知道該怎麼回答，於是輪流對我提出該怎麼和動物性交的建議，我則任由她們去說。她們把注意力放在我和我的話上越久，我就能越接近莎士比亞。我出言刺激她們幾次，鼓勵她們繼續罵，當我來到夠近的距離時，我用富拉蓋拉的劍尖去戳第一名女巫，輕輕一戳，導致她驚呼一聲，跳離他身邊。她摀著斷手處，我發現她的傷口已經不再出血。我上前一步，站在她和地上的吟遊詩人中間，撤銷僞裝羈絆。

「嗨。後退，去和妳姊妹站在一起，我就饒了妳們。妳們甚至可以改天再度召喚黑卡蒂。不然我也可以現在就殺了妳們。怎麼說？」

她沒有說話，開始後退，目光始終盯在我身上，我保持警覺，看著她退開。

我透過大地和元素溝通，找出我們的馬在哪裡——牠們沒有跑很遠——然後說服牠們現在已經安全了，請回來載我們回城；回到馬廄後就有燕麥和蘋果吃。

我趁等馬的時候蹲下去察看莎士比亞。他沒有受傷，只是醉到不醒人事；他八成會經歷一場非常嚴重的宿醉。但儘管此刻沒有生命危險，他還是需要魔法守護。那些女巫或許沒辦法詛咒我，卻有能力詛咒他，而且她們會在我們離開前就想到要這麼做。之前我錢袋裡那塊不願放棄的寒鐵可以派上用場了。我拿出寒鐵，因爲身上沒有細繩或鎖鏈，所以我把寒鐵羈絆在他喉嚨上凹進去的位置，讓它成爲對抗直接魔咒的護身符。這塊護身符沒辦法應付拿他的血或毛髮施展的複雜詛咒，不過那是我接下來要處理的問題。

三個女巫聚在一起，透過大鬍子面具看著我把莎士比亞扛上馬背，我身上的傷勢增加了這麼做的難度。我盡可能不讓她們看見他的長相，特別小心不在現場留下任何她們之後可以用來對付我們的東西。我找出莎士比亞的嘔吐物和我的血，藉由元素的幫助確保一切都被埋入地底深處。

我弄熄了火堆，把泥土和木柴羈絆在一起，悶熄不自然的火焰，這麼做不但讓三叉路口陷入一片漆黑，同時也能防止女巫當晚繼續採取任何行動，而她們大聲抱怨說療傷需要那堆火。

「不要再在英格蘭召喚黑卡蒂，」我在她們的咒罵聲中喊道，同時用心聲指示馬匹前進。「英格蘭和愛爾蘭都是我在守護。下次我絕不會手下留情。」

寒鐵護身符傳來被扯動的感覺，警告我有一個或更多個女巫試圖對我施咒。既然莎士比亞沒有立刻起火燃燒或淒慘死去，我假設他的護身符也起了作用。

「晚安了。」我愉快地喊道，讓她們知道自己失敗了，然後就把她們留在原地思索召喚儀式最大的問題。風險幾乎永遠大於好處。

等我們遠離她們視線和聽力範圍後，我停下來，取回我的寒鐵護身符，放進錢袋裡。莎士比亞很合作，直到我們回到馬廄，他的雙腳落地爲止，始終保持昏迷。他睡眼惺忪地再度嘔吐，馬廄小廝都看得一陣噁心，不過他還是逐漸回復意識，神經開始運作，記憶慢慢回歸。

「侯爵！你還活著！我還活著！」他在我領他前往白鹿旅店時說，我很想回自己房間大睡一場。他目光下垂，揚起雙掌，搖晃手指，彷彿在確定身體所有部位運作正常一樣。「出了什麼事？」

「你記得的最後一件事是什麼？」

「那些女巫——」

「噓——小聲一點！」

他壓低音量說：「那些女巫——她們殺了那些人。」

「對，她們殺了。還有別的嗎？」

他目光偏開片刻，試著回想更多細節，不過又轉回我身上，點頭道：「我就只記得這些了。」

太棒了！這表示我可以開始瞎掰了。「好了，她們把那些人丟進鍋裡煮，當然，我則把你扛上肩膀，偷偷離開。」

「什麼？但是出了什麼事？她們吃了那些人？」

「不、不，那是用來占卜用的，最邪惡的占卜方式，以血祭爲魔力源。她們在請黑卡蒂揭示未來。」

「咄，肯定是上帝救了我一命。還有你！謝謝你，先生，你救了我。但是她們問了什麼？」

「你說什麼？」

「那些巫婆想問什麼？英格蘭的未來？」

「我沒有聽見細節，只知道她們要求黑卡蒂拉開時間的簾幕之類的東西。她們開始細問的時候，我們已經走到聽不見的地方了。」

「但是她們的咒語——你都聽到了，還翻譯了一些給我聽。她們到底是怎麼說的——我需要筆墨！」他搖搖晃晃地走入白鹿旅店去找筆墨，這個時間可不太好。

這讓我陷入必須編點聽起來像魔法，但又不是魔法的東西的尷尬處境。我不能提供莎士比亞召喚三相黑卡蒂的咒語，因爲他會透過墨水讓咒語流傳下去。

於是當他找到書寫工具，要求我重複我所記得的一切，並提供女巫咒語的譯文時，我編了段蹩腳的打油詩給他，而他就照抄下來：「加倍又加倍，勞神又傷身……」

這下妳知道我爲什麼會在妳說「火焰燃燒，大鍋冒泡」時，突然發抖了。

□

關妮兒叫道：「女巫的台詞是你寫的？不可能！」

我聳肩微笑，說道：「妳說得對。莎士比亞並沒有一字不漏地把我的話寫進《馬克白》裡。他有修飾一下，符合他的文風。老實講，比我編的好多了。而且也沒洩露召喚黑卡蒂的咒語。」

「光靠咒語不可能召喚她，對吧？」

「本來不行，不過我有點擔心累積的效果。如果經常唸誦召喚女神的咒語，女神的力量可能會變強，不管有沒有祭品，都能夠隨時隨地現身，你可不希望那個版本的黑卡蒂出現在坐滿觀眾的劇院裡。」

關妮兒搖頭。「不，不希望。那她們幹嘛詛咒那齣劇？」

「莎士比亞沒親眼看見黑卡蒂降世的情況，但知道那些女巫信仰的是她，於是把她寫進《馬克白》。劇中的黑卡蒂是一個角色，並沒有特別恐怖或強大。她們認爲他在貶低黑卡蒂，於是起心詛咒那齣劇。」

「所以她們一直待在英格蘭？」

「至少待到看過《馬克白》爲止，沒錯。我想她們不知道自己見過那齣戲的編劇；她們只是深感冒犯，然後蠢到在其他人聽得見的地方出聲詛咒。她們沒多久就被抓起來燒死了。」

「我有點慶幸我不是活在那個年代，阿提克斯，」歐伯隆說。「把香腸煮太爛實在很糟糕。那會變得和狗食一樣又乾又沒味道。」

「你聽了半天就聽到這個？白鹿旅店的爛香腸？」

「這場悲劇的高潮不就是這個嗎？還是最後你和莎士比亞都沒嚐到那個鍋裡在煮什麼？」

「不是悲劇，歐伯隆。除了那三個強盜外沒有人死，而他們會死都是因爲他們蠢到不肯放過我們。」

「但是故事裡也沒人吃到任何美食，所以在我聽來就是一場悲劇。我是說既然女巫身上有抹血和脂肪，那就表示鍋裡一定有煮肉。」

「那個年代眞的不太好過。幸好你此刻的處境不同。你可以吃到我們在火堆上煮的東西。」

歐伯隆翻身露出肚子，然後伸展四肢。「是呀，我想我是吃得不賴。但你是不是該上工了，阿提克斯？我的肚子可不會自己按摩，你知道。」

我乖乖幫我的獵狼犬按摩，然後問關妮兒要不要再喝一輪。她點頭，從冰桶又拿了一瓶啤酒丟給我，也幫她自己拿了一瓶。開瓶聲和氣泡聲在黑暗中聽來格外響亮，不過接下來就只剩下溫暖舒適的橘色火堆裡偶爾發出的啪啦聲響，及蓋亞決定在滿天星斗下唱給我們聽的歌曲。

《交叉路口的女神》完

危險禮拜堂

THE CHAPEL PERILOUS

AN IRON DRUID CHRONICLES SHORT STORY

故事有時候會在營火旁誕生，而不管故事起源為何，所有故事都會在營火旁成長茁壯。酒足飯飽的時候最適合說故事了。有時候，身為德魯伊，別人會期待我說故事。大家都以為我是個兼職吟遊詩人。

「阿提克斯，和我們說個我沒聽過的故事吧。」歐伯隆說。我們在訓練期間抽空休假，跑來諾爾湖附近的莫戈永緣露營。在營火上烤新鮮鱒魚飽餐一頓後，我們悠閒地享受著熱可可和烤棉花糖。

「你要聽故事？」我大聲問。我學徒還聽不見我的獵狼犬的聲音；她還要再過四年才能和大地羈絆，開始使用魔法。有時候我為了禮貌及讓她有參與感而大聲和歐伯隆說話，邀請她一起加入討論。

「他通常都想吃零食。」關妮兒說。「不過我會想聽故事。今天晚上很適合聽故事。」

「聽聰明學徒的話。」歐伯隆說。

「好吧，你有心情聽什麼故事？」

「我想聽有隻一無是處的獵狼犬，遇上夢寐以求的毛茸茸貴賓狗，一起搭乘魔毯，搭配完美合唱的管弦樂二重唱，然後降落在石南地裡，碰到一個看起來像《飆風天王》裡的傑西叔叔【註一】的傢伙，還有另一個長得像小漢克．威廉斯【註二】的人說他有隻豬——」

編註一：《飆風天王》（*The Dukes of Hazzard*, 1979-1985），又譯作「正義前鋒」，是美國CBS電視台播放的動作喜劇影集，共七季，描述杜客家一群堂兄弟們的冒險，也曾多次被翻拍為電影，最有名的是二〇〇五年的版本。傑西叔叔（Uncle Jesse）則是劇中杜克家的叔叔。

編註二：小漢克．威廉斯（Hank Williams Jr. 1949-）為美國鄉村歌手，其父為傳奇歌手漢克．威廉斯（1923-1953）。

關妮兒聽不見他說什麼，所以在他說話的同時提出建議：「我想聽你參與歷史事件的故事——知名事件。」

「好。」我停下來想一想，從鐵棍上拔下一塊黏黏的棉花糖。「尋找聖杯的冒險怎麼樣？」

「哪啊！」

「不可能！」我的學徒說。「你又不是圓桌武士！」

「不，肯定不是。」我同意。「但是聖杯傳奇不是從高度基督教化的亞瑟和蘭斯洛故事之後才開始流傳的。這些故事都是起源於一個人——剛好是德魯伊——的冒險，後來那個故事就和所有故事一樣，在類似這個的營火旁，讓人重複轉述後被不斷改編。」

關妮兒雙手抱胸。「所以你不但知道聖杯傳奇的起源，還要告訴我你眞的找到過聖杯？」

「對。那是我的任務。」

她還是覺得我在唬爛。「任務是誰給你的？」

「圖阿哈．戴．丹恩的歐格瑪。」

「好吧，就當是了。但是你所謂的聖杯究竟是什麼？我是說，不可能是基督最後晚餐的杯子之類的東西，對吧？」

「不，亞利馬太的約瑟【註一】和基督餐杯【註二】的說法是後來才加進去的。見鬼了，亞瑟王的故事幾乎完全是從蒙默思的傑弗里【註三】屁股裡面拉出來的。從事情發生到第一份流傳至今的記載中間足足隔了六百五十年。這段時間裡眞相大多失傳了，幾乎都是後人杜撰的。後代詩人稱之爲聖杯的東西其實是達格達的大鍋【註四】，圖阿哈・戴・丹恩四大法器之一，足以餵飽軍隊，永遠不會空掉的大鍋；是一種永恆吃到飽的概念。」

「好吧，這玩意兒聽起來很有趣。」

「你踏上一段竊取達格達大鍋的任務之旅，後來變成了聖杯傳奇？」

「差不多。竊取達格達大鍋是其他人，我的任務是把它偷偷帶回來。」

「那你是哪位？蘭斯洛？加拉哈德【註五】？」

「都不是，那兩位老兄的故事都是後來才編出來的。我是奔馳在鄉野之間，自稱加文【註六】的傢

編註一：根據《福音書》（*Gospel*）中的記載，耶穌死於十字架上後，亞利馬太的約瑟（Joseph of Arimathea）把自己的墳墓讓給了耶穌。

編註二：所謂的聖杯（Holy Grail）有幾種說法，主要有兩種，一種爲耶穌在最後的晚餐中使用的杯子；另一種則是中古世紀西歐流行的聖杯傳說，他們相信亞利馬太的約瑟用杯子承接了受刑的耶穌之血，最後帶著那只杯子到了亞法隆（Avalon）。

編註三：蒙默思的傑弗里（Geoffrey of Monmouth, 1100-1155）是中世紀的英格蘭的聖職者兼歷史學家，作品大多是以拉丁文書寫而成的歷史傳奇，其中最有名的即爲梅林與亞瑟王傳奇，亞法隆最初也是出自他的作品。

編註四：達格達（The Dagda）是愛爾蘭神話中的重要神祇之一，司豐饒與再生，傳說他有支棍棒（the lorg mór），一頭能置人於死地，另一頭則能使人復生；一把能操控人的情緒並變換季節的魔法豎琴；還有這裡提到永遠不會空掉的大鍋（the coire ansic）。傳說他也是眾神之父，布莉德、安格斯・歐格等都是他的子女。

編註五：蘭斯洛（Lancelot）是圓桌武士之一，有湖上騎士之美名，他的故事，以及與亞瑟王后桂妮薇的禁忌戀情都很受歡迎。加拉哈德（Galahad）則是蘭斯洛的私生子，也是傳說中找到聖杯的騎士。

伙。」

關妮兒搖頭不信。「好吧，老師，說來聽聽。」她說。

「一定要講清楚那個鍋裡有些什麼，」歐伯隆補了一句。「還有狗狗是怎麼吃到差點爆炸的。嘿，這個故事裡面有狗，對吧？」

□

可以派別人去面對危險的時候，圖阿哈．戴．丹恩向來不喜歡親身犯險。基於這個理由，西元五三七年時，歐格瑪帶著一件他認爲我會感興趣的任務，跑來大陸撒克遜人地盤的邊境找我。這不是他第一次命令我做事，他曾因爲預見亞歷山大圖書館的毀滅而要我去洗劫該圖書館。

「有個天殺的皮克特人【註七】偷走了達格達的大鍋，拿到不列顛人的西方領土。」他對我說。他說的是後來變成威爾斯的地方，當時那裡的不列顛人才剛開始形成威爾斯的概念。「但他在那個地區施放了某種魔霧，防止我們占卜他的切確位置，也不讓我們直接轉移到那裡。我們必須找人前往該地，取回大鍋。」

「我是你的第一人選？」

「不，我們還有派其他人去。」

我注意到他說「我們」，不過沒多問。「其他德魯伊？」

「對，你們剩下的人數不多，不過還是有一、兩個願意去。」

「聽起來對我來說既不有趣又沒好處。」我說。

「小伙子，你沒聽見我說什麼嗎？我們看不見裡面的情況，也不能轉移進去。你經歷過這段逃亡生涯之後，這種情況難道不吸引你？」

他指望我會把握住任何可以逃過安格斯．歐格——想殺我的愛爾蘭神——耳目的機會。但我只是聳肩。「聽起來我只是把對頭從想殺我的神，變成一個膽大包天、有點魔法天賦的皮克特瘋子。這兩個對頭說不準哪個比較好。」

歐格瑪大笑。「說得好。不過除了那個之外，我也會很感激你。達格達是我兄弟，你知道。」

「我以為埃及那件事已經讓你很感激我了。」

「沒錯。但這會讓我更感激你。」

言下之意就是，我拒絕的話會讓他比較不感激我。

「好吧。幫我弄匹好馬，再請孤紐弄套讓我看起來夠體面的裝備。把我轉移到最近的地點，指給我正確的方向。剩下的我再見機行事。」

編註六：阿提克斯自稱的加文（Gawain）在傳說中是亞瑟王的表兄弟，亞瑟王傳奇之一的《加文與綠騎士》（*Sir Gawain and the Green Knight*）即以他為主角。

編註七：皮克特人（The Pict）是到中世紀為止居住在蘇格蘭東部及北部的部落民族，他們有自己的皮克特語，但現已失傳。

「好孩子。」歐格瑪說著拍我肩膀。「我很快會來找你。」

我過了一週後才又見到他，他依照約定帶了孤紐的護甲和一匹好馬來。他還帶了我們兩個的糧食。我愉快地換上護甲，幾個月來首度感到心情開朗。接著我們通過提爾·納·諾格轉移到向西通往格洛斯特【註】的古羅馬大道附近。那裡在下大雨。

「我都忘了這裡老是下雨。」我說。「你也沒有提醒我，是不是？」

歐格瑪無視我的怨言，指向西邊。「往那走。」

「走多遠才會抵達安格斯·歐格無法感應我的魔法或占卜我位置的區域？」

「一點都不遠。你一通過就會感覺出變化。我的建議是在那之前先和你的馬交朋友。我聽說牠們在那裡很容易受到驚嚇。」

「你對那個皮克特人了解多少？」

歐格瑪聳肩。「既卑鄙又醜陋。」

「好。那我出發了。」

歐格瑪祝我好運，然後轉移回提爾·納·諾格，把我一個人丟在雨中。

那匹馬噴口鼻息，不太確定地看著我。我冷靜地走過去，拍拍他的脖子，慢慢透過意識與他取得聯繫，讓我們熟悉彼此的情緒。結果我得到的反應超過預期。

「喔，很好，」那匹馬說。「你也是那種人。」

我被腦中出現他的聲音嚇了一跳。「哪種人？」

「能聽見我想法的那種人類。」

「你是從哪裡學會這種語言的？」

「孤紐教我的。」

看來歐格瑪十分認眞看待的我請求；他不光向孤紐弄了一套護甲，還借來了鐵匠神自己的馬。我就是在那次之後才開始教我的動物夥伴說話的。

「我叫加文，」我說。「你有名字嗎？」

「蘋果傑克。我很喜歡吃蘋果，你知道。你有蘋果嗎？」

我檢查糧食，發現其中一個鞍袋裡有很多蘋果。我拿出一顆給蘋果傑克。

「謝謝，」他說著，用嘴唇叼走我手中的蘋果，吃得津津有味。「我想我們的相處會很愉快。還有一件事。我聞到會讓我害怕的東西時，你要嘛就得殺了它們，不然就是讓我逃走。因爲你也聽到帶我來的那傢伙是怎麼說的。既然我是馬，就很容易受驚。好嗎？」

「這個嘛，得看看你怕什麼。我不能隨便同意這麼空泛的條件。萬一你怕哪個美女的體香怎麼辦？」

「根據可靠消息指出，愛爾蘭以外的地方完全沒有美女。如果你在這裡看見美女，那肯定就是女巫，你該殺了她，或是逃走。」

編註：格洛斯特（Gloucester）是位於英格蘭西南區域的港口都市。

「孤紐把你訓練得很好。」

「他用很多蘋果吸引我的注意。」

「我敢說他有。」我一腳跨上蘋果傑克，拿起韁繩，友善地在他脖子上拍了兩下。「我們出發吧，我的好馬兒！沿路往西走。邁向危險和榮耀！」

「那些是村莊嗎？」

「危險和榮耀？不是。我只是想來點戲劇性效果而已。」

「請不要那樣。那可能會給我們添麻煩。」

「有道理。」

我們緩慢前進，因爲這種天氣沒馬可以狂奔、慢跑，甚至是好好走路。不過還沒走出一哩，雨勢就變了。本來只是普通大雨，突然變成地面雨霧四濺，看不出是從哪個方向噴灑而來的暴雨。雨滴分從左右打在我臉上，想盡辦法擠入我的耳朵，還濺入我的鼻孔。它以強而有力的論點告訴我，不管穿什麼衣服都不可能感到一點點舒服。空氣中的壓力也變了；我的耳朵啪聽到「啪」的一聲。我們肯定是走進了歐格瑪提到的那片魔霧裡。

氣溫突然下降，路旁的樹看來不像藏了一群綠林好漢，比較像是在林頂下隱藏了太多陰影和腐敗。天空的色彩宛如稀釋過的墨汁，潮濕的畫筆繪出灰色漩渦。我覺得很淒涼、不受歡迎，開始懷疑我是不是做了個草率的決定。蘋果傑克發表了類似的意見。反覆發表。我們慢慢變成凍僵的焦慮化身。恐懼冰柱。末日水花。

天黑後樹林就熱鬧了。獵食者的吼聲、獵物的叫聲、撞擊聲、濕淋淋的壓扁聲，還有非常響亮的咀嚼聲。我在兩棵樹中間搭了間臨時避難所，用斷掉的樹枝羈絆成簡單的屋頂，遮蔽樹間縫隙，擋下了大部分雨勢。

「你可以直接幫我做間馬廄嗎？」蘋果傑克問。「還是用圍欄把我們圍起來？」

「這樣就很好了。」我說著在屋頂下生火。「我會請本地元素不讓飢餓的動物接近我們。你只要擔心非自然的獵食者就好了。」

「嘿，什麼？哪種獵食者？」

「鬼、女巫、哥布林，常見的那些。」

「常見的那些？」蘋果傑克緊張兮兮地甩頭踏腳。「哥布林在這裡很常見？」

「嘿，冷靜點——」

「那點微弱的火苗沒辦法嚇阻哥布林！你以前見過哥布林嗎，加文？眼睛很小，但是牙齒和鼻孔都超大的。他們會穿馬皮裝！拿我的皮去做衣服！我們快點離開這裡！」

「冷靜！這裡沒有哥布林！我只是在開玩笑！」

蘋果傑克耳朵貼在頭皮上，對我露出牙齒。「你很不好笑。」

「抱歉。我知道這裡很恐怖，但是我們還不算身處險境。我敢說，還要再沿著路走幾天，才會抵達危險的地方。」

「還是不好笑。」

爲了彌補我亂開玩笑，我給了他兩顆蘋果和一袋燕麥，還幫他好好刷了刷毛。我跟他講小母馬費歐奈特——來自芒斯特【註】的白馬——的傳奇故事，終於安撫了他的心情，讓我們兩個都能睡上一會兒。不過在我抖開濕毯子前，還花了點時間改裝我右腳的鞋底。我在上面挖了個洞，讓我可以持續接觸大地，取用它的魔力，希望人們不會注意到這一點，或是注意到了也不會多問。

我們睡到一半雨就停了，不過當天亮我們離開臨時避難所時，立刻又開始下。

「這是陰謀，」蘋果傑克說。「他們想要我的耳朵發霉。」

「他們是誰？」

「就是他們。」

「通常都是我在偏執妄想。」

「爲什麼？你有劍，還有對生的拇指。我在獵食者面前只能逃命，而且看起來一副很好吃的樣子。偏執妄想是我的專長。」

「我猜你不是孤紐的戰馬。」

除了大雨和心中的恐懼，那天沒有什麼值得抱怨的。下午我們路過一間有馬廄的旅店，於是決定提早休息。我們並不趕時間，也想享受點舒適的生活。我把蘋果傑克安頓在一格好馬欄裡，放滿許多糧草之後，我突然想到在道上一個人都沒遇上。前後兩個方向都沒人。但是馬廄卻幾乎是滿的，這表示這間旅店——根據店外招牌，叫作銀色種馬——一定擠滿了旅客。或許他們都在等雨停？

不。他們不是在等雨停。我很快就發現，沒人離開這附近前往格洛斯特的原因在於他們辦不到。

「又來一個啦！」一個刻薄的老傢伙在我進門時說道。「歡迎光臨地獄，好先生。」

我迅速打量旅社裡的情況。看起來不像地獄，大家的肢體語言也不像是要讓我嚐嚐地獄滋味的模樣。顧客就只是滿臉沮喪地拿著酒壺坐在長凳上，愣愣看著吃剩一半的乳酪盤。

「謝謝你。」我輕聲回應。「但這裡怎麼算是地獄呢？我不懂。」

「我們都註定要永遠待在這裡了，」老頭解釋。「而這裡肯定不是天堂。」此乃中世紀邏輯。

「你們不能隨意離開？」

「喔，當然，可以離開。但你還會再回來。沿路往格洛斯特走，你就會發現你又走回這裡。我已經前往格洛斯特三次了，最終都會回到該死的銀色種馬來。」

「那要是一直往西走呢？」

「往西？」老頭幾乎是用吼的。「你爲什麼會想往那裡走？」

老頭的吼叫聲讓其他人把目光轉移到我身上。我聳肩說道：「看來是因爲我消息不靈通的關係。往西的路怎麼了？」

「維京貿易站出了很可怕的事情。斯文西，他們這麼叫它，在高爾半島上，天知道那是什麼意思。」

我和他一起笑，雖然我知道那在古北歐語中代表「斯文島」——不過在當時那只是「北方」而

編註：芒斯特（Munster）是愛爾蘭西南方的地名，據信地名來自女神Muna。

已。今天那個地方叫作「斯旺西」【註】。

「多可怕的事？」我問。

「說來話長，而我的舌頭就像大太陽下的蛞蝓一樣乾。」

「啊。請容我請你喝一杯？」

「你眞好心，先生。你叫什麼名字？」

我自稱加文，肯定有很多人都聽見了，特別是當我帶著明顯的口音說他們的語言時。用餐區的交談聲變小了，人們大概注意到我的盔甲，這表示我是某處來的騎士。老頭伸出手來，告訴我他叫作達菲德。我們前往吧台，我點了兩壺蜜酒。我還問了一下住宿的事，旅店老闆搖頭。「沒房間了。除非你想住馬廄。」

「那就住馬廄吧。」

老頭潤完喉嚨，興高采烈地和我講述西方死亡和毀滅的故事。

「有個臉上穿了上百個洞的皮克特瘋子跑去斯文西，把整個國家搞得一團糟。我已經三個月沒見過太陽了。雨一直沒停過，雖然雨量還不至於引發洪水，但是地面也都沒機會變乾。農作物都打從根部腐爛掉了，到處長滿了比牛屌還大的蘑菇。牛和羊都拉肚子拉到死，我說的沒錯吧？」他看著旅店老闆和旁邊的酒客徵求他們的認同。聽到兩下心不在焉的嘟噥聲後，他繼續說：「牲畜的屍首就這麼躺在泥巴裡給烏鴉吃。聰明的人幾個月前就因爲預見食物短缺而搬走了，但是在好不容易奪得土地，又辛苦耕作多年之後，要大家放棄自己的土地眞的不容易。」

「那之前搬走的人有離開嗎？沒有像你們一樣受困？」

「有，他們離開了。他所架設的魔法屏障運作至今只將近一個月。卡多克王一直在祈求上帝幫忙，願上帝祝福他，但我看不出來這樣有什麼用；皮克特人可是一直在建立防禦工事。天殺的巫師宣稱他已經在斯文西擁立了他自己的國王。」

「請見諒，我好一陣子沒來了。我現在身處哪個國家？」

達菲德看著我笑，旁邊幾個酒客也一起笑。「你問哪個國家？騎士怎麼會不知道自己身處何地？」

我聳肩。「我經常旅行。不久前才橫渡歐洲大陸。國境會變，國王會死。想要隨時得知最新狀況並不容易。」

「好吧，這樣說也有道理。這裡是葛萊懷辛【註】。你的領主是誰？」

「我沒有領主。」我說，但立刻發現旅店裡的人不能接受這種說法。「我正在找領主，」我補充道。「心懷正義的領主。我的前任領主死在撒克遜人手上。」

所有人破口大罵兼吐口水，身為撒克遜人的敵人，我立刻成為他們的朋友。有人說要請我喝下一

編註：斯旺西（Swansea），也作斯溫西或天鵝海，是威爾斯高爾半島上的城市，現在為威爾斯的第二大城及重工業中心。如阿提克斯這裡提到的，這裡古名為Sveinsey，北歐語中的Sveinn's Island，也可能是來自於代表港灣的北歐語Sweyn及ey。歷史上這座城市不僅曾是維京貿易站，也曾遭北歐海盜洗劫。

譯註：葛萊懷辛（Glywysing），中古時代早期位於威爾斯東南方的小國。

杯酒。

「如果補給品進不來，你們靠什麼過活？」我邊問邊往旅店老闆看去。他皺起眉頭，拿起一個酒壺來擦。

「大家都有幫忙，」他說。「他們去打獵，附近有很多獵物，但是現在只有肉吃了——肉和酒，因爲我囤積了好幾桶酒。麵粉都沒了，所以也沒麵包。已經三個禮拜沒見過蔬菜了。」

「這叫作水手的飲食。」達菲德說。「如果沒辦法離開，我們就會哭著死於營養不良。」

「好吧，那皮克特人怎麼樣？」我問。「他難道沒有面對同樣的問題嗎？」

「喔，沒。」達菲德搖頭說道。「他那座小堡壘裡有個很特別的寶貝。他正在想辦法把堡壘變成眞正的城堡，你知道。但那不是重點，重點是我一直聽說他有個永遠不虞匱乏的食物來源。那是個魔法聖物，你知道。從裡面拿出食物，就會冒出更多食物。他可以輕易餵飽堡壘裡的所有人，很多人爲了三餐溫飽不得不投靠他，當然。但是堡壘四周的土地都在逐漸死去，從高爾半島往東擴散，說不定北方和西方也一樣，我不知道。沒有來自那些地方的消息。」

「所以已經沒人再往斯文西去了？甚至連往那個方向走的都沒有？」

「只有邪惡之人和蠢人。」

我揚眉。「邪惡之人？」

「異教混蛋。德魯伊。約莫七天前有一個路過這裡，那之前兩週也有一個。手背上有刺青，你知道。」

這就是我要歐格瑪準備全套護甲的原因。德魯伊受人景仰的日子早就過去了，如今已經快到我們走到哪裡都會遭人騷擾，甚至暴力相向的地步。我點頭問道：「他們去投靠皮克特人？」

「不，不是投靠他。他們以爲自己可以解決他。在這件事上，我祝他們好運，但是他們至今還沒回來，我們也還是不能前往格洛斯特，所以他們的效果就和卡多克王的禱告差不多，也就是說，完全沒有效果。」

我突然之間一點也不想和這些傢伙喝酒了。他們把我要知道的事都告訴了我，繼續談下去就會觸及私人問題和各式各樣的謊言。只要我不露出刺青，和改信基督的百姓相處就不難，因爲早期教會的規矩十分簡單——讚美耶穌，如果遇上任何不這麼做的人，那就攻擊弱小、避開強者。維持社交僞裝不難，但很容易造成心理疲憊。我謝謝他們，然後藉口要去照顧我的馬兒告退，願上帝祝福他們、收留他們，並摧毀一切邪惡。

我幫蘋果傑克刷毛，餵他吃飽，然後躺下來度過一宿，打算第二天一早出發。我很想脫下護甲曬乾，但是爲了假扮基督徒而不能這麼做。每當有人進入馬廄，我就立刻跪下來，雙手合掌假裝禱告。沒人會打擾虔誠禱告的騎士。

第二天早上，大雨好像要報仇一樣傾盆而下，打定主意要侵蝕我的身體、磨裂我的皮膚。肥大的雨滴猛敲我的頭盔，撞擊我的皮甲。我大多數時間都低著頭，相信蘋果傑克不會偏離道路。在一棵樹下能稍微遮雨的避難所吃完濕淋淋的午餐後，我們都開始懷念銀色種馬旅社乾燥舒適的馬廄。

午餐過後一小時，我們遇上了一個意料之外的景象。我擦掉眼睛裡的雨水，蘋果傑克搖頭達到同樣的效果。重新細看道路後，我看見前方有一棟剛剛沒看見的建築物。

「等等，」我大聲說，蘋果傑克停步。「我剛剛怎麼可能沒看見那個？」

「你是指墓園中間的那棟建築？」

「對，我就是指那個。看起來像座禮拜堂。」屋頂的十字架透露出這棟建築的用途。那裡不是教堂或集會場所，是間小小灰色的石頭泥灰建築，看起來像是倉促間搭建出來的。墓碑東倒西歪地插在潮濕的土地上，把禮拜堂團團圍住，讓墓園看起來像是髒兮兮的斷齒。那是我這輩子見過最陰森的崇拜場所。

「我之前也沒看見。或許有僞裝？我以前看德魯伊這麼幹過。」

「喔，沒有錯。絕對是這樣。這附近肯定有另一個德魯伊，那是好事。」

「不過味道聞起來不太好。我聞到死亡的氣息。」

「有多濃？只是隱約感到不安，還是眞的有透過大雨聞到腐肉的味道？」

「我想有可能是發自那座墓園。但是墓園有點不太對勁。喔，無所謂，我們會直接路過，對吧？」

「不，我認爲我們必須去察看察看。」

「我認爲我們必須活下去。」

「拜託，不過就是墓園中間的禮拜堂。埋在地下的骨頭傷不了你。搞不好裡面還有很友善的人。」

「萬一這是誘餌呢？這裡不是躲雨的地方，而是張蜘蛛網，加文！裡面有個殺人犯，剛好可以把我們埋在墓園裡！你難道沒想過這個可能嗎？」

「呃。沒。」

「好吧，那你去打招呼，我就站在外面守護補給品。」

我下馬，餵他吃顆蘋果，然後在我和護甲上施展僞裝羈絆，從劍鞘中拔出富拉蓋拉。

標示聖地邊界的低矮柵欄上有道通往墳場的柵門，門後的墳墓之間有條窄路。走過那條窄路後，禮拜堂的門沒有關好。可以看到門內的蠟燭。當我看到門之所以沒關好是因爲某人腦袋躺在門口不讓它關上時，我開始覺得蘋果傑克的想法或許沒錯了。

那顆人頭依然連在軀體上，但卻是具已經死去的軀體，瞪大的藍眼珠盯著門框。他看起來不像神職人員，他身穿樸素的藍上衣。我看不出其他細節，包括死因，除非我繼續接近，甚至打開那扇門進一步調查。

但或許有人等在門後。

也可能有弓箭手躲在墓碑後面等著伏擊。這個想法才剛浮現，我就認定不可能了；埋伏的人很少會在雨中埋伏這麼久。殺死這個人的凶手要就是早跑了，不然就是還在裡面。我敢說凶手還在裡面，不然他應該會清理一下現場。

雨聲讓我聽不清楚任何聲音，但同樣也能遮掩我的腳步聲。我慢慢前進到門前，透過開啓的門縫往裡面看。屍體又有更多部位映入眼簾。右前臂和手掌癱在屍體的肚子上。和我的右手一樣布滿德魯伊刺青。

我後退一步，凝神思考。禮拜堂的地板都是石造的，只要一進去就會切斷我的魔力來源。熊符咒是那之後幾百年後才做出來的，而我們的身體只能在短時間內儲存一點點魔力而已，所以我可以施展一道魔法進去，然後維持兩分鐘左右就會耗盡法力。問題在於施展哪一道法術。我試著冷靜挑選，德魯伊並不好殺，但不久前才有人成功殺過一個。如果我僞裝著進去，殺手還是會看見門被推開，說不定他本來就在等候這種信號。強化速度通常效果不錯，但當我不清楚伏擊會來自哪個方向時，速度的優勢就會大打折扣。我決定強化力量；如果進去後有人想要殺或攻擊我，就要全力奪門而出，趕往能夠吸收大地魔力的地方。門口的德魯伊死前大概就是想做這件事。我決定盡量待在門口。

「你發現了一具死屍，對不對？」蘋果傑克的聲音在我腦中響起。

「對。」

「但你還是要進去。」

「對。」

「我不瞭解爲什麼是你在做主，你顯然沒有能力基於自我利益的考量來做決定。『喔，看呀！』你說。『有個人被殺了！』結果你不但不逃離這間危險的禮拜堂，還決定把脖子伸進去看看會不會被砍掉！」

「如果我死了，我允許你逃跑。現在閉嘴，讓我思考。」

蘋果傑克說得有理。我沒必要進去。達格達的大鍋不在裡面。但是拜天殺的羅馬人和一神教擴張所賜，世界上只剩下少數幾個珍貴的德魯伊，而我覺得有責任要幫這位老兄報仇。

我等了整整一分鐘聆聽動靜。除了雨水落在石頭上的噪音外什麼都沒聽見。我撤去偽裝羈絆，輕聲念誦強化肌肉力量的羈絆法術；我盡量吸收魔力，然後踢開大門闖了進去，看清楚門後的景象。門後沒人。我抬頭；沒人躲在梁上等著跳下來。我蹲低身子，檢查禮拜堂其他地方，小心翼翼地側身退向門口。這裡面只有一間石室。禮拜堂內側有座蠟燭圍繞的聖壇，聖壇上躺了一個人——第二個德魯伊，刺青都露在外面，雙手交叉在胸口，像士兵般握著一把劍。

「嘿，朋友，」我說。「醒醒。」他沒有動。他的胸口沒有起伏，沒在呼吸。

我想起達菲德宣稱最近有兩個德魯伊路過銀色種馬旅店。顯然他們兩個的人生都在此遇上了盡頭。但是怎麼死的？我不想當三號德魯伊，但眼前的情報實在太不充足了。我退出大門，抓起躺在地上的德魯伊上衣，把他拖到外面仔細檢查。禮拜堂裡實在太詭異了；不久前才有人點燃那些蠟燭，而我懷疑會是死人點的。

我於雨中跪在德魯伊身邊。他頭上沒有可見的傷痕——連瘀傷都沒有。不過喉嚨右邊略低的位置有塊變紫色的皮膚，於是我開始找尋其他瘀青；喉嚨左邊還有四塊痕跡。這個德魯伊是被一隻大手掐死的。或許有戴盔甲手套，但那無關緊要。我敢說德魯伊不可能乖乖讓人掐死。他肯定有反擊，但卻毫無效果。這些瘀傷都是很強大的力量掐出來的。

我伸手到自己的脖子上，推測我的鎖甲在面對這種巨手時能夠提供多少保護。大概沒多少。

不知道聖壇上的德魯伊是不是也死於同樣的手法。既然巨手的主人此刻顯然不在禮拜堂裡，進去調查應該不會有危險。

走回禮拜堂時，我注意到大部分蠟燭都熄滅了，多半是被風吹熄的。如今唯一的照明來自門外照入的微弱陽光，大多被我自己的影子擋住，加上聖壇前的一根蠟燭。我走到一半的時候才開始覺得有點怪怪的。如果蠟燭是被風吹熄的，那還在燃燒的那根蠟燭應該是第一根被吹熄的才對。所以是什麼熄滅了蠟燭……？

聖壇右下角的動靜吸引了我的目光。一隻巨大、連著前臂的黑色斷手，正憑靠著手指爬向最後一根蠟燭。手掌呈現不自然的碳黑色，宛如火山岩般表面粗糙、布滿凹痕。它用拇指和食指捏熄蠟燭，然後就消失在我的影子裡。

當我開始後退時，它毫不困難就找到了我。它以非人速度爬過地板抓住我的腳，不是爲了阻止我後退，而是想要一指一指地爬上我的身體。我立刻揮動左手想打掉它，但它肯定是在等待這種反應，因爲它不知用了什麼方法勾住我的手指，順勢抽動，然後翻到我的前臂上，更加接近我的喉嚨。它很清楚我的喉嚨何在，因爲斷手立刻開始移動繩子般的手指沿著手臂往上爬。

驚慌失措的腦袋建議我用富拉蓋拉砍斷手臂，阻止那隻手繼續前進。魔法強化過的劍刃可以輕鬆砍穿護甲。不過當我的邏輯在接下來一瞬間加入意見後，我想到了另一個主意。「富拉格羅伊土！」我說著拿劍指向那隻手，啓動了古老的法術，強迫目標吐露眞相。但我並不打算和手說話；我要的是第二種效果，審問過程中把手限制在劍尖數吋範圍之內。我把劍尖移向面前的地板，手掌隨即在魔法的作用下受到嚴格控制，離開我的手臂移到安全距離外。我趁著手掌扭動掙扎、試圖脫離魔法控制的那幾秒鐘大口喘氣，調整我的心跳。由於看那隻手掌掙扎感覺十分噁心，所以我從大拇指開始切斷手指；手指一和掌心分開，就不再有動作。少了五根手指的手掌還想繼續攻擊我，於是我從背面刺穿手掌，它終於了無生氣地倒在地板上。

在我有機會鬆口氣前，聖壇上的德魯伊扭動坐起，空洞的雙眼轉過來面對我。他的腳踏在冰冷的石板地上，舉劍朝我逼近。他的動作笨拙、下巴鬆弛。

如果光看那隻手還不夠的話，這就是證據——對手是貨眞價實死靈法師的證據，而我可以毫不羞愧地說我當場轉身就跑，大叫蘋果傑克去門口和我碰面。門外的德魯伊也站起身來，在我路過時把我絆倒。四面八方都是濺起的泥巴和草皮；死人爬出他們的墳墓。一隻手掌緊握我的腳；我往後砍出富拉蓋拉，手立刻放開。我在泥巴裡連滾帶爬，在拳頭自附近的墳墓破土而出時，循路衝向墳場柵門。

「早告訴你該逃跑的，但是你偏不。你就是缺乏馬的直覺。」

「是呀，好吧，從現在開始我會比較願意聽你的意見了。」

我在門口砍斷了一個活死人腦袋，除此之外沒有撞上其他死屍。我趁蘋果傑克狂奔離開時在馬鞍上回頭去看，那群不死生物並沒有離開墳場柵欄的範圍。我眨眼逼開雨水，雙眼恢復焦距後，禮拜堂已經不見了。彷彿禮拜堂從來沒有出現過一樣。我不知道要怎麼讓任何人相信那裡有過一間禮拜堂，我還能怎麼說——「我的馬也有看到」？

我離開禮拜堂沒多久，雨就停了。潮濕積水的景象突然轉變成一片紅岩石和枯萎植物組成的乾旱荒原，看起來像稻草人的樹木朝一望無際的藍天張牙舞爪。我回過頭去，同樣的景象；綠色的林間道路就和禮拜堂一樣蕩然無存。

到底哪個才是幻象？我的護甲還是濕的，蘋果傑克也濕透了，所以我選擇相信沙漠是謊言。

然而，在道上走了幾個小時，身體完全乾掉，開始被太陽烤後，這裡就一點也不像幻象了。有能力控制天氣或我的感知的死靈法師肯定是強大的對手。我每跨出一步都越來越深信這傢伙正是德魯伊有責任除掉的對手。他對這附近的環境造成極大的損傷，不是透過污染、挖礦、或任何傳統的方式，而是藉由魔法。

連走數日都是一片荒地。任何沒有帶水桶旅行的人都會死在裡面。我每隔一段時間就會彎下腰去，請大地為我分開，湧出清水讓蘋果傑克和我喝。儘管如此，抵達斯文西時我還是裝出十分口渴的模樣。那裡的水源來自塔威河。市場上一如預期般乏新鮮蔬菜，不過還是有些長蟲的蘋果。賣魚的很多，但就和達菲德說的一樣，這些都是水手的食物。堡壘裡面有個達格達的大鍋——聖物。大鍋可以餵飽的人數其實有上限；魔法容器每天可以舀出的食物也就只有這麼多。但是我開始了解皮克特人的計畫了——斯文西四周圍繞著一片幾乎無法通行的沙漠，附近又沒有其他土地可供掠奪，因此沒有任何軍隊能夠輕易抵達此地，而且圍城對攻方而言完全沒有好處，他可以用達格達大鍋無限期餵飽城堡裡的人。

城堡尚未完全完工，不過已經具有雛形，而堡壘的外牆看起來也做過補強增厚。它座落在河邊，裡面肯定有水井提供大量飲水。

我謹慎地向魚販和藥材商打探消息，得知守衛隊長正在招募騎士入伍。

「你看起來很擅長作戰，」藥材商邊說邊秤一些在我手裡用途超乎他想像的藥材。「酬勞好，伙食也好，我聽說。費雪王對他的子民很大方，雖然他得了一場可怕的怪病。」

「費雪王？」

「對。就國王而言算十分正直。他身邊那個天殺的皮克特人就是一場惡夢了，但感謝所有聖人的奶頭，管事的人不是他。」

「守衛隊長在哪裡？」

「先去堡壘問問，」他說，「如果沒找到，就上碼頭附近的酒館去找。」

我先去碼頭的酒館找，主要是爲了方便交代。我想要守衛隊長以爲我是坐船來的，而非穿越荒原而來。那是座十分十分繁忙的碼頭，挑好一艘適當的船後，我就開始找尋安頓蘋果傑克的馬廄。如果我是坐船抵達斯文西的，我就不太可能騎著馬。

在安排給蘋果傑克的馬廄裡，我蹲下伸手觸碰地面，和當地元素取得聯繫。它當然對發生在這個區域的事情感到煩惱，很高興終於有德魯伊來到有可能解決這個問題的地方。我請它幫忙——我一直在想該如何在與大地隔絕的地方長時間取用魔力。或許它可以把夠我施展幾道羈絆法術的魔力灌注在石頭或珠寶裡？

／／石頭不行／／它說。／／金屬／銀或金／最適合儲存魔力／／

／／感激／／我回應。／／提問：幫我製作可以儲存魔力的銀護身符？／／

／／可以／需要接觸皮膚／／

來回交談幾次後，一個粗糙的銀十字架浮出地面，來到我的手掌心裡，裡面灌注了足夠施展幾個法術的魔力。這是一種社交僞裝；如果我施展法術，看起來會像是基督教的神在行神蹟。我只須要甩出十字架，然後讚美神的協助就好了。爲了方便取用，我把銀十字架放到腰袋裡。

四個守衛在斯文西堡壘——這裡很快就會變成城堡了——大門口擋下我。隊長正當班，是個鬍子花白的中年老兵。因爲我的護甲比他的好，他一開始把我視爲威脅，但當我謙遜地提出希望加入守衛隊接受他的領導、服侍他的領主後，他終於鬆了口氣。

「你來這裡做什麼？」他問。

「我是搭船從法蘭克王國來的。」

「很好，但是爲什麼要來斯文西，孩子？」

我從來聽不膩比我小幾百歲的男人叫我「孩子」。

「我在海峽對岸聽說費雪王的傳言。寬厚、大方，而且所向無敵。」

「你在海峽對岸聽說費雪王的傳言？跟我來。我想他會對傳言的細節很感興趣。」

他領著我穿越大門，進入堡壘，路過掛滿掛毯還有許多掃地女僕的走道。

「快到晚餐時間了，」隊長說。「我敢說他們可以在餐桌上幫你找個座位。這裡的食物向來充足，當然。」

大廳裡宛如一場掛毯和七枝燭台的慶典。其中一側從頭到尾擺滿長桌和長椅；另外一側則空曠得出奇，所有人都面對空曠處而坐，我想待會兒可能會有表演。

中間的主桌擺的是高背椅，而非長椅，主位上坐著個膚色慘白、眼瞼低垂、身穿華麗皮草的男人。他的脖子下掛著一個金色大十字架，頭上戴著造型簡單的金頭環；他似乎對面前的食物不感興趣。他左邊坐著兩個貴族，而坐在右邊的肯定就是那個皮克特人。他右半臉上布滿刺青，必然與我的刺青一樣，具有魔法功用。同一側臉上穿了約莫三十條銀棒；他八成也聽說過銀的魔法屬性，所以我敢說他魔力充足。儘管如此，我並不會特別擔心。目前還沒有人試圖拿走我的劍，而劍讓我充滿自信——劍，還有儲存魔力的銀十字架。

皮克特人一頭油膩膩的黑髮披在肩上，鬍鬚用幾個銀環豎起，宛如鐘乳石般垂在胸口。隊長帶我來見的是他，而不是原先說的費雪王。達格達的大鍋就這麼擺在他面前；女僕在盤子裡盛滿食物，端到桌上服侍賓客。由於盤子裡的食物絕不是任何人吃得完的，她們身後還有一群狗在等著吃勢必等得到的剩菜。沒錯，歐伯隆，裡面有香腸。

「顧問，」隊長對皮克特人說，這想必是他的頭銜。「這位騎士來自法蘭克王國，他說他在那裡聽說過費雪王。」皮克特人抬頭看我，但是費雪王對自己的名字毫無反應。

「有這種事？」皮克特人的聲音輕柔、悅耳動聽，我本來以爲會聽見讓人聯想到硫黃和碎骨的聲音。「你是？」他問我。

「加文爵士，爲你服務。」我回答。

「非常好。你的服務可以從和我們共進晚餐開始。我想聽聽你在法蘭克王國是怎麼聽說費雪王的。」他轉向坐在他右邊的貴族。「關奈德領主，你願意幫我個忙，爲這位騎士挪挪位子嗎？」眾人挪挪椅子，又多幫我拿了一張過來，然後我就在偷走達格達大鍋的皮克特人觸手可及的距離內坐了下來。儘管我不能肯定他就是把威爾斯變成血紅色荒原的死靈法師，但看起來很像。守衛隊長告退，返回他的崗哨。

一名女僕在我面前擺了個十分豐盛的餐盤，說道：「顧問，可以開動了。」

「啊。謝謝妳。該你說話了，吾王。」費雪王回過神來，在開動前說了段飯前禱告。所有人說阿門，然後費雪王又沉回他的椅子上。

「國王不舒服嗎？」我問。

「他現在沒什麼胃口。」皮克特人說。「你可以叫我多麥克。」

「謝謝你。」我回道。

「說說你是怎麼聽說費雪王的。」他說。我瞎掰了一個故事，說我聽說有一片土地淪為荒原，但是由於費雪王信仰堅貞的關係，上帝拯救了位於荒原中的城堡。

「我想要服侍這樣的王，所以我來此提供我的劍。」

「你是有信仰的人？」

「虔誠的信仰，先生。讓我給你看看我在撒克遜人手中拯救的一位女士送我的十字架。」我從袋子裡取出銀十字架，在我的盤子上揮了揮。「只要你每天傍晚都唸一小段禱文，它就能在地獄的惡魔前守護你。」我唸誦將我的視覺和魔法光譜羈絆在一起的咒語。那是古愛爾蘭語，當然，而那天殺的多麥克竟然聽出來了。

「聽起來很像德魯伊的語言，」他皺眉看著我說。「你是德魯伊嗎，加文爵士？」

在這種情況下，我敢說他認定我會否認。我本來還真打算否認的。但結果我的左手猛地竄起，用我有飾釘的腕甲重擊他的臉。他的後腦撞上椅子，一時動彈不得，我則推開椅子，讓自己有空間起身。所有人同聲驚呼，有些人對我怒吼。我朝多麥克的嘴巴又補了一拳，免得他唸咒施法，然後透過魔法視覺檢查費雪王。

他不是活人。這解釋了他為什麼沒有胃口。不過他身體四周圍繞著很多黑暗魔法，有些顯然和多麥克羈絆在一起，其他則綻放邪氣、朝四面八方擴散，最後消失在牆壁後面。多麥克肯定是死靈法師。

「好了。」我說著拔出富拉蓋拉。在這個擠滿很快就會來砍我腦袋的武裝貴族和守衛的房間裡，我沒有時間評估形勢。我得確保費雪王先失去他的腦袋，反正他也沒在用；自他最信任的顧問被人近距離痛扁打臉——還扁了兩下——到現在都還沒任何動作，可以看出來他大有問題。我揮出富拉蓋拉砍掉他的脖子，腦袋滾到桌上；沒有流血。他身旁的黑暗魔法當場消散。

多麥克身體抽動，好像又捱了我一拳，然後大家就開始尖叫了。我檢查身後，看看有沒有人從那個角落逼近，結果發現那些貴族都很合作地縮在一旁。地位較低的人和女僕都在抱頭鼠竄、逃離大廳。不過有些守衛朝我跑來，在他們眼中看來，我顯然是大壞蛋。

「不！」多麥克盯著費雪王的頭大叫。「他和這塊土地鎖在一起！」

難怪這塊土地在這麼短的時間內就失去生機；多麥克把土地與死人羈絆在一起。解決費雪王後，這塊土地就能自行復元——只要皮克特人不故技重施。

根據德魯伊律法，多麥克的罪刑絕對足以處死；他吸收一個元素的生命能源，利用魔霧遮蔽他的惡行。所有尚在人世的德魯伊都會爲了他的所作所爲來除掉他，我很榮幸是第一個找上門來的。不幸的是，他矮身避過我的劍，在我有機會反手出劍前壓制我的手臂。他臉上的銀條魔力激盪，爛掉的鼻子不停滴血。他右手抓在我兩腳之間，把我整個人高舉過頭丟過餐桌，摔在大廳的空地上。

「殺了他！」他邊下令邊指向我，以免守衛還看不出來我是妨害公共秩序的傢伙。

像那他那麼瘦小的人不該有力氣把我舉起來丟。他在用和德魯伊加持力量同樣的手法運用大地的能量。只不過那些能量是他偷來的，透過費雪王據爲己有。

穿皮靴的小爪牙不是問題。我拿出銀十字架，利用一些儲存其中的魔力把他們的皮靴和小腿內側的肌肉羈絆在一起，讓他們在石板地上摔成一團。有些摔得比其他人難看。

我不能用同樣的手法對付多麥克；他施展了某種力場對抗我的羈絆術。他也不能用他的魔法直接影響我，因爲除非是透過死人，否則死靈法師沒辦法影響活人。我用一些魔力強化自己的速度和力量，然後衝向他。儘管吸收了大量魔力，多麥克還是處於劣勢，而他也很清楚這一點。他沒有武器、沒有護甲，大廳裡也沒有死人可用。不過他還是有幾張天殺的大椅子可以拿來丟我。我跳過第一張，但被第二張擊倒。他在我起身前撲到我身上，左手把我持劍的手壓在地上，右手試圖抓我喉嚨。我揮出左手阻擋他，放開十字架，然後扣住他的脖子——很細的脖子——開始使盡全力掐下去。他本來也可以掐我的，但他選擇抓我的手臂試圖掙脫。他天殺的指甲刮傷我的前臂，還掐出很多瘀傷，但他的戰技不夠高強，缺乏壓力點或折斷骨頭的知識。

「你那隻黑手在路上的禮拜堂裡殺了兩個德魯伊，」我咬牙切齒地說。「你知道我說的是誰，多麥克？命運之輪不停轉動，是不是？」

他無法回話。我壓碎他的氣管，接著他雙手軟癱，力量消逝。我推開他，發現他頭上依然凝聚了很多魔力。身爲死靈法師，他很可能安排好了他自己的復活事宜，於是我砍斷了皮克特人的腦袋，丟到壁爐中燒。我不再需要魔法視覺了，所以撤銷羈絆。

更多守衛收到驚慌失措的晚餐賓客通知而擁入大廳，包括守衛隊長。躺在地上的守衛不知道該哀求幫助，還是叫他們朋友來抓我。逃離現場的時候到了，於是我撿起銀十字架，急忙走向貴族桌。由於人類把那堆完美的食物丟在桌上變涼的關係，狗狗都跳到桌上去大快朵頤。其中一隻直接就著達格達的大鍋吃大餐，不敢相信自己這麼好運。牠在我去拿大鍋的時候咬我的手臂，結果發現自己的牙齒遇上鎖甲時效果不太好。

「走吧，你吃飽了。」我說，牠不再繼續抗議，容許我拿走大鍋。我把鍋倒過來，關閉不斷製造食物的功能，然後用十字架裡僅存的魔力僞裝它、我的護甲和我自己。我在守衛驚慌的叫聲迴盪大廳時將富拉蓋拉插回劍鞘。我十字架拿在左手，大鍋——或聖杯——拿在右手，在盡可能安靜的情況下以最快速度從他們旁邊溜走。身穿護甲的時候想要偷偷摸摸很難，但他們高聲詢問彼此我在哪裡，對我離開大廳提供不少幫助。

來到沒有鋪石板、讓我能夠接觸大地的庭院後，我就只要維持僞裝羈絆，然後溜過大門口的守衛就行了。我去蘋果傑克的馬廄接他，然後出發穿越荒地，前往克洛斯特。由於死靈法師徹底死透的關係，氣候終於恢復正常，元素也開始出現復甦的跡象。時至今日，你完全看不出來斯旺西附近曾經淪爲沙漠幾個月。

我回程途中沒有看見那座後世人稱危險禮拜堂的建築物。二度造訪銀色種馬旅店時，大部分的旅客都已經離開了，所以我可以租到房間。事實上，當時只有三個人在旅店裡——我、旅店老闆，還有另一個人——我和他們分享這個魔法聖物的冒險之旅。接下來幾個世紀，這個故事被不斷傳誦，直到克雷蒂安·德·特魯瓦【註】那樣的詩人終於把故事寫下來。

第二天早上，歐格瑪在通往格洛斯特的路上等我。我交還達格達的大鍋，他謝謝我。我把多麥克的所作所爲，還有死在禮拜堂裡的德魯伊告訴他，他很感激我連皮克特人一併除掉。

「你想要點什麼嗎？」歐格瑪問。「我欠你人情。」

「如果可以的話，我想避開安格斯·歐格的耳目一段時間。」

他給了我一塊寒鐵，叫我把它當護身符戴。「它沒辦法完全遮蔽占卜能力，但是會增加偵測你所在位置的難度。另外，我最近才把一塊新的土地和提爾·納·諾格連結在一起。有興趣學個新語言嗎？」

我說我有。在和蘋果傑克道別後，歐格瑪把我轉移到易北河以東，斯拉夫人開始在遠方建立文化的地方。那就是我以加文爲名，成爲永恆不朽傳奇的過程。

□

說完故事後，關妮兒目光下移到營火上，說：「哇。」

「這算是什麼評論？稱讚特定內容才是王道。聽我的，我喜歡狗狗在桌上吃東西的那段。」歐伯隆說。

「謝謝，老兄。」

我的學徒抬起頭來。「死靈法師很常見嗎？」

「事實上，很少見，除了電玩遊戲外。多麥克是最可怕的死靈法師之一，而我剛好逮到機會突襲他。如果他有時間照他擅長的方式戰鬥，我想我就不可能活下來。」

「你就是在那段經歷中想到寒鐵護身符的點子的，是不是？」

「對，點子是那裡來的。銀十字架給了我符咒的點子，蘋果傑克是我今天能和獵狼犬講話的原因。」我搔搔歐伯隆耳朵後面。「歐格瑪派我踏上那段旅程其實幫了我不少忙。」

「你回銀色種馬旅店途中有嚐過達格達大鍋裡的食物嗎？」

「當然有。」

編註：克雷蒂安・德・特魯瓦（Chrétien de Troyes）是十二世紀晚期的法國吟遊詩人，他唱的亞瑟王及聖杯傳奇詩作，對讓這些故事的流傳很有幫助。他寫作的參考資料至今尚未特定，也是很多文學研究者感興趣的謎題。

「好吧，味道如何？」

「淋上我這輩子嚐過最美味醬汁的肉和馬鈴薯，歐伯隆。我至今還會夢到它。」

「喔，簡直比傳說中的地下烤豬還要棒！我現在就要去睡覺，看看有沒辦法也夢到。」

「晚安，歐伯隆。」

「晚安。」

「這個故事其實讓我有點餓了。」關妮兒說。「有人想吃點心嗎？」

歐伯隆跳起身來搖尾巴。「我的意思是說要吃完點心再說晚安的。」他解釋。

我對他微笑。「了解。」

《危險禮拜堂》完

小麥街的惡魔叫客員

THE DEMON BARKER OF WHEAT STREET

AN IRON DRUID CHRONICLES SHORT STORY

這個故事發生在《鋼鐵德魯伊4：圈套》之後六年，短篇小說《兩隻渡鴉和一隻烏鴉》後的兩週。

我怕堪薩斯。

不是會讓人踮起腳趾、肩膀畏縮緊繃的那種怕；比較像是心裡莫名擔憂，預測某件事情會出大錯，對自己造成極大不便的那種怕。就像是去見女友父親時的憂慮；儘管情況可能會很順利，你還是很清楚不管笑得有多開心，他心裡還是有一部分希望你是個閹人，而且不介意親手閹了你。堪薩斯對我來說就像那樣。不過我聽其他人說過很多堪薩斯的好話。

我的焦慮源自於許久以前一段不智的想法。通常我都會謹愼守護自己的思緒，並只用拉丁思考模式思考正事，因爲我就是用這個思考模式去和賦予我德魯伊力量的元素溝通。但曾有一次——這種事只要發生一次就夠了——我不小心透露了我認爲北美洲中央平原有點無聊的想法。該元素——因爲那個「琥珀穀浪」【註】的說法，我從二十世紀早期開始稱之爲「琥珀」——聽到了這個想法，之後我就一直在爲此付出代價。我在那裡不再能夠輕易取用魔力。有時候我的羈絆法術會毫無由來地失效，而我知道那是琥珀在惡搞我。後來我只要去那裡就會很不自在，別人會懷疑我是不是消化不良。又或許他們那樣看我是因爲一看就知道我不是本地人。我這種衝浪男孩的外表可以輕易融入加州海灘之類的地方，但在堪薩斯小麥節就顯得格格不入。

小麥節是在堪薩斯的威靈頓所舉辦的慶祝活動，我學徒關妮兒．麥特南的家鄉。我們喬裝進城，

編註：琥珀穀浪（Amber waves of grain）出自美國愛國歌曲《美哉美國》（*America the Beautiful*）。琥珀於《鋼鐵德魯伊8》中音譯爲安柏，此處因解釋了命名來由，故更正譯名爲「琥珀」。

因為她想去探望母親。幾年前我們安排關妮兒詐死——基於很好的理由；但如今她很擔心她媽調適得如何。過去幾年裡，她都可以接受願意遠距離跟監的私家偵探所提供的資料，但她終究還是想要親自見母親一面。我沒辦法完全說服她去拜訪以為她已經死去的人不是什麼好主意，只好一起跟來，以免她遇上麻煩。關妮兒說我該把這趟旅程當作嚴格訓練中的假期，而既然我才剛從奧斯陸逃出生天不久，她不用花多少唇舌就說服我該為了心靈健康放個假。我們帶了我的愛爾蘭獵狼犬歐伯隆一起來，承諾會一起去打獵。

「找個有草原犬鼠的地方給我，阿提克斯。我會讓牠們知道眞正的狗是什麼樣子。」他對我說。「或是帶我去找羚羊。我們可以追羚羊嗎？」

「當然，老兄，」我透過我們的心靈連結回應。「但肯定會追很久。想在這種平原上偷襲很難。」

「等我們開始全速狂奔時，你就可以哼《火戰車》【編註一】的主題音樂。那樣可以讓羚羊像電影裡一樣變成慢動作奔跑，然後就會很輕鬆了。」

「我不確定會有那種效果。」

關妮兒把紅髮染成黑色，塞在一頂科羅拉多洛磯隊【編註二】的棒球帽裡，壓低帽緣，把她最大的特徵都一併遮掩掉了。她還戴了一副大得荒謬的太陽眼鏡，遮住她的綠眼睛和臉頰上的雀斑。奧羅拉乾碼頭釀酒廠【編註三】的襯衫、卡其短褲再加上涼鞋的打扮，顯示她是來自丹佛附近的環保嬉皮。我打扮得和她差不多，不過洛磯隊球帽反著戴，因為關妮兒說這樣讓我看起來比較蠢，而我就是想要這種感覺。如果我是個蠢環保嬉皮，那就不可能是超過兩千歲，又理應在六年前死在亞歷桑納沙漠裡的德魯伊。

威靈頓的人全都認得關妮兒她媽，因爲他們全都認得她繼父——畢烏．拉結是個石油大王，雇用了本地大部分不是小麥農的居民。我們假扮成她已故女兒的朋友四下打探，喜歡說三道四的小鎮鎮民就提供了很多我們想知道的事情。根據鎮民的說法，她母親意志消沉了一陣子，不過並沒有把自己鎖在家裡、靠藥物和酒精過活。面對喪女之痛，她調適得算是很不錯，而當我們假意表示想要前去拜訪時，她的一個「好朋友」很遺憾地告知我們她搭加勒比郵輪出遊了，不然她肯定會參加節慶活動。

我希望我沒有表現出太鬆了口氣的模樣。儘管我要關妮兒保證不會去她家找她母親，我們還是有可能在鎮上意外巧遇。這下我可以放心，享受成功消極打探波洛紐斯的感覺：「『於是我們這些有智慧有眼光的人，／利用旁敲側擊的手段，／迂迴達成我們的目的……』」【譯註】

雖然沒能滿足她見到母親一面的需求，但至少滿足了她希望確認母親有調適過來的願望之後，我

編註一：《火戰車》（*Chariots of Fire*, 1981）一部英國歷史電影，描述一九二四年巴黎奧運兩位短跑選手的奮鬥過程，配樂爲范吉利斯（Vangelis, 1943-）。

編註二：科羅拉多洛磯隊（Colorado Rockies）是美國科羅拉多州丹佛的職棒大聯盟球隊。

編註三：奧羅拉乾碼頭釀酒廠（Dry Dock Brewing）位於科羅拉多奧羅拉的釀酒廠，是曾獲許多肯定的知名酒廠。

譯註：波洛紐斯（Polonius）是《哈姆雷特》中的角色，奧菲莉亞的父親。這段話出自《哈姆雷特》第二幕第一場，潑洛紐斯和僕人討論如何打探自己兒子消息的橋段。

們可以享受節慶節目，包括拿牛糞去丟目標來贏得大獎之類的活動。歐伯隆不懂這有什麼好玩的。

「我不懂。你們人類為了黑猩猩會丟牠們的便便而瞧不起牠們，但是你們丟其他動物的便便就沒關係？我是說，你們擁有對生的拇指，然後就只會用來丟便便？」

除了比較乏味的小麥節活動外，鎮上還請來了傳統嘉年華巡迴樂園。樂園有幾項看起來能夠激起一些腎上腺素的設施，所以太陽下山後，我們就跨越臨時柵欄去看看有沒什麼好玩的。晚上不適合戴太陽眼鏡，所以關妮兒就只有壓低棒球帽。

儘管這種場合並不重視衛生規定，我還是在歐伯隆身上施展偽裝羈絆，以免被人擋下來。這道羈絆法術把歐伯隆身上的顏色和周遭環境的色彩羈絆在一起，只要不亂動就不會被看見，晚上就和完全隱形沒有兩樣。我不明白為什麼狗狗走來走去算是影響環境衛生，把炸過的致命食物插在棍子上賣卻不算。雖然這個節慶是以小麥為名，但攤販似乎不太在食物中添加有益健康的小麥。攤販的食物以鹽、油脂和糖為主材料，透過動物的肉和高度加工過的澱粉結合在一起。

遊樂設施和遊戲攤位上明亮的燈光和俗氣的圖案，盡其所能地令顧客分心，不讓他們去注意所有東西上沾染的污垢。遊樂設施的金屬部位都在嘎吱作響；它們都使用很多年了，在最低限度的保養下拆拆裝裝，也只有塗最低限度的潤滑油。

在遊戲攤位上工作的遊樂場員工全都擁有一口爛牙和牙齦炎，嚴正警告大家吃了遊樂園的食物後沒有找到牙刷會是什麼下場。他們一點也不打算吸引客戶，面對這些上面要他們視為目標、別當人看的顧客，他們最多只能做到輕蔑冷笑和斜眼看人。關妮兒想玩拿壘球丟鐵牛奶瓶的遊戲。

「妳玩吧。我不能玩。」我說。

「爲什麼？」

「因爲遊樂場員工會嘲笑我贏不了他們動過手腳的遊戲，然後我就會氣不過而想要作弊，解除瓶子的羈絆，讓它們全倒，這表示我會收到毛茸茸大玩具。」

「如果遊戲有動手腳，那你就不算作弊，而是在平衡遊戲的條件。如果你決定要送學徒毛茸茸的大玩具獎勵她努力學習，其實眞的沒有什麼壞處。」

「嘿，阿提克斯，我很大！如果你幫我弄隻母貴賓狗，她會毛茸茸的。這表示你用一隻貴賓狗就能取悅我們兩個，懂嗎？」

「問題在於我與這裡的元素有點過節。把大地魔力用在那種小事上對我們的關係沒有幫助。對歐伯隆施展僞裝羈絆，讓他可以跟在我們身邊就已經夠不容易了。」

「我不介意被人看到，阿提克斯。」

「你會嚇壞小孩子。」

「什麼？我很討喜耶！『喜歡在海灘散步和按摩肚子的單身愛爾蘭獵狼犬。』」

關妮兒打了幾局牛奶瓶，遊樂場員工試圖引誘我去「救」她。我學徒差點要爲此動手打他，不過還是表現出了傲人的自制力。

「怎麼回事，從飛機上掉下來都打不到地面嗎？」他對我喊道。

「怎麼回事，員工沒有牙醫保險嗎？」我回嘴。

那之後他就不想開口了，關妮兒則皺著眉頭玩完那一盤。

「很有趣。」她在我們走開時說。「大家是來找樂子的，但我敢說他們的心情都比來之前還糟。小孩想要絨毛玩具、玩遊樂設施，還要吃甜食；父母則想要守住他們的皮包、看好小孩。所有人都希望離開的時候不會消化不良，偏偏那又不可能。」

「這我沒意見。」

「那大家幹嘛還要來？」

我聳肩：「因爲即使在快樂遠離的時候，我們依然會追求快樂。」

我們走過幾個攤位，忽略更多衛生習慣不好的遊樂場員工，觀察路人的表情。沒有人在笑，只看到壓力、憤怒和沮喪。

「看到了吧，沒有快樂。」關妮兒指出這一點。

遠方的遊樂設施傳來驚叫聲。「或許妳會想要享受離心力的樂趣。」我指向遊樂設施那邊的燈光。「讓那些機器擾動妳內耳中的液體。」

「喔。」她看著我笑。「好吧，既然你這麼說的話。」

「快過來！」一個聲音打斷我們交談。「只要三塊錢就能享受無比的樂趣！讓人目瞪口呆的鬍鬚女！令人興奮的三手男，看看那些手掌啊！讓你以雷霆萬鈞之勢狂噴猛吐的連體五胞胎！只要三塊錢，保證挖空你的靈魂！」

滿嘴誇大話術的叫客員是個踩高蹺的侏儒。利用深色條紋褲和超大小丑鞋遮蔽他的木高蹺，並在上半身動來動去、朝潛在客源揮動短胖白袖小手時，穩穩站在原地。紅色漩渦花呢外套反射遊樂設施方向的燈光，給他的上半身增添火光明滅的效果。圓頂帽的陰影遮蔽了他的雙眼，但他的嘴巴始終沒有停過，而且拉客的效果不錯。一整排顧客在黃色大帳篷外排隊，被叫客員和從帳篷另一邊出來的人臉上的驚嘆表情吸引而來。

「太驚人了。」其中一人在經過我旁邊時說道。他的雙眼似乎沒有聚焦，嘴巴鬆弛到彷彿心神不寧。他不像是在特別和什麼人說話的樣子。「太神奇了。有夠讚的。尊的，我是說眞的。前所未見。」

我第一個有點憤世嫉俗的想法，就是他是遊樂場安排好的假顧客。但接著我發現有越來越多顯然深受震撼的人走出帳篷，多到不太可能是安排好的。叫客員一直大聲攬客，吸引了很多人去排隊。

「這裡不是恐懼屋！這裡是恐怖帳篷！把刺激和驚恐加在一起就是一場大冒險！只要三塊錢就能收割你所播下的種子！」

我覺得最後那句話跟前面對不上，於是環顧四週，看看有沒有其他人也覺得怪怪的。在嘉年華遊樂場中說這種句子推銷實在太奇怪了，但是人們還是不太情願地把錢交給入口的肌肉壯漢，進入帳篷；而那個叫客員則繼續講一堆頭韻、尾韻亂押的誇張攬客術語。

「她鼻子兩側各有一顆腫瘤！臉癌可不是膽小的人可以亂看的！我們有怪胎，但你們可別亂來——你們只能看不能摸！只要三塊錢，你就能看見終生難忘的景象！」

「呃，」關妮兒說。「聽起來很有趣。你覺得裡面有什麼？讓人用簽字筆在臉上亂畫的女人？」

「如果想知道只有一個辦法。」

「我也可以進去嗎？」

「當然，如果你可以跟緊點，偷偷溜過那個看門的。」

我們加入隊伍，發現隊伍裡的其他人似乎都不怎麼興奮。大家都一副肯定是來浪費錢的認命心態，只抱著一點微薄的希望，有點類似在臭掉的啤酒裡加片柳橙調味。

我們付錢給入口那座肌肉山後，歐伯隆就輕鬆跟著我們溜進帳篷。我們立刻遇上一片充當牆壁的油漆夾板，還有一個恐怖的招牌對著我們吼道：「最後的機會：選擇天堂（左）或地獄（右）。」

「這兩邊會不會一樣？」關妮兒大聲自言自語。

「不知道。」我說。通往地獄的隊伍有點回堵，所以我提議我們走左邊。

「好吧，為免兩邊不一樣，我想看看地獄裡是什麼景象。」她說。「我們分開走，出去後再來比較。」

我聳肩。「好。待會見。」然後我問歐伯隆：「你想走哪一邊，老兄？」

「我想和關妮兒走。好奇心會殺死貓，但從來不會傷害獵狼犬，你知道。」

「好吧，保持聯繫，讓我知道你看到什麼。」

「我看到我的未來有隻貴賓狗。」

「我敢說你有看到。」我說著轉向左側，順著走道轉兩個彎。

「她是標準的黑貴賓狗，名叫諾琪。西班牙語『夜晚』的意思。」

「是。我知道。」

「我們一大早就去追松鼠，然後躺上香腸做的床。」

「我不是在問你的幻想，歐伯隆。我比較想要你告訴我你現在眼前看到了什麼。」

「我眼前沒有貴賓狗。也沒有香腸。」

我嘆氣，低頭看向他們架設帳篷的地面。剩下的小草都被踩扁了，它們或許在懷疑爲什麼世界上有這麼多小草，偏偏是我要被一堆雙足動物壓爛在地。我繞過另一面夾板牆，面前多了一個戴著假鬍鬚——灰熊亞當斯【註】的那種鬍鬚——的高大女子。耳朵上固定鬍鬚的鬆緊帶明顯可見。她旁邊站著一個男人，胸口很巧妙地用幾條吊帶和彈簧索固定了一條傳統義肢。他用左手抓起假手，微微上揚，然後搖一搖，讓假手往我這邊甩過來。我一臉厭惡地搖頭，繼續前進，希望下一面夾板牆後面有比較有創意的東西可看。

「嘿，阿提克斯，帳篷裡有樓梯算正常嗎？」

「什麼？不算。」

「我們在下樓。看起來他們在實地上鋪了木板。說起來，我們一直都走在木板上。」

我立刻轉身，四下尋找活板門或是其他能讓人往下走的東西。沒有。也沒有木地板。那個三條手

編註：灰熊亞當斯（Grizzly Adams）是電影（1974）及電視影集（1977-1978）*The Life and Times of Grizzly Adams*的主角，他蓄著一臉毛茸茸的鬍子。

的白痴又甩了甩他的假手，以爲我還想進一步見證他有多靈巧。

「你有看到什麼假扮怪胎的蠢東西嗎？」

「沒，我們轉過轉角，轟，向下的樓梯。」

「怪了。這邊完全不同。情況似乎比他們的道具複雜多了。」

或許是爲了呼應主題。畢竟，他們那一邊理論上是地獄。不過如果我這邊是天堂，通往天堂的樓梯又在哪裡？我快步繞過下一個轉角，看見臉上有兩個「腫瘤」——用黏膠黏在臉頰上的兩顆水果糖——的女人。連體五胞胎也在那裡；「他們」就是一個男人在兩側肩膀上各放了兩顆皺皺的假頭。

怎麼可能有人會在出去之後稱讚這場鬧劇？完全沒有道理可言，特別當和我一起進來的人顯然也對這場騙局十分不滿。我不知道下一面牆後會有什麼，不過我想最有可能是出口，結果我被一個年約八歲、身穿漂亮粉紅洋裝和亮面黑鞋的小女孩給嚇了一跳。要不是她雙眼綻放橘光，本來應該很可愛的。她臉上的笑容肯定不屬於小女孩——比較像是非人生物的笑容，而且她的聲音是會讓你骨頭顫抖的低音頻率。

「你是一個人來的，這是你見過最驚人的景象。」她轟然說道，一股她的力量——或許我該說「它」的力量——竭盡所能衝撞我的腦袋。由於我的靈氣與護身符上的寒鐵羈絆在一起的關係，法術化作清風，輕輕撞上我的胸口，彷彿有人戳了護身符一下。她站在一塊夾板上。我眨了眨眼，終於了解到這場騙局不光只是要詐騙三塊錢這麼簡單。

我踢掉我的涼鞋，不繼續在元素琥珀前掩飾行蹤。我一直用熊符咒裡的備用魔力幫歐伯隆僞裝，但是魔力存量很低了，看到那個惡魔女孩隨手就能施展魔法，說話的聲音又像是進入青春期後就有兩顆大睪丸從胯下下垂兩呎的傢伙後，我肯定需要更多力量才應付得了她。我趁著惡魔女孩對我後面的人重複魅惑魔法時，透過將我和大地羈絆在一起的刺青吸取魔力。在我後面是個戴白色牛仔帽的年輕人，他在小女孩的招呼下向後一晃，接著表情轉爲驚奇異常、目瞪口呆。

「阿提克斯，情況不太對勁。」

「不是開玩笑的。」我啓動項鍊上的符咒，讓我看見魔法光譜，隨即發現那個小女孩是個擠入人類軀殼的小惡魔。那個軀殼就像人質；如果我攻擊它，讓它無法繼續魅惑其他人，其他人就會認定我在攻擊小孩。

「我們通過了一道有點像果凍的東西做的門。其實比較類似洞口……我們有點像衝過洞口中央，感覺很噁心。這裡的味道也很難聞。鮮血、腐肉，還有你喜歡拿來丟的便便，都是從前面傳來的。」

我皺眉。「停下來。不要往前走了。我立刻去找你們。後退。」

「但是關妮兒在往前走。」

她還聽不見歐伯隆的想法，因爲她還要過六年才能與大地羈絆。「咬她的衣服還是什麼的。把她往回拉。別放開她。」

我花了幾秒思考該怎麼不掀起騷動地解決這個小惡魔，結果我發現它並不打算阻止我離開。我只要裝作一副蠢樣走出去就好了。我撿起涼鞋，裝傻離開，發誓待會兒再回來。安全離開帳篷後，我衝回帳篷正面，重頭再來一次。

「她在生我的氣了，阿提克斯。她叫我住手，放她走。我們後面擠了很多人。」

「別放開她！我就要來了。」

「我試試看，但是她眞的堅持要往前。」

帳篷前面的隊伍就和我們進去時一樣長——或許更長。我透過魔法視覺，看出那個叫客員其實是個長翅膀的大惡魔。在門口收錢的壯漢是小惡魔，所以叫客員是老大。我回想起他剛剛的話：保證挖空你的靈魂。收割你所播下的種子。然後，透過書面形式讓你自願選擇地獄。我沒時間乖乖排隊了。

「嗯，阿提克斯，我們又往裡面走了一點。前面還有另一扇怪門，類似全身式旋轉柵門，而我認爲那扇柵門是單向門。偉大的大熊呀！現在味道臭死了，已經進門的人都在慘叫著想要回來我們這裡，但是辦不到。這一邊的人——包括關妮兒——都迫不及待想要進入慘叫聲那邊。這裡一點也不好玩，我覺得你應該要求退費。」

「你攔不住她嗎？」

「我有攔！她打我，阿提克斯！打我鼻子！」

聽起來一點也不像關妮兒。她和我一樣深愛歐伯隆。她的行爲只有一種解釋。「歐伯隆，她被法術迷惑了。是惡魔幹的。你必須阻止她。必要的時候撞倒她、坐到她身上。」

歐伯隆比她重，壓得住她。

「惡魔？我爲什麼沒有聞到？」

通常惡魔的氣味都強烈到需要過人的意志才能不把午餐吐出來。我又看了惡魔叫客員一眼，他附近的人都沒有極度不適的反應。入口的男人和出口的女孩都沒有讓我的鼻子不舒服。

「他們把眞身緊緊縫在人類軀殼裡面。你撞倒她了沒？」

「還沒。她不是普通人。你已經訓練她六年了。」

「我要解除你的僞裝羈絆，希望看到你會對她產生影響。你必須阻止她，歐伯隆。」

我取消了他的法術，對自己施展僞裝羈絆，好偷偷通過門口的小惡魔。

然而，法術沒有任何效果。

「喔，不，現在不要，琥珀。」我說，然後透過我的刺青直接和中央大平原的元素交談。說交談是種相對的說法；元素不會任何人類的語言，而是透過情緒和圖像溝通。我在進行這種對話時向來只能說個大概。

／／惡魔降臨大地／德魯伊需要幫助／／

琥珀立刻回應，完全沒有假裝她不知道我在附近。／／提問：惡魔位置？／沒有感應／／

／／惡魔在這裡／／我回答。／／我的位置／惡魔用木板遮掩行蹤／／

那個天殺的叫客員踩高蹺不是爲了增加安全感；他需要高蹺確保大地不會發現他。惡魔通常都是由天使負責處理的，但我還是經常遇上它們。就德魯伊的角度來看，它們的問題在於老是企圖劫走大地能量去開啓並維持地獄門，在過程中吸乾生命能源、危害元素安全。比方說，安格斯・歐格那通往第五層地獄的大洞，摧毀了亞歷桑納五十平方哩的土地。如果這底下有地獄門，琥珀應該有所感應。

／／提問：這附近有能量流失？／／我問。

／／有／斷斷續續／／

／／惡魔幹的／／我說。

琥珀立刻完成審理和判決。她怒不可抑，說道：／／殺了他們／恢復你所有能力／／

／／感激／和諧／／

／／和諧／／

如果時間許可，我會爲此落淚，或是喝杯威士忌慶祝。我已經太久沒有和琥珀分享和諧的感覺了，因爲那畢竟是感覺，而非翻譯過後的文字，所以我和琥珀都不可能假裝和諧。但我的學徒和獵狼犬正面臨著穿越神祕又邪惡洞口的危機，而這又是另一個有待解決的謎團——惡魔顯然在底下弄了一道傳送門，是怎麼不讓元素發現的？

「好了，阿提克斯，我撞倒她了，但她拳打腳踢、大吼大叫，好痛。」

「你是超棒的獵狼犬。我們一定會幫你弄點美味香腸的。壓好她。她之後會向你道歉。」

這一回我成功施展僞裝羈絆，消失在旁人眼前。這道法術不能在我移動時完全隱形，不過夠好了，沒人能在看到我後及時採取恰當的反應；或許除了那個惡魔叫客員。

「你，先生！你以爲你在幹嘛？」即使我在有僞裝羈絆的情況下靜止不動，他還是能直接瞪著我。可惡。我沒帶武器。既然沒辦法偷溜進去，我唯一的希望就只能仰賴速度和武力了。我衝向入口，叫客員喊道：「加布納布！我是說喬治！攔住那個傢伙！」

那個小惡魔名叫加布納布【註】？

「哪個傢伙？」壯漢在我溜過他時問。顯然只有惡魔能夠看穿我的偽裝。優勢：德魯伊。

想要通過排隊的人潮下樓就必須推開一些人，我在撞到別人腳踝和屁股時聽到很多「嘿」和「（嗶）你媽」。

「抱歉，」我喊道。「緊急情況。」

「啊！阿提克斯，她掙脫了！她往第二扇門跑去了！」

「咬她的褲管，用力拉。不要讓她進去！」

「失敗！她進去了！」

「跟進去保護她！」

第一道奇怪的「洞口」就在前面。有個穿著人類軀殼的小惡魔站在外面，用和「天堂」出口的小女孩差不多的手法魅惑人，不過這傢伙說的是：「進門後，你會迫不及待想通過下一扇門。」這就是關妮兒和其他人即使聽到慘叫、聞到惡臭，卻依然前進的原因。

該拿木棍去卡它們的輪輻了。

我沒有必要多想：琥珀命令我殺掉這些惡魔，所以我會殺了它們。通過噁心的洞門前，我一手搭上小惡魔的頭頂，另一手扣住它的下頜，用力扭向一邊，扭斷它的脖子。

編註：有一種吸吸樂非傳統的積木叫作Squigz，裡面用來堆疊的是軟膠圓球上加裝吸盤的零件，玩的時候就利用吸盤互吸、建構自己喜歡的造型。加布納布（Gobnob）是其中圓球加上三個吸盤的配件名字。

我在它倒地時叫道：「回頭！他們在這下面殺人！」「（嗶）你媽」的叫聲越來越多，我只希望他們的自我保護本能可以戰勝好奇心。大家都很迷惘，他們沒有看見我殺死小惡魔，但因爲有人受了重傷，他們確實知道情況很不對勁。有幾個人拿手機出來撥打九一一，至少有兩個人大聲表達要出去的意圖並回頭走上樓梯。

洞門濕濕的，帶有一點魚腥味，我連走帶滑地穿越洞門，因爲它是在一面微微抖動的原生質牆壁上的一條裂縫，我覺得那像是從麵包師傅的擠花槍裡擠出去的一樣。我決定基於味道稱之爲鯷魚門，並爲了我的理性著想，不要多想那是什麼鬼玩意兒的分泌物、排泄物，或是其他有的沒的。那是一種半透明膠狀物體，宛如淡紫色的污泥般填滿從地板到天花板中的空間，一道分隔兩個不同環境的緊實括約肌。它的功能很明顯，要是沒有它阻隔臭味和慘叫聲，絕對不會有人願意往前走，因爲另一邊的味道臭得令我窒息，前方傳來的垂死慘叫也讓我深怕關妮兒和歐伯隆遭遇不測。

「情況如何？」我問我的獵狼犬。

「阿提克斯，我認爲我們已經不在堪薩斯了。」

「沒那回事。我還聽得見你。」

「他們在這裡面殺人。關妮兒有點清醒了，知道我們麻煩大了。但是其他人也都一樣。」

「就快到了。」

「快來！」

我前面的人都被魅惑了。穿越下一道門的欲望就如同女海妖的誘惑一樣強烈。如果第一扇門是鯷魚門，我想，那這扇門就是針門了。它的設計有點像是那種絞碎輪胎的裝置；從這頭進去不會有問題，但是想要反方向回來就會被鋼針貫穿。

儘管如此，不管另一側是什麼情形，還是有很多人選擇面對鋼針，不顧一切地擠出針門，在過程中被插得體無完膚。我撞開遭受魅惑的受害者，抵達那道門口，吸收大地魔力強化速度和力量，增強我的神經肌肉系統並防止疲倦的羈絆法術。針門是由許多血淋淋的鋼針組成的，顯然與帳篷和遊樂設施和所有東西一樣，原本分成很多零件，然後拿到現場來組裝。金屬部位並不會燙傷我的皮膚——事實上，很冰涼，符合我對地底金屬的期待。這裡沒有受到傳說中的地獄高溫影響，但是有地獄的恐怖氣息。

我擠進不斷碰撞的鋼針門，進入一間殺戮室，從一個絕望無助的中年男人面前滾開，對方臉上滿是鼻涕和淚水，還濺滿鮮血。他把手伸入我剛剛穿越的門上縫隙，整條手臂都扎滿鋼針。鋼針上肯定有小倒鉤，從外面進來不會有事，但如果想要出去，不但會被刺傷，還會被勾住。起碼還有十幾個人擠在門口，像我剛剛擠進來一樣試圖擠出去，其中有些人都在急著想逃跑時被勾住了手，必須決定是要用力扯開，還是繼續被困在門口，不管選哪條路都會很痛，還得應付他們自己的恐懼。有兩個人——一男一女——不知道是被不小心還是故意推進針門，痛得放聲哀號、完全無法脫身。看起來其他人已經恐懼到失去理智，很可能會用蠻力拉開他們，只要能夠逃出去，甚至會利用他們的身體擠開針門。幸好關妮兒不在門口的那群人裡面。

「歐伯隆？我進來了。」

「往右邊走，幫我們搞定這傢伙！」

我擠開兩排驚慌的民眾，來到一座屠宰場。這裡的地面用粗糙的廉價木板覆蓋；天花板高得出奇——比我想像得更加深入地底。天花板這麼高的原因就躺在房間另一側，大概有高中自助餐廳的長度那麼遠：食屍鬼把屍體疊到幾乎碰到天花板，還把剛殺的人又疊成新的一排，大概是留著晚點享用。一個拿長柄大鐮刀的惡魔正在提供新屍體，而這時他正在追殺關妮兒。

他並非真的死神，而是凝聚了類似形象的惡魔；有足夠的人把穿長袍的骷髏和地獄聯想在一起，於是惡魔就以這種形象現身。這麼做顯然有收到心理上的效果。

死神身穿招牌黑長袍，不過沒戴兜帽，露出冷酷無情的白骷髏頭。眼洞中小小的火苗閃耀，看起來很擅長使用手中那把大鐮刀，藉由刀柄中間的小握把揮來揮去。關妮兒有時候跳過鐮刀上方，有時候矮身閃到鐮刀下方，動作越來越慢，如果不是過去六年都在跟我學翻筋斗和武術的話，她早就已經被砍死了。

歐伯隆很明智地做出不能用狗的戰法加入這場打鬥的結論；他大聲叫，試圖讓惡魔分心，不過始終待在大鐮刀的攻擊範圍外。

就和多數長武器一樣，長柄大鐮刀在攻擊的弧線上殺傷力很大。但是速度不快，而且很沉重，只要你能進入鐮刀揮動的那道弧線以內，就有很大機會能對防禦不足的對手造成削弱實力的傷害。

「掩護我，老兄。」

我衝向惡魔，做出能讓曼聯驕傲的剷球動作。我一邊移動一邊解除偽裝羈絆，讓歐伯隆能看見我，不幸的是，惡魔也能透過眼角看見我來襲。如果他的力量和叫客員差不多的話，或許本來就可以看穿我的偽裝，但是我突然出現引發了他的反射動作。他跳起來躲過我的攻擊，雙腳橫跨落在我身上，鐮刀高舉過頭，打算收割我的蠢屁股。由於目光集中在我身上，他沒看見歐伯隆來襲。

我的獵狼犬——一百五十磅重，渾身肌肉——狠狠撞上惡魔胸口，撞翻它。歐伯隆的衝勢讓他踩過惡魔身上，然後繼續往前衝，這樣也好，因爲死神惡魔一個後滾翻就站起身來，握著武器面對我。

「幹得好，歐伯隆。待在他身後，不過不要攻擊。他知道你在後面。低吼，讓他緊張。」

死神朝我逼近，反覆揮動武器逼我後退。但我抓住他揮刀的節奏，在他反手揮刀後跳進他的揮刀範圍，轉動我的右臂擋住鐮刀柄，然後繼續轉向左側，以左手手肘衝擊他的牙齒。眼看他重心不穩，我立刻展開追擊，以右手掌根擊中死神的下頷。由於頭顱缺乏肌肉和肌腱固定在脖子及肩膀上，死神當場身首異處，眼洞裡的火焰熄滅。

「幹得好，阿提克斯！別怕死神！」

「還沒結束。」

我查看關妮兒。她呼吸沉重、筋疲力竭，不過看起來沒有受傷。

「妳還好吧？」我問。在她點頭的同時，屠宰場的另一端傳來一大堆吼叫聲。食屍鬼發現我殺了死神，而他們的怒吼導致參加嘉年華的鎮民再度開始尖叫。打鬥期間又有幾個人穿門而過，突然清醒之後看見這種惡夢般的場面嚇得他們屁滾尿流。食屍鬼很髒，吃死人或死人殘骸導致他們暴露在各式各樣的穢物和疾病之中。傳統上，他們會對感染和中毒免疫，而眼前這種發狂的食屍鬼也不擔心傳播這類東西。他們的指甲——或許該歸類為爪子——裡塞滿了各式各樣致命的穢物。附近沒有強效抗生素的話，只要被抓傷一下大概就死定了。當然，如果食屍鬼想用爪子把你開膛破肚，你能活到死於疾病的機會應該很渺茫。

亞歷桑納有一小群食屍鬼——或許我該說有一裹屍布的食屍鬼——學會如何融入人類社會。他們很有用處，因為他們可以讓屍體消失，並把命案現場清到令當地警方難以解釋。大部分超自然界的人都要依靠這種食屍鬼，基於很明顯的理由——他們是讓人類保持無知，深信世界上唯一的獵食者就是其他人類的關鍵。安東尼和他的手下駕駛一輛冷凍貨車四下遊蕩，只要沒有餓過頭，他們就可以好好假扮人類。他們同時也會很謹慎地等到人類完全死去後才開始吃他們的屍體。

然而，眼前這些食屍鬼和安東尼不同掛。如果安東尼那夥食屍鬼唸的是哈佛，這夥食屍鬼就是文盲。野蠻殘暴、灰皮膚、黑牙齒，渾身沾滿內臟，看起來非常樂意在死神無法幫忙的時候主動殺死他們的食物。

「撿起大鐮刀，」我對關妮兒說。「我把他們往妳那邊丟過去。解決他們，不然就閃到旁邊。」

「準備好了。」她吐口氣，然後向我點頭。她看起來快要吐了；死亡和硫磺的氣味實在太難聞了。但她可以使用那把大鐮刀；我主要訓練她的就是棍法，她可以把棍法招式應用在大鐮刀上。

我迎向食屍鬼，心想既然屍體很少會反抗，他們多半不擅長格鬥，而是仰賴蠻力和利爪。不過一共有八個食屍鬼，而我懷疑他們會很有禮貌地輪流和我單挑。不讓琥珀發現惡魔的木板地同時也阻止我吸收更多魔力；我得依靠熊符咒裡僅存的魔力。或許該想點策略。

德魯伊律法並不鼓勵羈絆會動的生物，完全不能羈絆合成纖維，也很難影響鐵。但是除了這些，幾乎沒有其他限制。地板沒有釘死——只是鋪在土地上的木夾板。我在一塊木板中央和遠方牆壁前屍堆中一具屍體的丹寧牛仔褲間建立羈絆。通常這樣做會讓牛仔褲和木夾板同時飛起，撞成一團，但穿牛仔褲的屍體被壓在很多屍體底下動彈不得，所以只有木夾板會動。我啓動羈絆，木夾板立刻竄向後牆，宛如一個大書夾般劇倒了兩個食屍鬼，不過沒有造成多嚴重傷勢。重點在於，這樣做暴露出了底下的土地，讓我可以取用更多能量。

我踏進沒有木板的空間，感受大地重新補充我的魔力，然後擺開合氣道架式。食屍鬼看見我的挑戰，於是朝我衝來。

這不是我第一次希望食屍鬼能像殭屍或吸血鬼一樣，是眞的不死怪物。如果是那樣，我就可以直接解除他們的羈絆，剩下一堆組成他們身體的元素。但食屍鬼是生物，往死亡方面突變的異種人類，哈哈哈哈。在我很年輕的時候——二世紀左右——阿拉伯半島有個白痴巫師召喚惡魔附身在可憐的年輕人身上，創造出史上第一個食屍鬼。該惡魔嚐到死肉的滋味，並從中獲取力量，於是開始強迫宿主吃掉巫師提供的屍體。最後巫師發現自己犯了可怕的錯誤，或許是因爲他厭倦了不斷取得屍體，於是驅逐了那個惡魔。但他沒有發現儘管趕走了惡魔，宿主身上已經出現了永久變化。當他去殺宿主——因爲死人不會出去亂講話——的時候，以爲對方和普通人類一樣弱，結果發現宿主其實很強。後來那個宿主殺死巫師逃跑了。他還是想吃死人肉，也注意到自己膚色變灰。沒多久他就發現如果持續滿足這種渴望——褻瀆墳墓，吃裡面的東西——他就可以維持正常人類的外型，甚至享受超越常人的力量。他的能力，以及詛咒，在他結婚生子後傳承給後代。一開始很正常，直到進入青春期後，他的小孩就開始逐漸衰弱、膚色變灰，於是老爸帶他們跑去墓園，說：「好了，孩子們——你們需要好好來頓屍體點心。凝結血塊！好吃好吃好吃！」

所有食屍鬼都來自同一個祖先，而這一群食屍鬼家族顯然決定要和創造出他們的惡魔混在一起。他們完全沒打算假扮人類。對我衝來時也不帶絲毫敬意，完全不在乎我剛剛幹掉一個死神。他們的策略似乎侷限在衝上來、撲向我的喉嚨，還有對我大吼大叫。

合氣道是一種理想上可以重新引導能量，將對手動能收為己用的武術，其中有一套名叫「多人數取」【註】的訓練套路，讓人可以一次應付多名對手。我認為這是從古老武術中演化而出的二十世紀新武學。那些食屍鬼紛紛被我東倒西歪地拋到或轉到身後，關妮兒則拿著大鐮刀等在那裡。儘管那把武器使得不太順手，但卻很容易施展出致命一擊，而關妮兒施展的動作很快。最後三個食屍鬼在看見其他夥伴的下場後，重新思考橫衝直撞的策略，開始放慢腳步。他們散開成半圓陣型。

同一時間，我後面那群驚慌失措的嘉年華會鎮民逐漸冷靜下來，開始大聲提問，因為他們看見我們殺了一些壞蛋，於是假設我們肯定知道所有答案。

「到底是怎麼回事？你們可以救我們出去嗎？那些是什麼怪物？你們沒槍嗎？」

我不知道該怎麼和倖存者解釋這些事情——我懷疑他們會相信這是沼氣造成的幻覺——但首先我必須確保能有任何人倖存下來。我還必須找出惡魔抵達此地所使用的傳送門。我還沒有發現它，不過我也一直沒有時間去找就是了。

我不想主動攻擊，因爲那樣會讓我背部失守，而他們已經占好位置，所以我咳了一口痰，吐向我右邊那個食屍鬼，正中他的額頭，他立刻失去理智。並不是說他覺得很噁心；在食屍鬼眼中，比痰噁心很多倍的東西都可以很美味。他純粹是知道自己被濕淋淋的羞辱打在臉上。他大發雷霆朝我撲來，我把他丟向左邊的夥伴，兩個食屍鬼撞成一團。如此中間那個食屍鬼會有幾秒鐘的空檔沒有幫手。我衝向他，出指刺中他雙眼。他爪子深深劃過我兩側肋骨，留下幾道我得要花費心思治療的滾燙傷痕，但他往後退，再也沒有機會抵擋致命一擊。我抓起他的手臂，把他往後旋轉，我則背對屍體牆，然後一腳踢中他胸口，讓他往後退向關妮兒可以輕易解決範圍。我後退幾步，準備迎戰另兩個已經推開彼此，朝我逼近而來的食屍鬼。

我透過眼角餘光看見關妮兒解決掉瞎眼食屍鬼，繞過其他人往我們這邊前進，歐伯隆則把握機會跳過來。他咬住我左邊食屍鬼的腳踝，導致他趴倒在地，讓關妮兒可以趕過來解決他。最後一個跳向我，我向後倒落，膝蓋貼上胸口，用腳掌抵住他，然後往自己頭的方向一踢。他撞上牆壁前的屍體堆，發出濕答答的撞擊聲，然後一頭摔上血淋淋的木板地。這下雖然沒把他摔死，但是摔得他頭昏眼花，給關妮兒時間趕過去剔除他的內臟。然後她丟下大鐮刀，筋疲力竭。

針門方向傳來零星的歡呼和欣慰的叫聲。那裡約莫有二十個人，一邊歡呼鼓掌，一邊感謝我和他

編註：多數人取（英：taninzudori，日：多人数取り）爲合氣道中單對多的訓練形式。合氣道中的「取」（取り）的一方是負責將對手的攻擊化開或格開的一方，而「受」（受け）則是負責攻擊、承受合氣道技巧的一方。

們的神拯救了他們。我微笑朝他們揮手，然後他們就死光了——針門突然爆炸，每個人身上起碼都多了上百個窟窿。有很多鋼針直接貫穿被卡在門的倒鉤上的人，陷入後排人的身體裡。沒有一根針射到位於房間另一端的我們；要不是偏向兩旁，就是插入倒楣的受害者身上。我們畏縮驚呼，然後看見造成爆炸的原因——惡魔叫客員，他現在脫掉了高蹺，不可一世地朝我們走來，試圖在矮小的身材中灌注強大的氣勢。他依然戴著他的圓頂帽，不過帽緣拉高，露出綻放橘光的雙眼。

「你們兩個待在後面，」我低聲道。「他會噴地獄火。」

歐伯隆和關妮兒同意，我拔腿就跑，拉近和惡魔叫客員的距離，衝向地上那塊裸地。我沒時間用羈絆法術移除更多木板，還需要在不會波及我那些難以自保同伴的地方和他決鬥。

他看穿我的打算，基於不要讓對手稱心如意的前提，連忙上前阻止我。他大吼一聲，甩開他的人皮。在惡魔慣用的形體破體而出時，紅色的外套、圓頂帽、整個小男人通通變成一團血霧。接下來站在我們面前的是個高高瘦瘦、膚色慘白的怪物，全身上下都是骨刺，宛如出自波希【註】的畫作。但是肌肉缺乏血色，並不表示他的力量不足或無法揮拳。我矮身避開第一拳，考慮必要時要整個人趴在地上，結果卻被他手腕上的骨刺在背上劃出長長一條口子。傷口灼燙，我痛得當即起身，惡魔隨即一記左拳，指節上的骨刺在我臉頰上留下好幾個洞，打得我轉了一圈。

地獄火轟隆地從叫客員的雙掌噴出，他哈哈大笑，以為已經解決我了。但是他的拳頭其實比噴火有效。寒鐵靈氣擋下了地獄火，但我還是故意慘叫翻開，滾向地板間那塊土地。他任由我滾開，不過緊跟而來，和我想得一樣。我一感覺到身體底下的土地，也看到他碰觸到土地，立刻伸出右手指他，說道：「度伊！」——愛爾蘭語中的「燃燒」。

如果我是站著的話，就會頹然倒地，那是施展寒火的代價。這招可以百分之百殺死惡魔，缺點是需要一點時間生效，還會導致施術者筋疲力竭，不管有多少魔力穿越大地而來。這是圖阿哈．戴．丹恩的布莉德——掌管火焰還有其他事物的女神，幾年前為了幫我對抗她與地獄結盟的弟弟——安格斯．歐格——而賜給我的。接下來幾個小時，我會連隻倉鼠都打不過，更別說要對付大惡魔了。

「所以你搞這麼多事究竟有何企圖？」我問，動動手掌比向整個房間。「為了提升地位？」

惡魔彎腰，伸出指節太多的長竹竿手指環繞我的脖子，開始壓碎我的氣管，我唯一能做出的抵抗，就只有像甩布偶般甩甩手。我希望寒火法術可以盡快生效，效果延遲有可能會害死我。惡魔嘲笑我如此軟弱。

「沒錯。我準備了好幾個月。在各個小鎮進行小規模收割。」

他的手指持續壓縮我的喉嚨，導致我無法呼吸，眼角景象開始變黑。他為什麼不快點死？

「如今我為地獄提供一定比例的收成。我收割的靈魂將會超過——」他突然住口，瞪大雙眼。他放開我，我情急下吸了一大口臭氣。他摀著胸口，說：「什——」接著開始抽搐、咳藍焰，然後渾身滋滋作響，冒出彷彿結霜般的灰燼，在我身上粉碎，被寒火從體內燒光。

看附近沒有迫切的危機後，關妮兒開始吐。

譯註：波希（Hieronymus Bosch, 1450–1516），十六世紀荷蘭畫家，擅長以惡魔的形象表現人類的邪惡。

歐伯隆跑過來舔我腦袋側面。「阿提克斯，你還在流血。」

「對，這時候我最需要的就是來個潮濕威利【註】，謝謝。」

「不客氣。我們可以走了嗎？」

通往針門的路已經暢通了。我不知道鯷魚門是否也是單行道。我得相信警方很快就會來；在我殺了走道上的小惡魔後，逃出去的鎮民肯定有所行動。本來我還希望他們能來把人帶去安全的地方，但現在已經沒有人可以救了。他們只會妨礙我做完剩下的事而已。

「還不行，歐伯隆。」

我透過與大地間的羈絆，傳訊給琥珀：//惡魔死在下面/上面還有兩隻小惡魔/開始搜尋地獄門//

//和諧//是她唯一的回應。

//提問：如果這間石室與地面間的通道裡沒人的話，可以弄坍通道嗎？//

琥珀的回應是弄坍通道。這可以幫我們爭取一點時間。

「我們得找出通往地獄的傳送門。」我說。「這附近肯定有一扇。不管嘉年華樂園的人看起來有多可疑，死神絕不可能與他們同行。」

「牆壁上沒看到什麼。」

關妮而抬頭說：「不在天花板上。可能在其中一塊木板下。」

我沒有力氣把木板全部翻開，而且希望事情盡快結束，所以我把所有木板都和一面側牆羈絆，讓它們全部飛走。我們在針門附近、關妮兒和死神玩躲大鐮刀的地方，找到傳送門。

用鹽畫出的地獄神祕符號形成了一個比標準人孔蓋大一點點的魔法圈。魔法圈內有個鐵圓盤，圓盤上也刻了與地上魔法圈很類似的符號，不過蓋住了一半朝內的鹽符號，把它們分成兩個部分。

「聰明，」我說，靠著關妮兒的身體檢視魔法圈。「還是啓動的，但是用鐵讓法術短路，呈現休眠狀態。移除鐵蓋就能開啓傳送門。放下去，魔力就消失了。他們只需要短短幾秒就能讓人員進出。難怪他們可以保持低調。」

「實際上到底是在低調什麼？」關妮兒問。「他們究竟爲了什麼？」

「靈魂。惡魔叫客員想提升在地獄的地位，這就是手段。讓人自願選擇地獄，然後殺死他們。」

「但是這樣怎麼可能不被發現？我是說，看看這麼多可憐人。都沒人注意到？」

「這次可能是他們第一次提升規模。他們在天堂那一側派小惡魔對出去的人施展記憶法術，防止他們去找沒有出來的朋友，而當他們終於發現朋友失蹤後，記憶會告訴他們朋友不是在這裡失蹤的。等到眞的提出失蹤人口報告時，嘉年華樂園早已離開鎭上。食屍鬼會留在這間石室裡把所有證據吃光，後面妳就知道了——沒有屍體就沒有犯罪。大規模失蹤事件會被解釋成外星人綁架事件，不會有人懷疑是地底大規模屠殺事件。」

「好吧，我們不能把他們全都留在這裡，是吧？」

譯註：潮濕威利（Wet Willy），舔濕手指，塞到別人的耳朵裡扭轉。

我查看一下殘骸，搖頭。「不。他們的家人須要知道眞相。元素可以在風頭過了以後幫我們把屍體轉移到地面上。」

「好吧。」關妮兒把注意力轉回傳送門。「所以只要抬起那個蓋子，我們就能跳進地獄？」

「或是有東西跳出來，沒錯。傳送門開啓時會吸收大地很多能量。不過我們可以輕易摧毀它。」

我利用大地能量進行羈絆，把所有鹽晶集中在一起、飄離地面，在鐵蓋上方形成一顆鹽球。我解除羈絆，鹽球掉在鐵蓋上。剩下的鹽躺在用手指畫出的淺溝裡，於是我壓平地面抹除了那些溝。我透過魔法光譜檢查魔法圈，確認安全之後才敢移開鐵蓋。鐵蓋四周沒有任何魔光，可以徹底瓦解，讓大地吸收回去。

「幫我踢一下鐵蓋？」我問。我懷疑以我的身體狀況有辦法踢動它。相形之下，用羈絆法術就簡單多了，因爲使用的是琥珀的能量，不是我自己的。關妮兒用腳把鐵蓋推開幾吋，底下都是令人滿意的實土地面。鐵蓋上的鹽球滾了下來。確認情況不可能變得更糟後，我通知琥珀傳送門已經摧毀，請她幫我們製造一條通往地面的通道。我們看著大地從旁邊的牆壁底部形成一條往上的石階。

因爲滿身是血出現在嘉年華樂園裡很可能引起騷動，我在我們三個身上施展僞裝羈絆。我們從一排遊戲攤位後方回到地面上，石階在我們身後關閉。我們花了點時間重新習慣新鮮空氣的味道。牛奶瓶攤位上傳來樂園員工挑釁新目標的聲音。

「馬上回來。」我說，然後留下他們，去察看帳篷的情況——雖然我走得不快。儘管如此，我還是看到門口那個壯漢已經跑了，還有人叫了警察。出口也有警察守著，小惡魔女孩和裝扮成鬍鬚女、三手男的傢伙都不見了。警方顯然還沒找到任何屍體，不然他們不會只封掉怪胎秀而已。警方收到的報告肯定是被我扭斷脖子的小惡魔——在他們看來就是普通的殺人事件。目睹超自然現象的人，只有我們活了下來。我會基於原則獵殺那些小惡魔，而且他們都沒能力靠自己的力量重開地獄門。我們有時間稍事休息，想想該怎麼展開追捕。

我回到遊戲攤位後面去找關妮兒和歐伯隆，撤銷我們的僞裝羈絆，因爲附近只有我們，就算被人看見了，在黑暗中也不會立刻察覺血跡。關妮兒蹲著看地，雙手垂在兩旁，手掌抵著大腿。四面八方都有毫無所覺的鎮民繼續尋歡作樂。遊樂設施的聲光效果之前既明亮又迷人，如今令我精神緊張。我們都不再覺得那些遊樂設施好玩了。我用同樣的姿勢蹲在她身旁。

「我之前告訴過妳，選擇這種生活會對妳個人造成什麼影響，但那些都只是空話。」我說。「妳現在了解了。」

關妮兒點了點頭。「對，我了解了。」她渾身顫抖，腎上腺素消退，此刻或許因爲開始了解剛剛的事情有多可怕而感到震驚。

「但是妳表現得很好。」我說。「謝謝妳幫忙。」

「你也是。」關妮兒嘴唇顫抖，眼角流下一滴眼淚。「我沒有時間多想。我媽本來有可能出現在那個房間裡。」

「對。很高興她不在。最近很適合搭遊艇出遊。」

她擦拭臉頰，抽咽一聲。「但是別人的媽媽在裡面。或許是我認識的人。」

「很有可能。但我們最多只能做到這樣了。妳知道我們今天晚上絕對有救到一些人？」

「知道。但現在去想那個不會讓我好過一點。」

「我懂。」

歐伯隆走到關妮兒身旁，頭抵在她手掌下，往上頂一頂，要她拍拍他。她摟住他脖子哭了一會兒，他一聲不吭地撐著她——至少對我學徒而言，他沒有吭聲。

「她不記得在下面有打我，是吧？」

「我想不記得。或許最好不要提。你看得出來她愛你。我也是。」

「是這樣嗎？」

「你知道是的。但為了抹除你的疑慮，我會看看能不能幫你牽線。來段熱情的邂逅。」

歐伯隆開始搖尾巴。「你是說在發情的黑貴賓？」

「我們就叫她『諾琪』吧。還會有香腸和歡樂時光。」

歐伯隆興奮到叫了一聲，把關妮兒給嚇了一跳。她身體後傾，他則轉頭舔她的臉。

「什麼！歐伯隆！」她向後倒，撞上遊戲攤位的後牆。「噢！」然後在歐伯隆撲上去繼續舔她時哈哈大笑。

狗能讓一切變好。

除了我對堪薩斯的恐懼。我還是很怕她。

《小麥街的惡魔叫客員》完

戰爭前奏

A Prelude to War

An Iron Druid Chronicles Novella

這個故事發生在《鋼鐵德魯伊7：破滅》之後的七到十天之間。

黎明前的低窪沼澤似乎有點太安靜了。片刻前還喧鬧不休的刺耳蟲鳴及兩棲動物的喉音，突然都緊張地安靜了下來，而那絕不是因爲我或歐伯隆出現在此的原故。我們並非此地的獵食者。我伏在我的獵狼犬身邊，就著高草掩護，一手放在他的後頸上。由於不想驚動在偷聽我說話的傢伙，我透過心靈連結對他說話。

「安靜。我們被跟蹤了。」

「被什麼東西跟蹤？」

「我想等牠展開攻擊，我們就會知道了。」

「等牠——？你的計畫不是這樣，對吧？等著牠展開攻擊？」

「我的計畫是不要在任何情況下淪爲獵物，但是，有牙齒和胃口的動物通常都有權決定晚餐吃什麼。」

「才怪，來吧，阿提克斯！施展德魯伊把戲。和元素交談，請它叫那個飢餓的傢伙去吃別的東西。」

「那就是作弊了。」

歐伯隆開始左顧右盼，在小水潭邊高度及腰的草叢中，搜尋任何接近過來的東西。「我希望你不要對我缺乏道德品格失望，阿提克斯，但面對可能會被吃掉的情況，我絕對贊成作弊。」

「我們得找回我們的感官本能，歐伯隆，大自然在這裡提供我們測試自己的機會。當一下獵物，而不是獵食者，對你的聽力會有很大的幫助。」

「首先，我的感官本能沒有問題。其次，我們有什麼必要幹這種事？我們不能去玩那種有趣的殭屍賽跑嗎？不會眞吃你的腦子，只會上很濃的妝然後追著你跑的那種？」

「我告訴過你了。我們是來找人的，而她就住在這裡。」

我們身處衣索比亞國界西境緊鄰蘇丹，一片現在人稱干貝拉國家公園的原野。這座公園大部分都是這邊這種草地和濕地，不過偶爾還是有覆著林木植被的隆起山脊，像是在向不同的地形和生態體系打招呼。有很多非洲水牛，以及狷羚或赤羚之類的大型羚羊物種在附近吃草。獅群和其他大型貓科動物會在附近吃牠們，禿鷹則吃剩下的殘骸。

「喔，是呀。那個算命婆。我有個問題。萬一她黎明時醒來，透過魔法符石或什麼東西看出她今天要幫我們算命，只不過我們還沒抵達就被吃掉了，那就表示她今天的行事曆是空的，而她的符石不知道能說什麼，只好說：『嘿，不然看看那些布朗科野馬【編註一】怎麼樣？』」

「什麼？歐伯隆，這是史上最奇怪的假設了。她甚至不是用符石占卜。」

「誰教你害我緊張，而且還沒有回答我問題。」

「答案就是占卜不是那樣運作的。它不會告訴你某個未來被取消了，也不會和你閒話家常。如果它揭示了任何東西，肯定就是最有可能發生的未來，但未來總是需要解讀。就算你解讀正確，還是有可能依狀況而出現變化。你記得尤達大師是怎麼說未來的？」

「未來不斷變動。難以看清。【編註二】」

「沒有錯。來吧，我們繼續移動，眼觀四路，耳聽八方。」

「好吧，但我還是認爲你該作弊。我不想加入這裡的生命循環。嘿，說到這個，這裡就是非洲那個貓鼬會和疣豬一起混，高聲歌頌沒有壓力的生活型態的地方嗎【譯註】？」

「這樣吧。如果你看到牠們，我就讓你去和牠們一起唱。」

「太棒了。」

我們盡量躡手躡腳通過沼澤；我的腳偶爾會在泥巴地上發出濕答答的聲音，沒有當地動物聲音掩護之下，這聲音聽起來格外響亮。我很慶幸我們有黑暗毯子掩飾行蹤。

我在我們兩個身上加持夜視能力，看清周遭景象，而我們都在注意所有不是自己發出的聲音。另外有個東西注意到我們發出的聲音。

「嘿，歐伯隆。賭一根香腸，我猜是獵豹。」

「才不要！上次和你賭香腸輸掉，你在我面前吃香腸，還發出超享受的聲音。我至今還是會夢到那根逃過我嘴巴的香腸。再說，你八成已經知道是什麼在追我們了。」

「我發誓我不知道。我沒有作弊。你搞不好會透過嗅覺比我先弄清楚那是什麼東西。」

「目前爲止，我只聞到我們和臭沼澤的味道。不，等等！阿提克斯，我聞到死掉的東西——」

這就是我在左邊草叢中的吸血鬼張牙舞爪撲上來，把我壓到泥沼裡之前唯一收到的警告。我揚起

編註一：布朗科野馬（Bronco）是美國西部半野生的小馬。

編註二：出自《星際大戰五部曲：帝國大反擊》（*The Empire Strikes Back*, 1980）中，路克與尤達的對話。

譯註：即迪士尼電影《獅子王》（*The Lion King*, 1994）裡主角辛巴與貓鼬丁滿、疣豬彭彭高歌Hakuna Matata的橋段。

手臂擋在喉嚨前，因爲我使劍的手被壓在身體下面，所以除此之外什麼都不能做。對方的牙齒陷入我的手臂，銳利的指甲插入我的肩膀。

「阿提克斯！」

「別過來，歐伯隆！」吸血鬼會豪不留情地殺了他，而我不想讓對方有可乘之機，特別是當我或許有辦法動念之間殺掉這個吸血鬼的時候。由於吸血鬼不是生物，蓋亞允許我們把他們解除羈絆化爲組成成分。重點在於要撐到唸完解除羈絆咒語才行。我之前差點爲此死在一個幾乎和我一樣古老的吸血鬼手上。那之後，我就開始製作類似我脖子上其他符咒的解除羈絆符咒，能夠透過心靈指令執行羈絆法術。問題在於，我沒有多少吸血鬼可以拿來練習。

我的夥伴關妮兒問我，既然本質上和吸血鬼一樣，爲什麼不能直接用屍體來練習。

「吸血鬼還是不太一樣。」我回答。「單純的屍體不會走來走去吸人血。吸血鬼身上有賦予身體行動和力量的魔力，還有以頭上和心臟兩點紅色能量爲中心的灰色靈氣。你必須解除那些東西，再加上身體物質的羈絆。那些都包括在古老愛爾蘭咒語裡面，記住——法術會先攻擊他們的魔法，然後才是他們的身體，以防魔法重新羈絆他們。所以想要確保符咒有效，我就需要眞正的吸血鬼。」

之前唯一一次測試裡，我對目標吸血鬼造成類似輕微消化不良般的不適。他看起來驚訝，但是並不特別痛苦。不過我還是很興奮——至少鎖定目標的部分起作用了，而且還造成了一點效果。後來我調整羈絆法術和符咒的外型，希望現在能夠正常運作。我在吸血鬼張嘴放開我的手臂，再度咬向我喉嚨時啓動符咒。法術彷佛一拳擊中他的太陽神經叢。

他咳血抽搐，雙眼緊閉片刻後訝異瞪大。他摀住胸口，宛如心臟病發，讓我可以推開他，滾向一旁，念誦解除羈絆法術。吸血鬼很快就復元了，及時起身再度朝我撲來，但這回我有所警戒，不打算再被撲倒。我側身避開攻擊，唸完解除羈絆咒語，然後他的身體就在衣服裡面分崩離析，腦袋炸成一團血霧骨塵。

「好了，這招看起來有點厲害。你知道如果上傳到YouTube的話，點擊率會有多高嗎？」

「你該問的是：『吸血鬼為什麼會出現在這裡？』」或是我要怎麼把身子弄乾淨。我渾身都是泥巴，在泥巴裡打滾就會這個樣子，而且還要治療一些傷口；我啓動治療符咒，讓蓋亞幫我治療。

「我本來接著就要問那個的。在我問你有沒有事之後。」

「是喔，謝謝。我沒事，咬傷很快就會癒合。但我們最好盡快行動，我開始擔心梅克拉了。」

我的符咒還不到位。法術顯然有造成衝擊，但是沒能摧毀吸血鬼心臟的力量中心，而且他的腦袋在我口頭唸完解除羈絆咒語前都沒有任何反應。必須繼續改進才行。在如此接近寒鐵護身符的距離將口頭解除羈絆咒語的架構更改成心靈架構非常困難，通常要花上很多年才能完成一個符咒。

「繼續注意吸血鬼的氣味，」我對歐伯隆說。「但是我們加快一點腳步。」

我的獵狼犬輕鬆加大步伐跟上我的腳步，離開沼澤範圍，進入一塊稍微乾一點的草地，繼續往地勢較高的地方走，來到一片灌木叢生的大草原。我已經太久沒有造訪世界的這個部分，所以附近的傳送樹不多，而妖精守林者顯然在這個地區怠忽職守，已經到了導致我們得長途跋涉才能抵達目的地的地步。

梅克拉是自願離群索居的。她試過現代科技的便利生活，然後說：「是呀，還眞是便利。」但是指出電力就只是讓她待在城市、和很多人擠在一起，而她只喜歡和一小撮人相處。在義大利人於第二次世界大戰占領衣索比亞過後，她連和一小撮人相處都不願意了——我想是那期間發生了什麼事，但我因爲忙著在法國庇里牛斯山幫人逃離第三帝國，而錯過了那件事情。我去找她時，她也不願意多提。我從她的眼神中看出，她無法相信這個世界竟然還有臉來請她幫忙。但既然我是世界上少數有辦法幫她完成某個特定心願的人，她還是提出了一個條件——幫她找個可以好好離群索居一陣子的地方，她就用她的專長幫我，預知接下來數十年間最適合躲避安格斯·歐格的地方。那是大草原中央的一塊裸岩，可以俯瞰放牧動物的叛逆山丘，基本上是個在哀求別人把它當作祕密巢穴的地方。於是，在當地元素的幫助下，我幫她建造了一個直接從岩石上切割的入口，無法從天上發現，還外帶一個有遮蔭的前廊。其他一切都在地底下，溫度涼爽，用不透水的石頭彌封，雨季不會淹水。她還有一口清澈乾淨的水井，藏身處的最底層溫度冰涼到足以保存容易腐敗的食物，在這裡她日子過得不錯。

九〇年代，我搬到坦佩、領養歐伯隆前，她不再抗拒現代社會，寄了封信到聖地牙哥給我——光寄信給我就很厲害，因爲我才抵達當地兩週，完全沒有告訴任何人我在那裡——請我幫她升級住所、裝設電力。她想要火爐，還想要其他現代裝備，而這些都需要風車才能發電。要幫她建造可用的廚房和實驗室是項挑戰，但是我很享受那個過程；特別是這份工作的獎勵，是知道要上哪裡去找我最好的朋友時。我已經很久沒有動物夥伴，覺得該是時候和獵狼犬交朋友了。沒有值得信賴的朋友會讓你對現代生活產生反感、對世界產生反感，最後和梅克拉一樣選擇離群索居。

「麻薩諸塞州有座獵狼犬收容所。」她對我說，當時美國正在承受總統醜聞所帶來的後果。「如果你在這個日期前往那裡，就會剛好遇上他抵達。」

最後那部分非常重要，因爲收容所通常會在動物抵達後移除牠們的生殖器官。我在歐伯隆去找獸醫前找到他，關妮兒也是在歐拉被移除子宮前收養了她。他們兩個以後會生小狗狗，我很期待。

我沒告訴過歐伯隆我是怎麼到那裡找到他的，或是如果我遲到一、兩天的話，他會面對什麼命運。我覺得說了他會作惡夢。

儘管天色尚早，天空依然灰茫茫的，只染上一縷晨光，不過當我們在沒有大地幫助下愉快地跑到她的門廊前時，梅克拉已經坐在室外的休閒椅上等著我們了。

「哈囉，梅克拉。」

她臉上沒有歡迎老朋友的表情，而且聲音聽起來不太高興。「哼。我想你也該到了。或許沒想到你會滿身泥巴，不過還是要說，時間拿捏得好。咖啡就快好了。如果餓的話，有乳酪和英傑拉麵包。」她說的是一種用發酵麵糰做的扁平麵包，在衣索比亞很受歡迎。她從椅子上站起，身穿白色亞麻長衫，兩側開衩到腰部，有條繡有綠色和金色花紋的兩吋寬飾帶繞過脖子，在中間交會，集合成一條帶子垂到膝蓋附近，然後敞開成阿比西尼十字架【註】的設計。這是哈比沙人偏好的服裝，而他們是

編註：阿比西尼十字架（Abyssinian cross），也被稱作衣索比亞十字架，是衣索比亞正教會常用的十字架，特徵是精緻的格柵設計，每個十字架都是獨一無二的。

世界上最早皈依基督教的民族之一。梅克拉曾在衣索比亞正統台瓦西多教會當過迪布特拉【註】，不過我想她在二十世紀初就放棄了教職。她沒有打理頭髮，維持四十來歲女性的外表。她把看起來像是卡其褲的褲管塞在小腿高的深褐色破舊皮靴裡，充當防止蛇咬的低品質護具。她手放在門把上時暫停片刻，回頭看向歐伯隆。「大狗。就是上次見面時我提到的那條？」

「對。」

「他不會吃我的早餐或在上面尿尿吧？」

「不。他很守規矩。」

「什麼？我不用很守規矩也知道不要那麼做！誰會在早餐上尿尿，阿提克斯？什麼樣的狗會——等等，這附近有那種狗嗎？早餐玷污者？」

「我肯定這附近有野狗。不過不確定有沒有那麼野。」

「好吧，那就進來坐。」梅克拉說著拉開鐵門，一股咖啡香味從室內冒出。

「我是不是聽到她說她和你提過我？」

「對。她就是我當初會去找你的原因。」

「喔！那好吧，我絕對不會對任何東西撒尿。」

我們跟她下樓，來到主要的起居空間，擺有我幫她羈絆而成的一張石桌和四張木椅，隔壁則是爲了放置現代用品而請我在九〇年代幫她擴建的廚房。我看到她還是有放一排蠟燭，不過主要照明設備已經改成採用高效能燈泡的檯燈。

「妳在等我？」我趁她倒咖啡時，一邊在她的洗碗槽清洗手掌和手臂上的泥巴，一邊問道。我們都喝黑咖啡。

「對。」她說，然後把咖啡杯端到桌上，等著我用廚房毛巾擦手。我們享受了第一口咖啡，然後她才繼續。「不過我不是透過占卜看到你的——只是基於之前的事情做出合理的推測。你抓到外面那個奴僕了嗎？」

我皺眉。「沒。什麼奴僕？」

「吸血鬼奴僕。他一直在跟蹤我，完全不管我不准跟蹤的規定。趁白天時監視我——至少是監視我的門。他可能有看到你們進來。」

「不，我沒看到他。」我說著暗罵自己竟然這麼不小心。「但我想我們在黎明前殺掉了那個吸血鬼了。所以才會搞得這麼髒。」

梅克拉揚起一邊眉毛，神情有些驚訝。「你殺掉了吸血鬼？好吧，無所謂。奴僕會回報你的蹤跡，今晚結束前就會有更多吸血鬼跑來。搞不好我剛剛看到了這輩子最後一次日出。難怪我看不見今天會發生什麼事，因爲有你在。你那個護身符把一切都打亂了。」

「我知道。這也是我來這裡的部分原因。我不相信自己的占卜能力。我本來也不是很擅長那個。」

編註：迪布特拉（debtera）在貝塔以色列、衣索比亞及厄利垂亞正統台瓦西多教會皆可見。他們會爲上教堂的人唱聖歌，或在節慶場合施行白魔法。

梅克拉手指指著我的喉嚨底下。「是因爲那塊寒鐵的關係。你從來不拿下來嗎？」

「我可以拿下來，但就會失去它的保護作用。最近這樣做有點危險。而既然我想要知道我的未來，未來我又都會戴著它——」

「不戴它的話，你就不能肯定預見的未來可能性有多高。」梅克拉幫我說完。

「對。」

「你爲了算命大老遠跑來，我的朋友。地球另一端的算命師都太忙了？」

我最近大部分都是聽莫利根的預言，但她死了，而此刻圖阿哈·戴·丹恩之間的情況又不太理想。「我不信任他們。」

「呃。意思是說你信任我？你不該信任我的。」

「爲什麼？妳十六世紀告訴我咖啡會是接下來最搶手的商品。」我手指我的咖啡杯。「那則預言成就了我大部分的財富。我是全世界最低調的咖啡大亨。」

梅克拉嘟噥一聲。「是這樣喔？那些錢呢？」

「說來話長，總之有個叫作威納·卓斯切的傢伙存取了我的帳戶，清算了我的財富。錢都沒了。」

「不必告訴我那件事。我早就知道了。就是我告訴他想要對付你，就先去找科迪亞克·布萊克的。」我皺起眉頭，肚子傳來一陣寒意。

科迪亞克·布萊克是我多年的老朋友。事實上，他是我相交最久的朋友；我在大部分古世界的人還沒聽說過新世界前就認識他了。他夏天時會化身巨熊，其他時候都是人類，而他說這算他的冬眠。當北美大陸開始擁入很多不留心也不在意自然的人時，我就想盡辦法讓他所喜愛的阿拉斯加鮭魚洄游保持暢通、不受污染，他則在我的資產多到需要人打理之後負責打理我大部分的資產。不過他因爲幫我管錢而遇害，而且死法令我爲他的靈魂憂懼。因爲他所有生命能量都被魔法生命吸食者威納・卓斯切給吸乾，我強烈懷疑他的靈魂已經灰飛煙滅了。

「說過了，」梅克拉說。「我不值得信任。」

「妳出賣我？」

她嗤之以鼻。「我從來沒有對你效忠過。但是沒錯。」

「爲什麼？我做了什麼？」

「什麼都沒做，敘亞漢。聽著，我並不是眞的出門獵殺你。那個戴領巾的瘋狂白痴要殺我。帶著他自己的吸血鬼爪牙來找我，而他們全都把我當成點心看待。他們在看——在聽，我一說謊就會被發現。我是爲了自保才出賣你的。他殺了科迪亞克嗎？」

「對。」

她低下頭去，輕聲說道：「我很遺憾。他沒必要做到那樣的。」

我沒有評論這句顯而易見的陳述。「妳幫完他後，他爲什麼沒殺了妳？聽起來不像卓斯切的作風。」

梅克拉抬頭。「他認爲你或許事後會來找我，然後他就能除掉你。看呀！」她瞪大雙眼，故作驚訝，宛如遊戲展女主持人一樣攤開雙手。「你來了！」

我神色緊張看著入口。「卓斯切現在在外面？」

「不在，但我敢說他很快就會趕到。」

「我們可以在他趕到前離開。」

「你和獵狼犬？我知道。但又幫不了我。」

「當然包括妳。妳可以和我們一起走。」

「但我喜歡這裡。這裡有我的實驗室和天空，沒有垃圾郵件。我不想搬家。」

「好，喜歡就待在這裡。但是妳對我做的事——妳對科迪亞克做的事——妳必須彌補。」

她目光閃爍，伸手指我。「我沒有對你或科迪亞克做任何事。所有邪惡之事都是那個生命吸食者幹的。我所做的一切都是爲了自保，我什麼都不欠你。你要說出賣？問你自己卓斯切怎麼會知道上哪兒來找我。」

「我沒告訴他。」

「我又沒說是你說的。我說是你認識的人叫他來找我的。」

「誰？」我問，但是已經猜到答案了。

「李夫・海加森。」

「可惡。」我咬牙切齒地握緊拳頭，問道：「他又是怎麼知道妳在這裡的？」

「他九五年的時候來找我；不清楚是怎麼找到的。他說他在尋找世界上最高明的預言師，想知道該上哪裡去找全世界最後一個德魯伊。」

「他像卓斯切一樣威脅妳，所以妳告訴他九〇年代後期我最有可能出現在亞歷桑納。」

「我直接說在坦佩，但不知道你是不是眞的會出現。不過他沒有威脅我，他一上來就施展魅惑術，然後我就招了。」

伸手摀臉的時候到了，因爲我記得李夫謊稱十八世紀的時候遇上富麗迪許，根據她的建議跑去「沙漠裡」等我。我當時接受了這種說法，因爲我一心想要信守對他的承諾，完全沒想過他在耍我。不過現在我看出來那有多鬼扯。富麗迪許不可能告訴他任何事——她如果眞的遇上過他，肯定會基於一般原則直接解除他的羈絆。但是有了梅克拉提供的消息，他就可以前往坦佩，討好那邊的狼人部族；然後等待我出現，禮貌性地聯絡他們。

這表示卓斯切和李夫還是會聯絡，甚至會一起策劃陰謀。我以爲在法國時已經讓卓斯切和李夫翻臉，但顯然我沒有種下足夠的疑慮。更有可能的情況是，李夫比我更懂得操弄人心。我開始懷疑他在語言方面的無知也是裝出來的，用來給自己增添人性的手法。比方說，他會對梅克拉說「一上來就施展」表示意見，然後我就會在解釋給他聽時產生一股優越感，而那一切都是他長年布局的一部分。

「他又爲什麼不殺妳？」我問。「妳可能會警告我。妳應該在我來幫妳修房子和告訴我去哪裡找歐伯隆的時候告訴我的。」

「我和他說了剛剛和你說的話：我不欠你什麼。我只在乎自己。他說他很欣賞這種做風。」

「我敢說他超欣賞的。」

「他還說如果你在千禧年前沒有出現的話，他會再來找我。」

「啊，就說有威脅吧。」

「現在的情況是，」她繼續說，攤手比個要我住口的手勢。「我又面臨生命威脅，而這次我八成沒辦法靠一張嘴度過難關。所以，不管你要我占卜什麼，我都會幫你，只要你在威納·卓斯切和那群吸血鬼之前保護我，直到你殺光他們爲止。因爲那就是你的目標，對吧？」

我難以置信地看著她。「我眞不敢相信妳竟然在這種時候請我幫忙，妳剛剛才承認出賣過我兩次耶。」

「我不是在請你幫忙。我在告知購買我服務的價錢，而我的服務物超所值。我幫你找到那邊那條狗，也讓你遠離追殺你的那個神，不是嗎？」

「安格斯·歐格還是跑來坦佩找我了。」我指出這一點。

「那是因爲你待太久。」她閉上一眼，對我豎起一根手指。「我說過只能待十年，你偏偏就賴著不走，是不是？」我認命地嘆口氣，因爲我確實在那裡待太久了。「就這樣。我幫你預知未來，你當我的盾牌。」

「基本上我可以答應，」我說，「但在這裡我眞的沒辦法保護妳。我最多只能帶妳去個他們不能動妳的地方，直到一切結束爲止，然後帶妳回來。」

她瞇起眼睛，擔心我在要她。「你說的是某個好地方？不是城市裡的地洞之類的？」

「喔，對。非常好的地方。喜歡的話，我可以帶妳前往其他神界。」

「哪個神界？」

我暫停片刻，思考哪裡可以讓她既安全又不受干擾。「伊凡．阿不拉奇怎麼樣，愛爾蘭神界之一？意思是蘋果島。那裡沒有吸血鬼，也沒有生命吸食者。甚至連垃圾郵件都沒有。」而且除了會出海的那種，幾乎沒有妖精。那裡是馬拿朗．麥克．李爾的地盤，除非有他的允許，不然很少會有妖精出沒。他不會介意招待個特殊賓客在那裡住一段時間的。

「那人類，或你的愛爾蘭神呢？」

「沒有人類，神也不常造訪，我會確保他不介意妳待在那裡。妳或許會遇上幾個賽爾奇，但她們不會招惹妳。」

「聽起來還不賴。好吧，說定了，只要我們能活到完成乳酪占卜。你想要血債血償，所以你需要血乳酪。」

「妳說什麼？」

歐伯隆聽見食物就非插話不可。「阿提克斯，那玩意兒聽起來不合法。或不潔淨【註】。我忘記是哪一個了。」

「你從哪裡聽過『潔淨』的？」

「我在電視影集裡看到的。那個字的意思是說永遠不要把肉和乳製品混在一起。乳酪裡的血聽起

編註：歐伯隆在這裡用的「潔淨」是kosher，帶有「完整、無瑕、潔淨」之意，同時也指「符合猶太教規的食物」。

來像是違反了那個。」

「我是說我必須用動物體內抽取出來的凝乳酵素，而不是我平常用來凝結乳酪的東西。」梅克拉說。「我一般都是用錦葵的凝乳酵素。所以我們得去打獵。」

「打獵聽起來很棒！但是我們怎麼會從血乳酪說到打獵的？要嘛就是這位女士超級詭異，不然就是我錯過了什麼。」

「邊走邊解釋。」我對梅克拉說。「妳手頭上沒有凝乳酵素？」

「你想要的那種乳酪占卜用的沒有。我們該抓一隻小狷羚。奶我已經有了。」

「她是說她有狷羚奶嗎？」

「對。你需要特定的凝乳酵素搭配奶；羊的凝乳酵素配牛奶效果不好，反過來也一樣。」

「但是狷羚要怎麼擠奶？」

「那是屬於我不想解開的那種謎團。」

「好吧，」我說。「如果我們必須這麼做，那就動手吧。」

她喝完她的咖啡，站起身來，拿起掛在出口樓梯旁鉤子上、掛著獵刀的腰帶繫上。「我不須要帶弓，是吧？你們會解決獵物？」

「對，交給我們就好了。」我說。「妳知道哪裡有嗎？」

她哼了一聲。「我從一九四五年就住在這裡了，記得嗎？」

「很好。」我在她轉身時皺起眉頭，我終於開始感受到這段時間有多長。她已經獨居了一個普通人一生的時間了，而她還沒有厭倦這種生活——還想繼續獨居下去。

梅克拉在個碗櫃裡翻來翻去，最後找到一個裝冷凍袋的盒子，拿出一個冷凍袋，摺好後塞到腰帶上獵刀鞘旁邊。「狷羚都在北邊幾哩外。」她說。「可以走路，趕時間的話也可以載我一程。」她終於對我露出笑容，但我搖了搖頭。她想要我變成雄鹿給她騎，但我認爲她已經騎我太多次了。

「我們就用目前的形體跑步，我會提供能量讓妳保持活力。」我說。

她的微笑消逝，聳一聳肩。「你高興就好。」

即使透過羈絆強化速度，我們還是往北跑了一個小時，最後登上一座草長及膝的小圓丘，俯瞰下方滿是羚羊的平原。這裡少說有一百隻動物，有派哨兵在外圍注意我們這種獵食者。我注意到還有幾頭小狷羚，我們的目標就是牠們。

「看到你們了，孩子。」梅克拉說。「附近有土狼，禿鷹也會很快趕來。甚至還會有獅子。摺倒一隻後，你們必須守護獵物，等我下去割牠的胃。」

我斜眼看她。「既然妳提起了，請問在有這麼多飢餓動物在找速度慢的東西吃的地方，妳要怎麼安然抵達那邊？」

梅克拉轉動眼珠看我。「當然要你請元素叫牠們去看其他方向。」

「哈！這下你非作弊不可了，阿提克斯。」

「我想是。」

我向來不喜歡任何要用到血的預知占卜，這也是我使用魔杖或看徵兆的原因；但有時候魔法需要代價，而當前情況不能仰賴威力不足的占卜形式。至少這頭小狷羚的屍體不會浪費；我們沒用到的部分都會成爲當地食物鏈的一環。

「請看好我的衣服，」我說著，脫光衣服摺好。「我會請元素看顧妳。我們一出發，妳就可以跟過來。」

梅克拉點頭回應，一言不發地接過我的牛仔褲和T恤，接著我就把形體羈絆成獵狼犬。我不太放心在附近有吸血鬼奴僕的時候丟下富拉蓋拉，所以用嘴叼著它，告訴歐伯隆我會把獵物趕去給他，得由他動手獵殺。

「聽起來不錯，阿提克斯。」

我提醒他這次和獵殺一隻獵物，或我們習慣的一小群獵物不同，變形爲獵狼犬有稍微改變我的心靈之音。「對方有上百隻，我們只有兩個，」我說。「而且牠們有角。」

「我知道；我會留意的。」

「動作要快。我們只有一點時間可以做完這裡的事情。」

「收到。」

「另外你要注意其他可能會加入獵殺或偷走獵物的獵食者。熱帶草原就是這麼拚。」

「眼睛、耳朵、鼻子全都撐開了，阿提克斯。」我的獵狼犬說。

「好吧，我們去打獵。」

我們一起開跑，穿越高草，化身爲掠過草頂的灰色毛脊，朝獵物直奔而去。

□

在提爾・納・諾格對抗芳德及妖精之戰過後，我重新評估自己使用的武器。那時我曾拔出阿提克斯手臂上的斧頭去丟哥布林，當場就幹掉對方——沒有抽搐，沒有絕望下的最後一擊——哥布林就這麼掛了。這讓我起心思考。如果我對芳德投出的是斧頭，而不是飛刀，那場仗或許還沒開打就結束了。但是我有很好的理由在訓練過程中專練飛刀，而不是更沉重的投擲武器。我能攜帶和投擲的飛刀比斧頭多多了，再說我丟飛刀準頭甚佳，而且喜歡飛刀。阿提克斯還是有要我練習斧頭——他要我嘗試幾乎所有武器至少一次——但我把它們放到一旁，偏愛飛刀，因爲飛刀可以讓我拔刀、投擲，然後立刻回去雙手握持木杖。我眞的很喜歡史卡維德傑那種劈刺的手感，而我本來認爲嘗試任何比飛刀大的投擲武器，都得放棄很多木杖的優勢。

但現在我的想法變了：我爲什麼不能保留原先的飛刀，直接加把斧頭呢？在絕對需要使用遠距離武器幹掉大混蛋的時候，印地安戰斧是那種適合投擲用的單斧刃手斧，會比飛刀合適很多，特別是在對付護甲的時候，我能灌注在斧頭上的力道遠遠大過刀尖。

火器也很好用，當然，但我希望可以帶著木杖進出公開場合，讓人覺得我是個無害的怪人，而非可能的濫殺凶犯。多加一把斧頭不會太奇怪；我住在烏雷附近的森林裡，手斧絕對是非常實用的工具。大家都會覺得「那是用來砍柴的」，不是「那是用來砍頭的」。

阿提克斯正在想辦法追查威納・卓斯切的下落，等他找到對方後，我想我們會搞出一場特大號的騷動。他一直在出資利用紫杉人傭兵進行屠殺吸血鬼的影子戰爭，而吸血鬼則派人殺害他一個朋友進行報復。如今雙方都不會讓步了，這段恩怨將會以暴力收場，就像許多恩怨一樣。所以，既然此刻只有我和歐拉在木屋裡，我就得靠自己的力量提升實力。

我收集了幾種不同外型的「老鷹」──這是現代發燒友對戰斧的稱呼【註】──實驗看看哪一種最適合我用。有些斧柄較長，斧頭的形狀也不一樣，這當然也導致每把斧頭的重量和重心都有差別。我比較不在乎重量問題，只關心離手後飛行的距離和旋轉的角度。斧頭在擊中目標前起碼要旋轉一圈，而以此判斷距離就是施展出致命一擊的關鍵。距離太遠、轉太多圈的就會很容易被人閃開，也會很容易以斧柄擊中目標，而非斧刃，而且準頭也不佳──我還記得曾嘲笑奧蘭多・布魯在那些海盜電影裡好像馬戲表演一樣丟斧頭的模樣。

一開始，我偏好金屬斧柄，因為我記得北歐矮人的黑斧部隊在赫爾裡對付卓格時非常有效率，而他們用的小型格擋斧完全是金屬製的，但是我認為丟起來應該不像木柄老鷹那麼順手。反正我已經有不會斷的魔杖可以用來格擋了，我需要的是丟得準的斧頭。

我的目標是用斷落的樹枝和木柴做的，因為我不支持把活樹當成練習目標。製作目標對我來說也是很好的練習；我保留纖維，解除原先的架構重新羈絆塑型，變成一種德魯伊夾板，然後在我們樹林裡的樹下沿路放置。接著我和歐拉開始奔跑，左手拿著裝滿各式各樣老鷹的袋子，一路丟向目標，測試手感和準頭。歐拉很小心地跑在我左後方兩步以外，從未進入過斧頭投擲的火線範圍。我趁著跑步的時候請她和我說話，一方面測試她的語言技巧，一方面也爲了讓我分心，分心是必要的元素，因爲作戰時充滿各式各樣令人分心的狀況。如果你不能在分心的時候專注在目標上，就會死。

「我話說得越來越好了，關妮兒。妳聽？我這句話裡的動詞都沒用錯（I said all my verbs right in that sentence!）！」

「第一句話確實沒錯。妳眞是很聰明的獵狼犬。」

「我另一句話有說錯嗎？」

「很小的錯誤。形容動詞要用副詞，而不是形容詞，所以說『correctly』會比說『right』好，但妳的意思很清楚。妳進展神速，我爲妳驕傲。」

「這表示我很快就能和歐伯隆說話了嗎？」

我微笑，因爲我已經等她問這個問題很久了。歐伯隆一直在問歐拉準備好羈絆了沒。我知道他也有去騷擾阿提克斯，但他每次都用看我決定來打發歐伯隆，這表示兩隻獵狼犬每天都會問我很多次可不可把他們的心靈羈絆在一起了；有時候根本沒過幾分鐘，但是他們又記不起來上一次問是多久以前。

我心裡有一部分認爲她已經準備好了。她可以輕易聽懂我的話，說起話來也越來越流利。但我不希望她被歐伯隆的能力嚇到。他是條非常老的獵狼犬，學說話已經很多年了，而且既然他是公狗，又

譯註：印地安戰斧的英文是Tomahawk，後面的Hawk是老鷹的意思。

已經意亂情迷，他一開始就會努力討好她，但我要歐拉能夠保持自信。

我承認或許也有點自私的理由；我喜歡獨享歐拉的感覺。但她實在太聰明了，要不了多久我就沒有理由不讓他們在一起。

「當我認爲妳準備好時，我們就會羈絆你們的心靈。」我告訴她，我已經這樣說過很多次了。

「妳可以相信我。」

「我知道我可以相信妳。」

我透過心靈對她微笑，然後專心練習。不管是出於製作方式還是我的投擲機制，總之我確認了木柄老鷹比所有金屬柄戰斧更適合我。其中一把二十二吋木柄的老鷹似乎最適合我，但還是有點不趁手。我修掉了最底下半吋木柄，再試一次，果然更好用了。又修掉半吋後，我用起來得心應手。我在行進間從不同的距離投擲，都能擊中目標。滿意後，我提醒自己要多訂幾把，然後花點時間練習左杖右斧搭配攻擊。甘道夫在《王者再臨》裡的劍杖雙持看起來很酷，但是搭配斧頭就完全是兩碼子事了，因爲斧頭沒有刺擊招式。

當我開始研究如何應付使用長劍的對手時，我的思緒回到了左臂二頭肌那個無法抹除的烙印上。因爲洛基用過長劍的關係，所以我才想起了他和他留在我皮膚上的烙印，我沒辦法利用德魯伊之道加以治療。蓋亞甚至看不出那裡有受傷。我治好了斷骨，所有瘀青也都消失了，但是烙印還在，那表示他隨時都知道我在哪裡，而其他人都沒辦法探測我的行蹤。最後那一點肯定是好事，但代價就是洛基對我擁有一定的控制力，而我不能忍受這種情況——特別是當他強烈暗示他會利用我來達到他的目標。他殺了我父親，之前又打斷我很多骨頭，我要他血債血償。阿提克斯要去為他朋友報仇，我也有自己的仇要報。

洛基的魔法本質上是北歐魔法；烙印是用符石烙的。要是……

「關妮兒？怎麼了？妳為什麼停下來？」歐拉問我，我轉頭看她。她躺在樹葉堆裡，頭靠在前爪上，看著我練習，但現在她抬起頭來，豎起耳朵提問。

「要是奧丁能幫我移除洛基的烙印呢？」我高聲問道。

「奧丁是誰？」

「洛基的爸爸——好吧，他收養洛基，但還是他爸。如果有人能解除北歐魔法的羈絆，肯定就是他了，而我敢說他甚至不知道洛基在幹這種事情。」

「太好了！去問他吧！他住在哪裡？」

「阿斯加德。我不太確定要怎麼過去。」阿提克斯曾經轉移到北歐神界，然後爬世界之樹的樹幹前往阿斯加德，但既然阿薩神族得知了這條通道，自然已經把它堵起來了。

「或許打電話給他？」

「我想奧丁沒電話。反正阿斯加德也沒有手機服務。但妳知道嗎？我或許可以透過不同方法取得聯繫。想要跑一跑嗎？」

「好呀！跑去哪？」

「往山坡下跑。」

我們的小屋位於二十六號郡道上的鳥礦營地領班住所往上約莫一哩處。阿提克斯和我在那裡和富麗格碰過一次面，當時奧丁的渡鴉——胡金和暮寧——也在場。當然，奧丁也知道我們小屋的確實位置；阿提克斯曾將奧丁的永恆之矛剛格尼爾放在小屋裡，等他來拿。而領班的住所因爲沒人住，或許比較算是合適的中立區，加上富麗格和矮人符文詩人弗加拉曾花時間把那裡改裝成蜜酒廳，或許我能在那裡找到可用的連結。

領班住所比較像是一間白色殖民時代大宅，我們抵達時，那間屋子的外表還是破破爛爛的，擁有各式各樣歲月和氣候留下來的痕跡，外加斑駁的油漆、傾斜的前廊、木板釘起來的窗戶。不幸的是，胡金和暮寧並沒有剛好待在屋外等著幫奧丁送信，所以我得仔細想想該怎麼聯絡他。

我不知道他會不會回應禱告。非信徒的禱告究竟會不會傳進他耳裡，還是會自動遭到信仰和熱情過濾？阿提克斯沒有在訓練過程中提起這方面細節，而我也不會想到去問他這種問題——「嘿，阿提克斯，萬一我須要和奧丁聊天，要怎麼聯絡他？」

看到我停在屋外不動，歐拉想知道我們接下來要怎麼做。「我該對門叫嗎？」

「不，我們敲敲門，進去看看有沒人打理這裡。」

我敲門喊門都沒人回應。不過門沒鎖，於是我們小心翼翼地走了進去。裡面沒電，但我在客廳桌上找到一座燭台和一盒火柴，我點燃蠟燭。

「妳有聞到屋裡有人嗎？有聽見任何聲音嗎？」我問歐拉。

「我不認爲現在裡面有人，」她回答。「或許樓上會有。」

「如果妳聽到或聞到任何有趣的東西，請告訴我。我們先查看一樓。」

屋裡看起來還是和弗加拉離開前一模一樣；木板牆上掛著盾牌和交叉的斧頭。弗加拉在現代人吃完晚餐後休息用的客廳裡，放了一張長木桌和長椅，讓人可以坐在火爐旁吃飯，飯後繼續留著聽詩歌或傳奇故事。木桌末端最靠近火爐的地方，有張看起來與這裡格格不入的黃色便條紙。其上以生硬的大寫字母拼出一段信息：爲富麗格生火，說出妳的眞名向她請安。

這樣也可以。身爲醫療者，富麗格說不定比奧丁還好說話。我不知道這則信息是留給我，還是阿提克斯看的，但看來他們有預料到我們的需求。

「看來我們要生火。」我說。

「耶！溫暖舒服的午覺！」

我拿出放在火爐旁箱子裡的木柴，將其點燃，等火燒到啪啦作響後才開始說話。

「富麗格，我是關妮兒．麥特南。我有個與洛基相關的緊急狀況要和妳討論。請來科羅拉多找我。」我重複了兩次，希望這樣就夠了。

「現在可以睡了嗎？」

「不，我們到前廊去。如果富麗格願意來找我，她會走彩虹橋過來。」

而富麗格確實願意來找我。彩虹橋在我們面前閃閃發光，從北方的天際垂落，消失在門前的落葉地毯裡；女神飄然而下，身穿藍白色服裝，頭髮在身後紮成好幾條辮子。

「富麗格，謝謝妳趕來。」

「妳好，關妮兒·麥特南。有什麼洛基的消息？」

「妳和奧丁熟悉他的烙印嗎？」

女神眉頭深鎖。「什麼烙印？」

我露出手臂給她看，解釋烙印是怎麼來的，以及洛基宣稱它所代表的意義。「我想他是用同樣的手法烙印赫爾和約夢剛德，讓奧丁和其他人找不到他們的。」

富麗格檢視烙印，問我之前和現在是什麼感覺，還要我詳細描述洛基使用的符印，她同意應該讓奧丁看看。「這從各方面來看都不是普通的傷。妳有時間來阿斯加德嗎？」

「好。謝謝妳邀請我。可以帶我的獵狼犬一起去嗎？」

「當然。妳是我的客人。來吧。」

走彩虹橋不須要通過運輸標準局的檢查。沒人質疑我的魔杖和斧頭。歐拉一開始不太確定想不想要踏上彩虹橋；在她眼裡，橋看起來不太堅固，於是她用前腳拍拍橋邊，確定不是光影把戲。而在肯定橋能撐得住她的體重後，我們就登上天空，彩虹橋就像是機場中比較有效率的移動走道，我們走的時候也會跟著移動、加快了整段旅程。我們走不到一分鐘就通過星雲點綴的星空，微微感受暮斯貝爾海姆的高溫和約頓海姆的冰寒，抵達阿斯加德。

我很難裝出早已見慣這種景象的模樣，但我努力克制心中想在阿斯加德自拍的欲望，因爲我知道那樣做有多不酷。富麗格帶我來到名叫葛拉茲海姆的大殿，領著我穿越迷宮般的走道，來到奧丁的王座前。王座室空蕩蕩的，和我期待中大不相同。而且我發現奧丁並不算眞的在場。奧丁身旁有兩個沉著臉的女武神，腳邊有兩匹狼，而他透過獨眼打量我，讓我有種赤身裸體的感覺——並不是說他目光猥褻，而是一種在他面前無法隱瞞任何事情的感覺。

他的渡鴉不在場，這表示他大部分的意識都不在場，所以富麗格請他召回渡鴉。「你需要全神貫注，」她告訴他。「這個消息需要隱私。一有空就來我的客廳找我們。」

他嘟噥一聲，我還沒和他說到話，我們就離開了，而我知道這是標準程序。洛基可能在葛拉茲海姆安插奸細。

富麗格帶我到一個用銅器和象牙製品裝飾的房間。我們一起在長沙發上坐下，我把武器放在一邊，歐拉則蜷伏在我腳邊，一個戴頭盔的女武神端了一盤水果過來。我拿了顆毛茸茸的桃子，因爲我想做件印著「我敢在阿斯加德吃桃子【註】」的T恤。

「他很快就來。」富麗格對我保證，我點頭，咬了口我這輩子嚐過最美味的桃子。J．阿爾弗瑞德．普魯弗洛克眞的應該壯起膽子嚐一嚐。

我一吃完桃子，奧丁就來了，胡金和暮寧停在他肩膀上，他們三個都神色警覺，目光集中在我身上。

「關妮兒，」他說，點頭招呼。「我們還沒有正式見過。」

譯註：我敢在阿斯加德吃桃子（Do I dare to eat a peach?）詩句出自T．S．艾略特的詩作《J．阿爾弗瑞德．普魯弗洛克的情歌》。

我起來向他招呼，不太肯定該怎麼處理手裡剩下的桃子。我不知道任何在神面前不動聲色地丟掉水果的程序。「我的榮幸，奧丁，不好意思，我剛好在吃東西。」

他笑容優雅。「是我的榮幸。不必擔心。」一名女武神出現在我身邊，接過我吃剩的桃子，讓我空出手來。奧丁謝過她，然後目光移向我的左臂。兩隻渡鴉先後揚起鳥喙。「請讓我看看洛基的烙印，解釋清楚是怎麼印上去的，還有他說了些什麼。」

我揚起我的手臂，奧丁伸出長繭的手掌握住，仔細檢視我烙印，我則重說一遍洛基是怎麼在印度把我引到被遺棄的古室中，取得伐由之箭——一支不管當時天候狀態，都能夠精確命中目標的魔法武器，很像奧丁的永恆之矛剛格尼爾。當我被守護箭的生物壓到動彈不得後，洛基就拿了塊圓柱狀的符文印章烙印我，之後我的傷口就一直無法癒合。

留鬍子的神一聲不吭的花了幾分鐘從好幾個角度檢視烙印，然後伸出一根粗手指壓壓那裡的皮膚。終於滿意之後，他放開我的手，以獨眼面對我的目光。

「我有個計畫。」奧丁說。

「我很樂意聽你的計畫。情況應該會好轉了。」

□

身為德魯伊，我可以和生物的心靈進行羈絆，在牠感到激動或恐懼時加以安撫。如果真的非常擔心或是感到困擾，我也可以請元素防止動物攻擊我，歐伯隆稱之爲「作弊」。但如果我要打獵，就得自求多福。我不能要求動物躺下來給我殺，蓋亞的規矩很明確：不能使用魔法去奪取其他動物的性命。我必須仰賴自己的力量。

其中一頭放哨的猸羚發現我們來襲，立刻出聲警告羊群。牠們拔腿就跑，地面在牠們宛如鼓鳴般的腳步聲中震動不已。

歐伯隆和我一開始一起行動；我們必須趕散一群有小猸羚在裡面的羊群。我們保持在羊群後方中央偏右的位置，歐伯隆大叫。沒過多久他正前方的猸羚就開始試圖轉向左邊或右邊，進而帶動其他夥伴轉向，片刻過後，我們就分開了羊群。我們跟著右手邊那群羊，然後分別從左右包圍，如此逼羊群不停轉向，直到圍在中央保護的小羊如同甩出來的尾巴般脫隊；這其實是很危險的做法。歐伯隆跳上其中一隻的背部、撞倒牠，羊群繼續奔跑，接著狩獵就變成了保護旗子的行動。

一陣尖聲怪叫宣告了一群土狼的出現。我花了點時間才弄清楚方向，確認剛剛把梅克拉丟在哪裡。一看見遠方的她，我立刻變回人形，拔出富拉蓋拉。我把劍舉在頭上揮舞，希望劍刃會反射陽光，讓她知道可以下來了。

透過我和大地的羈絆，我請元素以和平共存爲前提，將土狼群的注意力轉移到別處。我爲了要占卜預言已經灑了太多血。不過土狼還是繼續逼近，四下散開騷擾我們，因爲牠們就是這樣行動的；但是速度不夠快，沒辦法追上很多動物。我以爲我得砍傷其中幾隻，還要讓歐伯隆冒會受傷的險，但就在其中一隻帶著土狼利齒和死亡口氣朝我撲來時，牠突然改變了主意向後退開，然後整群土狼繞過我們，轉而追趕羊群。我鬆了口氣，沒多久梅克拉就毫髮無傷地帶著我的衣物趕來。出發穿越草原不過一個半小時，我們已經帶著所有梅克拉需要的東西回到她家，她還沒到中午就開始做乳酪。通常從動物的胃分離凝乳酵素需要數天，甚至數周，但我利用精密的羈絆法術加快這個過程。

在起居層和另一層梅克拉的私人套房底下，有座細菌培養實驗室、一間配料房，還有放陳化乳酪輪的架子。全部都是我在九〇年代加裝的東西。

歐伯隆讚嘆地看著陳化室裡各式各樣的乳酪。「我們可以咬一口看看嗎？」

「你才吃過，歐伯隆，在大草原上。」

「我又沒說我餓了。我只是想知道待會兒可不可以嚐一嚐，因爲聞起來好香。」

「不行，那些不能碰。我們不是來吃乳酪的，而是來做乳酪的。」

趁梅克拉加熱羊奶，盯著溫度計看時，我在牆邊找了張椅子坐下，不去打擾她，歐伯隆則在我身邊躺下。「喔，耶！她是在做魔法血乳酪，對吧？」

「算是。你要我解釋給你聽，還是說是魔法就好了？」

「解釋、解釋好了。看起來她會忙一陣子。」

「好吧。占卜預言能夠準確到一定程度是因爲我們的世界是個內建了一些宛如精準機械般可預期常數的系統。動物都會基於欲望行動，而大部分欲望都與飢餓和性有關。」

「對，聽起來很像我。」

「我不用占卜就知道你想吃香腸，也想和歐拉來點甜蜜時光。但是人類行爲就比較複雜了，特別是當人類爲了他人的行爲，或完全毫無理由地改變心意的時候。儘管如此，人類的行爲還是有跡可循，而只要有正確的媒介和解讀能力，你就可以在一定程度之下精確預測那些跡象。」

「乳酪是正確的媒介？」

「對梅克拉來說是。我就永遠不能像她那樣。」

「永遠不能？」

「我想我可以學，但我不想學。學那個花了她很多年，而我已經花了很多年去學其他的占卜方式。再說，看看她進行占卜的準備工作。需要很多工具，還要適當的材料。」

「那爲什麼要這麼幹？」

「因爲她預知的結果比我的魔杖或解讀徵兆準確多了。我是說，她早在五十年前就告訴我坦佩是個適合我在九〇年代後期躲藏十年的地方。我本來應該在那之後就回來找她，但是一直沒來。她曾幫我預知的未來全都實現了——她是世界上最不可能失手的預言師。」

「但是爲什麼？只是乳酪而已。」

「不，是辨識圖案的能力。她觀察乳酪透過天然催化劑催化，從一種狀態變化成另一種狀態。羊奶和凝結成奶油時的圖案，會因應占卜期間她所使用的催化劑而反映出未來的圖案。羊奶凝結時產生的圖案是很複雜的不規則碎片，讓她可以看出很多我透過拋擲五根魔杖呈現出來的圖形所看不出的細節。」

「嘿，不規則碎片！我記得你和我說過那些玩意兒。它們是和數學有關的數學名詞。」

「你的記憶力驚人，歐伯隆。」

「我知道。所以，你問她什麼問題？」

「我還沒問她。她準備好會告訴我。」

我希望她盡快準備好。大部分乳酪都要等好幾天，如果有時間，我會問那種複雜的問題，但因爲我們得趕在日落之前離開，我們只能做簡單又迅速的乳酪。還是沒看到吸血鬼奴僕，但他肯定有通知援手，而他們絕對會在日落後幾小時內展開攻擊。我們得在那之前抵達一棵傳送樹，而這附近沒有傳送樹。

梅克拉轉動一個計時器，計時器急促的滴答聲讓我知道現在有幾分鐘空檔可以和她交談。她也發現這個事實，但太遲了。她目光飄向我，眼中帶著驚慌，我在她假裝去忙其他事前開口。

「嘿，我們來聊些有趣的事，像是妳爲什麼打從二次大戰結束就一個人住在這裡？」

梅克拉咒罵一聲。「我就知道你會提這個。」

「妳有和任何人談過嗎？妳有超過七十年的時間能思考當年發生的事情。」

「我認爲獨居很療癒。」

「太棒了。那妳經歷過了很多療程，肯定可以來聊一聊了。」

「不要。」

「幫助我了解，梅克拉。我知道我們不常見面，但我們兩個已經認識很久了。我們在巴赫達爾【註】認識的，妳向我介紹咖啡。當時妳很喜歡和人相處。出了什麼事？」

梅克拉一言不發地瞪了我一段時間，但我以耐心與期待回應她的目光。她終於把椅子轉成椅背朝我，張開雙腳坐下，雙手環抱椅背，下巴靠在椅背上。她視線從我的臉往下移，最後看著地板，但我知道她不是真的在看；她在造訪一段回憶。她嘴角低垂，嘴唇抖動，眼眶潮濕。左眼溢出一滴淚水順著臉頰流下。

「我失去了深愛的人，」她低聲說道。「我知道我的情況並不特殊。大家都會失去愛人。但她讓我覺得我很特別，在我五百年的人生當中從來沒有遇過像她那樣的人。」她擦拭臉頰上的淚水。「我不知道我們有沒有辦法天長地久，但卻連嘗試的機會都沒有。」

「我很遺憾。」我回道，但是沒有進一步問她細節。細節不重要。失去愛人有時會令心靈殘缺。我們陷入一片死寂，只聽得見計時器的機械聲和歐伯隆的鼾聲。他和大多數狗一樣有能力說睡就睡。

「你曾有妻室，」她說，不再輕聲細語，不過也沒提高音量。「在坦尚尼亞？結婚很久，生了很多小孩？」

「對。」

「她叫什麼名字？」

「塔希拉。」

編註：巴赫達爾（Bahir Dar）是衣索比亞北部的城市，是當地有名的觀光城市之一。

「沒錯。我記得和我的名字押韻。你的孩子後來怎麼了？」

「我不知道。我失去她時，他們都已經成年了，我道別，然後離開。有點像是妳現在在做的事，不過我沒有離群索居。我只是換個地方試圖療傷、試圖遺忘。有趣的是，我是在試圖與家族重新取得聯繫的路上遇見妳的。」

「你有重新取得聯繫嗎？」

「就某方面而言算有吧。當時我已經離開兩百年了，所以我其實是想找我的後代，只能算是有點成功。」

她的聲音有點不悅。「兩百年？我才哀悼了七、八十年你就來唸我？」

「對呀，因爲我的面對方式是融入人群。妳現在採取的方式看起來，除了最終的那條出路之外，無路可退。」

這話刺痛了她，她坐直身子，放開椅背兩側，雙手放在椅背頂上她剛剛下巴靠的位置，手肘交錯，雙掌低垂。其中一隻手掌朝我甩了甩，語調變得刻薄不耐。「換我問你，敘亞漢。」

「好。」

「塔希拉是你漫長一生中的眞愛嗎？」

「是。」

「你之後有再愛過嗎？」

「有。事實上，是最近的事。她叫關妮兒。」

「啊，所以我還有希望！」她張嘴假笑。「告訴我，塔希拉和關妮兒中間隔了幾百年？」

「別這樣。」

「比我一生還久，對不對？」

「聽著，我不是說放下眞愛很容易，也不是說妳一定會遇上下一個人，更別說有多快，我要說的是，若妳不再自己獨居荒野之中，還是有可能再度愛上別人的。」

計時器響了，嚇醒歐伯隆，而他肯定在夢裡被人指控做壞事。

「什麼？不是我的錯，我沒對那些吉娃娃做什麼！」

梅克拉站起身來，手掌一抹，揮開我的關懷。「夠了。該上工了。你要我找什麼？」

我不認爲我們有聊出什麼好結果來，但她說得有道理——我們得辦正事，因爲時間不多了。「好吧，吸血鬼清算了我大部分財產，而我需要那些錢才能痛宰他們。」紫杉人傭兵可不便宜。「但我不能問妳任何與我有關的事，因爲我的寒鐵會影響妳的乳酪占卜。」

「你只是想要錢嗎？」

「錢是首要目標。但是次要目標也很重要，就是要對他們造成不便，甚至是一些強烈的悲痛。我不知道吸血鬼和生命吸食者會不會感到強烈的悲痛，不過保持希望總是好的。」

梅克拉目不轉睛地凝視我一會兒，思考片刻，然後說道：「我可以提供一些或許有助你提問的消息。」她說，「但我不能保證能夠導出任何有用的結果。」

「請告訴我，我會仔細考慮，然後再請妳開始。」

她點一點頭。「很好。生命吸食者不光只是要我做一份乳酪。他要求兩份，因爲他有兩個問題。一個問題指向科迪亞克·布萊克，那你已經知道了。另一個……有點怪。」

「什麼問題？」

「他想知道要把某樣東西藏在哪裡才不會被你發現。我記得他當時說的是：『世界上有哪個地方是敘亞漢·歐蘇魯文最不可能重遊之地？』」

「喔，不。妳告訴他了？」

「對，多倫多。」

「幹！」多倫多是世界上我最不想要重遊的地方。儘管如此，既然她這麼告訴我了，我就很有可能會來個舊地重遊。她之前並不可能預見這個圖案，因爲我的寒鐵遮蔽了它。我出現在那裡——如果我選擇重遊——那就是完全無法預見的情況。所以，如果威納·卓斯切有照她的意見去做，我搞不好可以對他造成重大傷害。只要鼓起勇氣重返多倫多就好了。

問錢會比較簡單。梅克拉能告訴我要上那裡可在短時間內籌得一大筆錢，沒問題。就算沒有她的幫助，我也可以弄到錢——如果願意，我的能力可以輕易靠犯罪維生。但那樣會傷害到其他人，而不是威納·卓斯切。而我很想要——不，是須要——讓威納·卓斯切爲了我朋友科迪亞克的事付出代價。

「妳可以告訴我他在多倫多藏了什麼，還有藏在哪裡嗎？」我問。

「可能可以。如果他在那裡藏東西，我可以告訴你。但我要警告你，他可能沒有依照我的建議去做。如果我尋找那個答案，但卻沒有結果，在日落前我們可沒有時間再來一次。你只能問一個問題。」

「了解。」我說，然後花點時間思考。結論是這麼做可能的好處好到不能忽略。如果結果是徒勞無功，我也可以透過其他方式籌錢。「問這個：威納．卓斯切及／或吸血鬼希歐菲勒斯在多倫多藏了什麼，藏在哪裡？」

「嚴格說來，那並非同一個問題，」她回應，「但應該可以解決。我會問。」

「離日落還有多久？」我問，在地下室裡看不出來。梅克拉看了手錶一眼，那是支有著陳舊皮錶帶的發條骨董錶。

「三小時，」她說。「大約。我至少要一個小時才能給你有用的答案，說不定更久。」

「好，多謝警告。」

「你得保持清醒。我看到什麼就回報什麼，不會重複。」

「了解。」

「好。那就開始。」

她轉回她的小型工業用攪拌鍋，有自動攪拌器在裡面不停旋轉，然後在旋轉的奶油裡加入一杯凝乳酵素。接著她開始說阿姆哈拉語【編註】，一種宛如音樂般的閃族語言，至今依然有人使用，而我不

編註：阿姆哈拉語（Amharic）是衣索比亞的官方語言，閃米語系的一支。

會說。我學過最相近的語言是阿拉姆語。理論上她是在提出我的問題，把問題羈絆在凝結的羊奶裡，然後催化占卜圖案。

「你知道她在說什麼嗎，阿提克斯？是不是『寇伯眾神【譯註】呀，祝福這塊乳酪』，或什麼之類的？」

「我想應該差不多，但不能肯定。」

「太糟糕了。我可以繼續睡了嗎？我正在作很刺激的夢。」

「我知道，有吉娃娃。」

歐伯隆在心中愉快地輕哼了一聲。「他們是不是很淘氣呢？」

歐伯隆回去睡覺，梅克拉繼續占卜，瞪著攪拌鍋唸咒，我則悶悶不樂地思考剛剛聽說的消息。我打從一九五三年後就再也沒有去過多倫多，而且打算永遠不要回去。當年我以奈吉爾爲名前往多倫多，這個化名，加上一場悲劇性的意外，變成了我這輩子所做過最糟糕的決定。卓斯切不可能知道原因，但是逼我回多倫多會揭開一道舊傷口，光是想起來就讓我肚子裡胃酸攪動。

我經常能從莎士比亞的作品中尋求慰藉。哈姆雷特不是什麼好偶像，但當得知他叔叔在他昔日友人羅生克蘭和蓋登斯鄧的協助下計劃謀害他後，立刻決定要以智取勝：「／事情會很棘手，／但我會把地雷埋得比他們深，／把他們炸到月亮去。」【編註】

「在多倫多市區，」梅克拉突然用英文說，然後補充：「一個金融區。」她瞇起雙眼。「R、B、C這三個字母對你來說有意義嗎？」

「有。八成是指加拿大皇家銀行。」

「就在那裡了。」她停了約莫十五分鐘，然後說：「好了，以下是與該銀行有關的數字：五、一、七。」

「什麼意思？」

「我猜是保險箱。這麼短不會是個人識別碼。」

「好吧。裡面放了什麼？」

梅克拉又盯著攪拌鍋看了半個小時，終於搖頭皺眉道：「我看不出什麼特定的東西。但絕不是錢或類似的東西。就是……紙。一大疊紙。某種資料，可能是名單。」

「威納．卓斯切在ＲＢＣ的保險箱裡收藏了一疊手寫名單，而他不想被我找到？那是會對他造成傷害的東西？」

「他和希歐菲勒斯。這件事他們兩個都有份，所以你猜得不錯，答案是肯定的。」

「就這樣了嗎？」

她指著旋轉的凝結羊奶嘆氣。「它想要給我姓名和地址，但這種乳酪沒辦法看出那些。我們沒有時間取得那些細節，你懂嗎？因爲這塊乳酪再過幾分鐘就做好了，沒有時間給我鉅細靡遺的答案，它

譯註：影集《星際大爭霸》（*Battlestar Galactica*）裡十二殖民地所信仰的神。

編註：出自第三幕第四場，哈姆雷特與王后的對話。

在趕，但是毫無用處。就像是強迫大量的水通過狹窄水道，你只能得到壓力和噪音。」

我以爲還在夢裡找搗蛋小狗玩的歐伯隆不知道什麼時候醒了過來，說出他所聯想到的比喻。「聽起來像是去動漫展。」

「你又沒有去過動漫展。」

「是沒有，但你和聰明女孩每次去動漫展回來就會抱怨。『嘎，有夠擠的！』她每次都說。『那種壓力！那種噪音！』這可是直接引述。」

「好，梅克拉，謝謝妳。離日落還有多久？」

她看了手錶一眼，說：「一個小時多一點。」

「好，收拾妳想帶的東西，我們跑步前往最近的傳送樹。」

「那個奴僕怎麼辦？」

「喜歡的話，我可以先解決他。」

「這個，難道不該這麼做嗎？」

「除非妳認爲他會立刻對我們造成威脅。不管他是死是活，吸血鬼都能透過氣味追蹤我們。他大概會等到吸血鬼抵達，然後指出我們離開的方向，希望獲得獎賞。」

梅克拉不同意。「我認爲他們會叫他跟蹤我們，打電話更新位置。他有台衛星電話。」

那就有可能造成問題。如果前往我們傳送過來的那棵樹，我們就等於是迎向吸血鬼最可能趕去的方向，接近干貝拉機場。如果我們花時間找出奴僕，那就會縮短逃亡的時間。我們也可以遠離機場，向南尋找出路，增加地面追蹤者趕路的時間，但那樣我就需要時間羈絆通往提爾．納．諾格的新傳送樹。不管怎麼選擇都會有風險。

「妳知道南方哪裡有大樹嗎？」我問。我在大草原上看到的小灌木都脆弱到不足以羈絆提爾．納．諾格。梅克拉雙眼上翻思考片刻，然後在想起來後轉回來看我。

「有。那個方向有棵猴麵包樹，很老了。」

「多遠？」

乳酪法師聳肩。「十哩？十五哩？」

可能可以。不管那個奴僕是誰，他都不可能奔跑十哩還能跟上我們的速度，吸血鬼要追蹤我們就不可能全速前進。

「好吧，妳一準備好，我們就出發。」

□

向奧丁諮商過後，彩虹橋把我們送回領班住所。歐拉立刻抬頭聞氣味。「關妮兒，我聞到火煙。」

「哪裡？不是我們的小屋吧？」

「可能是。從那個方向傳來的。」

「走吧，小聲點。」

阿提克斯和我在小屋四周架設了防火力場，但只防布莉德或洛基施展的那種魔法火焰。它沒辦法抵抗火柴或打火機油。不過當我們逐漸接近，歐拉回報煙並非發自我們的小屋。「在河邊。」她說。

「好。但我想先去檢查小屋。」我其實是要檢查力場，看看有沒有被驚動，還是有人或其他生物躲在附近。火是惡名昭彰的誘餌，我可不想墜入陷阱。

我伸手抵著小屋外的土地，唸誦魔法視覺咒語，檢查我們的力場，發現沒有問題；力場完好如初。窗口也沒有看到火焰，那是額外的好事。

我保持警覺與戒備，輕手輕腳地走過山楊樹的白柱之間，前往斯奈弗溪——一條山中的清涼小溪，最終匯流到烏雷的昂康培葛雷河裡——我提醒歐拉待在我身邊，千萬不要橫衝直撞。空中一道濃煙把我引向一座危險的大火堆，旁邊站著一條非常高的身影，雙手在胸前交抱。

一開始他的五官讓骯髒的金髮遮住，但是當他抬頭朝我看來時，我看見了他眼睛周圍皺起的疤痕，還有那抹優越高傲的笑容。我叫歐拉跑回小屋，從狗門進去躲起來。

「盡快跑回去，不然他會傷害妳。別爭；走就是了。」

「那他會傷害妳嗎？」

「不會，他要我做一件事。但他會利用妳來控制我。只要他抓不到妳，就不能控制我。走。」

歐拉轉身開跑，不過邊跑邊說：「我能出來時告訴我。」

「我會。」

眼看歐拉跑走，洛基的笑容當場消失。

「噢，她要去哪裡？我們上次處得很好。」上一次他對歐拉的心靈動了手腳，把她當成人質；我絕不允許他故技重施。

「這裡不歡迎你，洛基。走。」

他一臉受傷。「這就是妳的待客之道嗎，麥特南小姐？」

我揮舞魔杖和斧頭，說：「沒錯。如果你想嚐嚐我的待客之道，一句話。」

洛基頭髮起火，怒視我，他被我的態度激怒了。「妳跑去阿斯加德。」

「沒錯。」

「爲什麼？」

「我敢說奧丁很樂意告訴你。事實上，他很想見你。你爲什麼不去問他？」

「我在問妳。」

「我不回答。現在離開。」

洛基頭上的火焰高張，雙眼變黑。「或許我該提醒妳一下我們是什麼關係。我需要什麼東西的時候，妳就要幫我拿來，不管是伐由的失落之箭，還是一個簡單問題的簡單答案。告訴我妳去阿斯加德幹嘛，和奧丁聊些什麼。」他說著伸出一指指向小屋，補充道：「還是說妳的獵狼犬要爲妳的嘴巴付出代價？」

看到他用同樣手法威脅我，就讓我勃然大怒——不光是因爲他威脅一隻無辜的動物，還因爲他竟然小覷我到以爲我會毫無準備。很好，他已經表示過他脾氣不好，以及我該怎麼激怒他了。「吸我的卵蛋。」我對他說。

洛基眨眼。「妳又沒有——」

「還是比你的大。」

他一副捱了一巴掌的樣子——我想口頭上我確實甩了他一巴掌。不光是因爲我侮辱了他的男性象徵，而且還打斷了他說話。

「婊子。」他吼道，立刻搬出了這個大部分男人遇上難以控制的女人時會採用的字眼。他整個身體化作一道火柱，聲音從火裡竄出：「看來妳需要教訓。」

他變成火球，沖天而起，掠過我的頭，衝向木屋。「妳進屋了，對吧，歐拉？」

「對。」

「好。待在裡面，不管聽見什麼聲音都不要出來。」

趁洛基雙眼離開我身上，我利用史卡維德傑上刻的羈絆咒語啓動隱形術，然後往上坡跑，伸長脖子確認洛基的位置。我很好奇防火力場會對他造成什麼影響，同時我也默唸強化力量和速度的咒語。

當洛基撞上德魯伊防火力場時，他並不像鳥撞上窗戶一樣彷彿撞上實心物體，我本來期待會有這種效果的。結果，他的火焰就像燭芯被手指捏熄般熄滅，然後他在慣性的作用下繼續前進，但不再飛翔，而是變成一道從天上摔下來的冒煙身影。他的驚呼聲很快就在發現自己無法控制降落時變成恐懼的叫聲，我則從慢跑轉爲全速衝刺，往他即將落地的位置跑去。

他試圖用手減緩墜勢，結果摔斷了右臂，一陣骨折聲響起，接著他就在我們的小屋前翻滾哀號。他用左手摀著右手翻了兩圈，然後在他試圖用完好的那條手臂撐起自己時，我跳到他背上，一斧頭狠狠砍下去，直沒至柄。斧頭埋在他的左肩胛骨裡，我則放開斧柄，在他挺起背脊、大吼大叫時，跳下他的背。

「給你上一課，洛基：你惹錯德魯伊了。」

惡作劇之神跌跌撞撞起身，大幅度轉身，想要找出我的蹤跡，雙手宛如無用的藤蔓般甩動。我看得出來他想要重新點火，身上各處都冒出小小的煙絲。除非離開力場的作用範圍，他絕不可能點燃半點火星，他喊道：「妳在——」接著史卡維德傑就從左側擊中他的牙齒，從一團血霧中噴出好幾顆斷牙。

「閉嘴。」我說著，轉過魔杖，刺中他的橫膈膜，逼出他肺裡的空氣。「你安排計謀，讓我眼睜睜看著父親遇害，引誘我到地洞裡，讓怪物壓碎我的骨頭，然後趁我全然無助的時候烙印我，好像我他媽的屬於你一樣？」

洛基吸了口氣，一副想要回答的樣子，於是我杖戳他的肋骨，當場戳斷好幾根骨頭。

「我一直在想要怎麼擺脫你的烙印，結果我發現最簡單的辦法就是直接擺脫你。」洛基的表情轉為恐懼，因為他發現自己身陷的糞坑深不見底。「而且這並不算是自私的報復行為，可以算是公眾服務，對吧？因為你對我承認過你打算殺光米德加德上的一切，重新開始。好吧，身為蓋亞的德魯伊，我對此有點意見。事實上，我有責任確保那種情況不會發生。所以，為了你已經犯下的罪，還有你打算犯下的大罪，洛基．縱火者，你要喪失性命了。我認定你有罪，宣判你死刑。」

洛基一邊流血、一邊喘氣，雙眼大張且失焦，自我的聲音前退開，在樹叢上絆倒，嚇得一隻野兔拔腿就跑。他向後跌落時我衝了上去，對他的臉狠狠揮出史卡維德傑，但我的魔杖卻穿過他的頭，擊中地面。他的身體瓦解化煙，我抬頭看向那隻野兔，這才發現他用幻術欺騙我。我發現野兔還在逃跑——速度慢得不像話的野兔——兔毛不斷在嘗試點火時冒出煙絲，最後終於逃出力場範圍，當即起火燃燒。洛基的身影短暫凝聚，依然傷勢沉重、背上插著斧頭，不過此刻木柄開始起火燃燒。他瞪向我的方向，試圖說話——但多半因爲下巴爛了而沒辦法說。既沒辦法確認我的位置，八成也擔心會再度被我打倒，於是他一飛衝天，遠離我的攻擊範圍。

一開始我有點氣自己，因爲我早該想到要把他羈絆在地上，避免他逃跑，或至少啓動魔法視覺，避免他像剛剛那樣用幻象欺騙我。但接著我開始哈哈大笑，因爲能夠一嚐復仇的快感，並讓洛基知道他並非所向無敵的感覺眞好；我本來沒想到能這麼成功。我順著剛剛的足跡往回走，在地面上尋找血跡，找到一把洛基的牙齒，撿起來。我掃視周遭樹木的林頂，沒多久就看到胡金和暮寧在一棵山楊樹上看我。我勝利式地揚起牙齒。

「不賴吧，呃，奧丁？這下可以對付他了。」

一隻渡鴉叫了一聲回應，但我不會說鴉科動物的語言。

「等等，我做個盒子來裝。」我利用和之前製作老鷹練習目標同樣的羈絆方式，拿重新塑形的樹枝做了個小木盒，把牙齒丟進去，然後撿了幾片有濺到血的樹葉加進去彌封起來。「可以跳上彩虹橋了。」一下確認的叫聲過後，兩隻渡鴉跳下樹枝，飛出我的視線範圍，回到奧丁身邊。

「歐拉，妳可以出來了，但是直接到我這裡來。」我不要她晃到力場外面，以免洛基又跑回來。

「耶！」她跳出屋子，尾巴劃破空氣，我蹲下去擁抱她。

「我要回阿斯加德，在上面待一陣子。」

「爲什麼？」

「奧丁或許可以幫我擺脱洛基的烙印，然後我們愛上哪裡就上哪去，不必再擔心他會跑出來。」

「歐伯隆和阿提克斯呢？」

「我會告訴元素我們在哪裡，她會在阿提克斯回來後告訴他。他會了解，然後解釋給歐伯隆聽。等我們回到這個世界，我就可以想住哪裡就住哪裡。除了這裡以外，妳有什麼想去的地方嗎？」

「我不知道地方。但我喜歡樹。」

「很好。因爲我們在考慮奧勒岡一個和這裡很像的地方。」阿提克斯已經請他的律師霍爾・浩克在威勒麥特谷裡或附近尋找合適的地方。

我回到溪邊，草草用土埋熄洛基的火堆，告訴元素我要去哪裡，然後沒過多久，彩虹橋在我面前發光，邀請我前往阿斯加德。洛基會知道我上哪兒去，或許會猜到我把他的牙齒帶去給奧丁，但是隨便他。他會知道我的死刑判決是經過奧丁默許的。如果想奪回牙齒，他就必須現在就開始諸神黃昏，而奧丁顯然準備冒這個險。

上次造訪阿斯加德時，獨眼神斷定洛基的烙印作用類似阿提克斯的寒鐵靈氣。那並非眞實存在的東西，比較類似以某種東西來代表洛基本人，透過基因鑰匙加以羈絆。在這種情況下，蓋亞不會將其視為須要治療的傷口，因為那是類似穿在身上的衣服——不過洛基不幫忙我就脫不下來。奧丁告訴我，解決的方法就是殺了洛基，如果辦得到——這是A計畫，肯定會激怒赫爾，但是可以拖延其他洛基正在執行的計畫；或是採用B計畫，利用洛基的基因原料打造反制烙印，血和牙齒應該很合用。

再度踏上彩虹橋時，我覺得步伐特別輕盈。洛基或許在印度贏了我一場，但我在科羅拉多肯定也贏了他一場，而那對治療我所受的羞辱有很大的幫助，特別是心知他永遠不能繼續為了之前那場勝利而笑。

我完全不對此事代表的意義抱持任何幻想：不只是我對洛基下達了死亡宣判，他也對我做出了同樣的判決。但那表示我們不會再玩遊戲了，而我對此十分滿意。我想到惠特曼的《草葉集》裡的兩句詩句，原始內容和我當前處境毫無關聯，不過還是覺得很適合拿出來用：因此我讓身上的火焰飛升，威脅要吞噬我的翻騰火焰。

是呀。用在這裡正好。

□

我們透過蓋亞的幫助，以五分鐘一哩路的速度抵達那棵猴麵包樹，但我們沒有在天黑之前抵達，因為那棵樹距離我們將近十五哩，而非十哩，加上梅克拉又花了點時間整理必要行李，還為了要應付奔跑跋涉而綁得很緊，結果花了太多時間。

新的傳送樹並不是立刻就能羈絆好的。畢竟，那是一條通往提爾．納．諾格的安全通道，儘管在毫不出錯的情況下只需要十五分鐘，你還是需要有十五分鐘不受到任何干擾。如果羈絆被打斷，就得從頭來過。利用不同的思考模式應付口頭上的騷擾通常有效，但有時候，特別在身處大自然裡時，你必須擔心別的東西。曾經有過蜜蜂想要鑽入我的鼻孔或耳朵，因爲我的紅髮宛如花叢般吸引牠們，有一次有六隻腳和一對翅膀在我的耳朵裡嗡嗡叫，嚇得我把所有思考模式裡在幹的事情通通忘光。最糟糕的就是臉蜂。

在發生過幾次蜜蜂事件後，我就學會要請元素讓其他動物別來騷擾我。好吧，蜜蜂，還有巴拿馬那條想要爬上我褲管的大蟒蛇——會爬人褲管的蛇最可怕了。

開始羈絆前，我要歐伯隆和梅克拉盡可能不要說話，並且將我們三個全部僞裝起來，藉以擺脫奴僕，假設他還在我們後面跟著的話。我同時還給我們夜視能力，然後聯絡元素，請他在一段時間內不要讓昆蟲和獵食者接近猴麵包樹。全部安排妥當後，我將意識分爲專門羈絆傳送樹的古愛爾蘭語思考模式，以及處理其他事務的英語思考模式，然後告知我的夥伴我要開始了。十五分鐘內，我們將能夠轉移到提爾．納．諾格，然後從那裡轉往伊凡．阿不拉奇，能讓梅克拉安安穩穩遺世獨立的地方。

除了一背包衣物和用泡泡紙包著的細菌培養皿及植物性凝乳酵素外，她還帶了弓和箭筒，外加一塊她說很珍貴的硬乳酪。我假設那是她用來延年益壽的東西；我十六世紀認識她時，她就已經兩百多歲了。她得丟下剩下的乳酪，歐伯隆對此深表同情，整段奔跑的路上都在編「被遺忘的乳酪悲歌」。

我得給他一塊點心獎勵他的雙關語。

梅克拉在四、五分鐘後拿起了她的弓，因爲奴僕現身了，不但證明他確實存在，而且擁有過人的體力。一個身材適合長跑的瘦子，手裡拿著她提到的衛星電話，一邊接近一邊講著電話。吸血鬼有給他很好的裝備；他頭上戴著夜視鏡。如果是會強化環境光和低頻紅外線光譜的那種，他就不會看穿我們的僞裝。不過如果是熱影像夜視鏡的話，他就會看到我們。僞裝羈絆沒辦法掩飾體溫，德國那個狙擊手就是這樣才能瞄準我的。

梅克拉沒有與我商量，直接拉弓搭箭，在奴僕放慢腳步到樹附近搜尋我們時射中他胸口——他顯然沒有熱影像夜視鏡。他慘叫倒地，因爲想知道她在幹嘛，我撤銷了她的僞裝羈絆。她跑出去，如果他須要被解決的話，就解決他；她丟下弓，拔出獵刀。我看到她伏身到草下幾秒鐘，接著拿著衛星電話起身，用我能聽見的音量大聲說話。電話還在通話中，顯然奴僕沒有阻止她拿走電話。

「你太遲了。」她說。「我們殺了你的奴僕，現在就要轉移離開。告訴卓斯切我覺得他的打扮就和化膿的狒狒屁股一樣吸引人。」她又聽了幾秒鐘，然後按下掛斷鍵，把電話丟到草裡。

因爲必須繼續用古愛爾蘭語念誦羈絆咒語，我不能多說什麼，但我也撤銷了我的僞裝，梅克拉回來時肯定在我臉上看見不滿的表情。

「幹嘛？我說過了我有不准跟蹤的規定。」

「收到。」我在能在咒語中間稍停片刻、加入一個英文字時，說道。

「總之，他們很快就會抵達。幾分鐘內。在你完成羈絆之前。不過我不知道有多少個。」

一個都嫌太多了。梅克拉或歐伯隆絕對不是吸血鬼的對手。她或許能夠一箭穿心，偷襲一個吸血鬼；我注意到她用的是木柄箭，做工專業，幸運的話足以殺死吸血鬼，但她不可能解決一個以上。

我不認爲他們有時間於日落後集結大量吸血鬼到這裡來。我們要對付兩到三個，不會更多了——附近的人口不足以供應更多吸血鬼生存。這些傢伙肯定是從干貝拉，或是東邊的高爾來的。不過如果他們認爲他們可以拖延我，還會有更多趕來——而他們確實可以。他們已經拖延了，因爲我不能忽視他們。最好的選項是盡快解決他們，然後重新展開羈絆，期望短期內沒有更多吸血鬼現身。我沮喪嘆息，暫停羈絆，起身，拍掉牛仔褲上的灰塵。

「我要妳和歐伯隆到樹後面去，」我對梅克拉說。樹幹粗到足以掩飾他們。

「他們會知道我們在這裡。」

「我知道，但他們本來就在追殺我，我要他們看到目標。」

「阿提克斯，我想幫忙。」

「我知道，老兄，但這些傢伙真的又快又壯。如果你和他們動手，你會受傷的，不要懷疑。我不要你受傷。」

「但你也可能受傷。」

「我盡量避免。」

結果來的不是男吸血鬼，而是兩個女吸血鬼，奔跑時寬鬆的袍子在身後飄動。但是與之前和我們近身肉搏的吸血鬼不同，這兩個傢伙距離夠遠，可以輕鬆解決。我在她們接近時反覆啓動解除羈絆符咒，當作是測量距離的演練。符咒在她們接近到約莫百碼處擊中她們，導致她們摀住胸口，一頭栽在地上。這讓我有時間解除其中之一的羈絆，結束後，我將解除羈絆法術轉成施法巨集，改變目標，不用拔劍就解決了另一個。

沒錯，遠古吸血鬼希歐菲勒斯有很好的理由懼怕德魯伊。如果他不來惹我，不公開表示他要徹底剷除我們，我根本不會爲了殺他而幹掉這麼多他的手下。我的紫杉人傭兵計畫才剛開始翻轉多年前傾向吸血鬼的天秤，我還要更加努力才能平衡那座天秤，更別說是讓它傾向我這邊。如果鎖在加拿大銀行的姓名和地址是吸血鬼領導階層的個資——放置重要資訊的安全離線地點——那我就可以利用它們來造成很大的傷害。特別是如果資料裡還包含了希歐菲勒斯本人的所在位置的話。

「好了，你們兩個，」我說。「重新計時。重新僞裝。十五分鐘後出發。如果聽見或聞到什麼異狀就通知我。」

接下來十四分鐘都沒有任何狀況。昆蟲鳴叫，不過沒有在我身上任何開口附近叫。禿鷹發現附近有東西死了，於是在奴僕的屍體上空盤旋，不太確定我們有沒有什麼詭計。接著遠方傳來轟然聲響，這陣不自然的聲響逐漸變成汽車引擎聲。

「有人開吉普車過來，阿提克斯，」歐伯隆說。「他們要去的地方不需要道路。或許是艾默特．布朗博士【註】？」

梅克拉片刻過後也確認看到吉普車，接著車頭燈劃破黑暗，不留任何懷疑的空間。不過我還是繼續羈絆，希望有足夠的時間偷偷溜走。他們開吉普車來，而非徒步追趕，這表示車上有人不是吸血鬼。可能是更多奴僕，當然也可能是威納．卓斯切本人。如果那個奴僕在黎明時回報我們的到來，卓斯切就有時間從歐洲大多數地區飛來這裡。

「歐伯隆，到樹旁邊來。我們會在吉普車抵達前轉移離開。」我趁著古愛爾蘭咒語的空檔對梅克拉說：「拿好妳的東西。摸樹。我們要轉移了。」

由於我們都有僞裝羈絆，我看不到她有沒有這麼做，但我聽見梅克拉在吉普車聲越來越大、燈光越來越強，懸吊系統努力對抗凹凸不平的地面時，揹上了箭筒和背包。我在吉普車開到距離六十碼左右時完成通往提爾．納．諾格的繩結；他們大概是在追蹤奴僕的衛星電話。

寄望黑暗和僞裝羈絆可以讓我保持隱形，而他們的引擎聲可以掩飾我移動的聲響；我匆忙起身，雙手貼樹，然後撤銷僞裝羈絆，讓梅克拉和歐伯隆看見我。他們得同時接觸到我和樹才能轉移世界。

在他們看到我並移動的同時，我轉頭去看吉普車上的乘客。我看不清楚究竟有多少人——車頭燈太亮了——但是其中之一肯定是威納．卓斯切。

「歐蘇利文！」他用他帶著奧地利腔的口音喊道，然後開槍射我。或者說，他射了那棵樹三槍，射了我一槍。他在移動的車輛上瞄得不準，而他顯然是在瞄準我的頭部。樹皮在我上方炸開，接著一顆子彈擊中我的背、左邊中央偏下的位置，打爛了我的脾臟。子彈沒有貫穿，這表示我必須帶著它一起轉移——沒有關係。穿透性傷口會留下我的血供他運用，如果我繼續待在這裡，搞不好還會出現更

譯註：電影《回到未來》裡發明時光機的博士。

嚴重的傷——或是受傷的獵狼犬或乳酪法師。

轉移到提爾．納．諾格時，歐伯隆和梅克拉同聲大叫，我則感到護身符被扯了一下，很熟悉的感覺，顯然生命吸食者試圖吸取我，還有我夥伴的能量。我在抵達妖精宮廷外圍時感覺到身後傳送樹突然消失，這表示卓斯切爲了防止我們逃跑而殺了那棵猴麵包樹。

他顯然是瞄準樹附近的區域，因爲歐伯隆和梅克拉都被擊中了。他們兩個步伐虛浮、暈眩無力，我在他們身旁跪下，透過大地緊繃的連結吸收能量灌注給他們，暫時不管我的脾臟。

「阿提克斯，我突然覺得好累。」

「我正在處理。」

「我們被什麼打到了？」梅克拉一手摀著頭問。

「戴領巾的瘋狂白痴，他吸走了一點妳的能量。我們如果繼續待在那裡，他還會吸走更多。我幫妳補充一些回來，妳只要再弄點卡路里和休息應該就會沒事的。」

「感覺很奇怪。我全身突然劇痛，然後彷彿摔上了一張舒適椅，再也沒有力氣起身，就像是捐血捐太多了。針扎下去，然後你的生命就被吸走了。嘿，你背上有個洞。」

「什麼？阿提克斯，你受傷了？」

「對。我待會就會處理。」我說，同時回答他們兩個。「你們兩個感覺有好一點了嗎？」

「還是很疲倦，但是頭不會昏了。」

「我也一樣。」

「很好。」我開始感覺到傷口的劇痛，於是我壓抑痛覺。移除子彈的時候到了。「梅克拉，可以請妳把手掌舉在彈孔上方一呎左右的位置嗎？」

「幹嘛？」

「我需要妳接住子彈。」

「你說什麼？」

「我會把我體內的子彈和妳的掌心羈絆在一起，然後我就可以開始治療。」

「永遠羈絆嗎？」

「不，只羈絆一下。」子彈鑽出我的身體，飛到梅克拉手裡後，我啓動治療符咒，讓身體開始處理傷勢。我最好再休息個一、兩天，而伊凡．阿不拉奇是很適合養傷的地方，但現在我占了優勢，而我不想要浪費掉。我知道威納．卓斯切人在哪裡，而他離多倫多非常遠。

他留了張字條給科迪亞克．布萊克的女朋友，叫我去找他，因爲我們要談談，但他剛剛證明了他比較想開槍打我，而不是和我談談。這表示我們的立場是一樣的。

因爲奴僕告訴過他，所以卓斯切知道我和梅克拉談過。他有一整天時間聯絡多倫多的人，到時候就會有一整票吸血鬼在多倫多等我。但他也可能急著要抓我而沒有多想——或他相信梅克拉，認定我永遠不會回多倫多。

誰會在多倫多等我？除了卓斯切之外，只有希歐菲勒斯本人可以對我造成困擾——他，或是一大堆吸血鬼。但他們白天不太可能出門，而希歐菲勒斯或卓斯切以外的人又不太可能持有保管箱鑰匙。

我動作越快，就越有可能取得放在保管箱裡的東西；我可以在路上治療我的脾臟。但首先，梅克拉必須離開提爾．納．諾格。有兩個妖精飛過來察看是誰來了，發現是鋼鐵德魯伊後，他們立刻振翅離開。遲早會有更多妖精跑來，要不了多久就會有穿制服的宮廷人員以布莉德之名詢問我來此有何目的。

「好了，我們帶妳去伊凡．阿不拉奇。」

我們聚在一棵傳送樹旁，轉移到蘋果島，這裡有點像是馬拿朗．麥克．李爾的馬的天堂，還有蘋果派和蘋果汁愛好者的天堂。我知道孤紐之前每年都會採個幾蒲式耳的蘋果，爲五朔節做限量蘋果酒。

永遠一片清香，又和提爾．納．諾格一樣有著永恆夏季般的氣候，不難理解馬拿朗爲什麼會利用這裡來紓壓。

梅克拉的臉上一開始帶著懷疑，在環顧四週又深深吸了兩大口氣後終於開朗起來。「你眞的沒騙我。」她說。

「這個……沒有。」我沒力氣覺得被冒犯。

「但是你有把一切都告訴我嗎？還有誰會來這裡？」

「我之前就說過了，馬拿朗．麥克．李爾——海神——三不五時會造訪此地。我會告訴他妳在這裡，他會幫妳帶必需品過來。附近有很多馬、鳥，還有蜜蜂。沒有眞正的居住空間，但是有很多蘋果可以吃。」

「我不擔心住的問題。這裡看起來很溫暖。」她揮手指向四面八方的蘋果樹頂。「這些都是同種的蘋果嗎？」

「不，各式各樣的蘋果。妳四下走走就會看見和品嚐到不同之處。」

「他有牛心佩平蘋果嗎？或是煙山嫩枝蘋果？」

「歐伯隆……什麼？」

「蘋果流行愛好者最近都在吃那些，阿提克斯。找個矯揉造作、愛穿二手衣物的大鬍子男人給我，我就可以給你一個等著煙山嫩枝蘋果自然掉落在頭上的鳥巢裡的老兄。我看過一個整集都在介紹傳家水果的節目，他們對這些品種的蘋果讚不絕口。」

「既然它們是北美的品種，我不確定馬拿朗聽說過它們，但我敢說他這裡種的都很美味。」

梅克拉滿意地點了點頭，把背包從一肩換到另一側肩膀。「我想我要先四下走走。你有時間一起來嗎？」她目光飄到我背上。「如果你有力氣的話？」

「我該走了——」我開口，歐伯隆打斷我。

「噢，來嘛，阿提克斯，拜託？小散個步就好？」

「——但我想我可以陪妳一會兒。」

「很好。我們可以品嚐水果？不是禁忌吧？」

「想吃多少就吃多少。這裡沒有禁忌果實。」

她從附近的樹枝上拔下兩顆淡玫瑰色配黃線條的蘋果，丟一顆給我。「你先請。」

我決定要愉快看待她懷疑我把她帶來一座毒蘋果島的事，而不要感到不爽。我毫不遲疑就咬了下去，香甜可口，只有一點點酸。看到我吃了之後，她也咬了一口。「可惡，眞好吃。」她滿嘴蘋果說道。我點頭表示同意，然後我們開始散步。

「好吧，歐伯隆，你爲什麼這麼想留在這裡？」

「我一直在想《五肉書》的食譜，阿提克斯，如果我們要寫點有決定性的內容，我們就得先從品質優良的食材開始。我認爲這個神的果園可以爲我的雞肉蘋果香腸提供全宇宙最棒的蘋果。」

「你看到我對你翻白眼了嗎？」

「我的雞肉蘋果香腸食譜將會改變世界！」

「蘋果只是食材之一。你要上哪裡去找全宇宙最好的雞肉？」

「這個嘛，記得勇敢的羅賓爵士差點大戰布里斯托的惡毒雞嗎？我們得去那裡走一趟，打那隻惡毒雞，然後拿來做香腸。」

「歐伯隆，那不是眞的雞。蒙提．派森瞎掰的。」

「傳說總是奠基在事實上，阿提克斯！這是你教我的！如果我們前往布里斯托，我敢說我們會遇上一隻惡毒雞。惡毒將會增添美味。」

「等我下次給你洗澡，你就會把這些拋到腦後了。」

「不，才不會！這是我們可以一起做的事情。我們的大師傑作。拚死守護朋友的性命後卻不和他們一起享受人生又有什麼意義呢？」

他說得有道裡。「好吧，品嚐測驗來了。」我幫他拔顆蘋果，朝他的方向丟過去。他憑空用嘴接下，開始不靈巧地咀嚼。

「喔，是呀，這個很合適，阿提克斯。我的惡毒雞肉蘋果香腸食譜將會鮮美多汁。我們接下來可以去大鬧雞舍嗎？」

「很抱歉，老兄，我們先回小屋一下，然後就得直奔多倫多。」

「好，但是答應我很快就會去布里斯托。」

「一有機會就去。」

「嗯，」吃完蘋果，丟掉果核，梅克拉說。「所以——確認一下——誰知道我在這裡？」

「現在只有我，很快還會有馬拿朗．麥克．李爾。這裡就像是用隱私和維他命C做成的天堂。但是聽著，梅克拉——」

乳酪法師神色不安。「你說你該走了，是吧？」

「啊。我已經在踐踏妳的獨居生涯了？」

她對我一笑，很高興我這麼快就看懂暗示。我認爲一看到我確認蘋果安全後，她就想要叫我走了，而她一直忍到吃完蘋果才說。「謝謝你陪我散步。等你剷除全世界的吸血鬼後再見，敘亞漢。」

「願妳心靈和諧，梅克拉。」我誠心期望如此。

「知道嗎？」她環顧四週，臉上緩緩浮現笑容。「或許會。謝謝你和我談心。我還沒準備好去面對世界的殘酷，但現在我願意考慮這麼做了。」

「那就好。」

歐伯隆和我轉移回我們在科羅拉多的小屋，有人在溪邊生了一大叢火，不過被一層土悶熄了。關妮兒和歐拉都不在附近，但是元素告訴我說她們在阿斯加德與奧丁爲伴，試圖移除洛基的烙印。

「好吧，我猜我不能繼續逃避下去了，歐伯隆。」我在洗完澡、換上沒有沾染泥巴的衣服後說道。「我必須以奈吉爾的身分重返多倫多。」

「我以爲你說你不想當多倫多的奈吉爾。」

「是不想。但是我也不想戰爭拖太久，當一段時間奈吉爾是盡快結束這場戰爭最好的辦法。」

「所以，我們在打仗？我要把松鼠從多倫多的樹上打下來，然後對他吼：『這裡！是！加拿大！』」

我搔搔我朋友的耳朵後方。「我希望你只要看到那種戰爭就好了。」

欲知後事，請見《鋼鐵德魯伊8：穿刺》

《戰爭前奏》完

鋼鐵德魯伊

中英文名詞對照表

A

Aenghus Óg　安格斯・歐格（凱爾特愛神）
Al Fayyum　法尤姆（埃及綠洲）
Æsir　阿薩神族（北歐神族之一）
Amber　琥珀（北美大平原元素）
Amun　阿蒙（埃及神）
Amun-Ra　阿蒙—拉（阿蒙與太陽神拉的綜合概念信仰）
Ankh　安卡（古埃及十字架）
Answerer　解惑者（魔法劍富拉蓋拉）
Apple Jack　蘋果傑克（孤紐的馬）
Asgard　阿斯加德（北歐神話的神域）

B

Bast　巴絲特（埃及貓神）
bifrost bridge　彩虹橋（北歐神話）
Black, Kodiak　科迪亞克・布萊克（熊人，阿提克斯的會計師與朋友，遭卓切斯殺害）
Brighid　布莉德（凱爾特鍛造女神）

C

cold iron　寒鐵
Coffee 小咖啡（女巫）
Coppertone　小古銅（女巫）

D

The Dagda　達格達（凱爾特神）
the Draught of Unending Strength　無盡之力酒（地精禮物）
Domech　多麥克（皮克特人、死靈法師）
Druid　德魯伊
Drache, Werner　威納・卓斯切（魔法生命吸食者）

E

Elkhashab, Nkosi　恩柯西・艾卡沙布（索貝克祭司）
Emhain Ablach　伊凡・阿不拉奇（凱爾特神話的蘋果島）

F

Fae　精靈
Faerie Specs　妖精眼鏡（法術）
Faery　妖精
Fjalar　弗加拉（北歐矮人）
Flagstaff　旗杆市（亞歷桑納地名，或譯弗拉格斯塔夫市）
Flidais　富麗迪許（凱爾特狩獵女神）
Fragarach　富拉蓋拉（解惑者）
Frigg　富麗格（北歐女神，奧丁之妻）

G

Gaia　蓋亞（大地）
Galahad　加拉哈德（圓桌武士）
Gawain　加文（圓桌武士）
Ghoul　食屍鬼
Gnome　地精（大地妖精）
Goibhniu　孤紐（凱爾特鐵匠神）
grim reaper　死神
Gungnir　永恆之矛剛格尼爾（北歐神話武器）

H

Hauk, Hallbjorn "Hal"　霍伯瓊・「霍爾」・浩克（阿爾法狼人，阿提克斯的律師）
Hecate　黑卡蒂（希臘女神）
Hel　赫爾（北歐神話的死亡女神，也代表她統治的死亡國度）
Helgarson, Leif　李夫・海加森（吸血鬼）
Holy Grail　聖杯（傳說）
Hugin　胡金（奧丁的渡鴉；思緒）

I

Imortali-Tea　不朽茶（德魯伊特調茶）
imp　小惡魔（惡魔）
Irish wolfhound　愛爾蘭獵狼犬

J

Jesus　耶穌
Joseph of Arimathea　亞利馬太的約瑟（聖經）

K

Kabbalah　喀巴拉（猶太教與基督教之神祕思想）
Kaibab　凱貝（高原及其元素）
Kansas Wheat Festival　堪薩斯小麥節（堪薩斯活動）
Kobold　科博地精（礦坑裡的邪惡地精）
Kohleherz　克雷赫斯（科博地精）

L

Lake Moeris　美利斯湖（埃及湖泊，也作加龍湖Birket Qarun）
Lancelot　蘭斯洛（圓桌武士）
The Library of Alexandria　亞歷山大圖書館
Loki　洛基（北歐魔頭、惡作劇之神）

M

MacTiernan, Granuaile　關妮兒·麥特南（德魯伊學徒）
Magnusson, Gunnar　剛納・麥格努生（已過世的阿爾法狼人）
Magnusson and Hauk　麥格努生與浩克律師事務所
Manannan Mac Lir　馬拿朗・麥克・李爾（凱爾特死神暨海神）
Mekera　梅克拉（乳酪占卜師）
Midgard　米德加德（北歐神話的地球）
Mobili-Tea　莫比利茶（德魯伊特調茶）
Monty Python　蒙提・派森（英國喜劇團體）
The Morrigan　莫利根（凱爾特戰爭與死亡女神）
Munin　暮寧（奧丁的渡鴉；記憶）
Muspellheim　穆斯貝爾海姆（北歐神話的火之國度）

N

Navajo Nation　納瓦霍保留區（美國印第安保留區）

Nebwenenef 奈布溫奈奈夫（埃及巫師）
Nidavellir 尼達維鐸伊爾（北歐神話矮人國）
Niflheim 尼弗爾海姆（北歐神話的霧與冰之國）
Nigel 奈吉爾（阿提克斯於多倫多的化名、十九世紀的年輕人）

O

Obeah 奧比巫術
Oberon 歐伯隆（德魯伊的獵狼犬）
Odin 奧丁（北歐主神）
Ogma 歐格瑪（凱爾特神衹）
Orlaith 歐拉（獵狼犬）
O'Sullivan, Atticus 阿提克斯・歐蘇利文
Ó Suileabháin, Siodhachan 敘亞漢・歐蘇魯文
Ouray 烏雷（科羅拉多地名）

P

pantheon 萬神殿
The Pict 皮克特人
Pinky 小粉紅（女巫）
plane shift or shift planes 空間轉移

R

Ragnarök 諸神黃昏（北歐神話的世界末日）
Ratskeller 拉斯凱勒（地精部族）
Rune 符文（北歐）

S

Scáthmhaide 史卡維德傑（影之杖）
Seal Of Arielis 阿里勒斯封印
selkie 賽爾奇（愛爾蘭妖精）
The Seventh Book of Moses 摩西七書（魔法書）
Shakespeare, William "Will" 威廉·莎士比亞（暱稱：威爾）
Sith lords 西斯武士（星際大戰）
Siren 女海妖（希臘神話女妖）
Sobek 索貝克（埃及鱷魚神）
Sonoran Desert 索諾倫沙漠
Sonora 索諾倫（索諾倫沙漠元素）
Stygian 冥河（希臘神話）

T

Tahirah 塔希拉（阿提克斯死去的妻子）
Thatcher, Beau 畢烏・拉結（關妮兒繼父）
Theophilus 希歐菲勒斯（吸血鬼）
Thor 索爾（北歐雷神）
Tír na nÓg 提爾・納・諾格（凱爾特神話妖精國度）
Toronto 多倫多（加拿大城市）
Tuatha Dé Danann 圖阿哈・戴・丹恩（凱爾特神話神族）

V

vampire 吸血鬼
Vayu 伐由（印度風神）

W

Whitman, Walt 華特・惠特曼（美國詩人、散文家）

Y

yeti 雪人
yewman 紫杉人（愛爾蘭妖精界傭兵）
Yggdrasil 世界之樹（北歐神話）
Yusuf 尤瑟夫（狼人開羅部族阿爾法）

鋼鐵德魯伊

Vol. 9

諸神黃昏迫在眉睫，但潛藏的妖精危機呢!?

李夫會不會再次出來亂？
歐伯降家的小獵狼犬會不會激發出爸爸更多的靈感？
洛基到底會不會來找關妮兒復仇？
大德魯伊的德魯伊教團計畫是否會順利？
翻開書頁前，你永遠不知道阿提克斯接下來的冒險會是什麼……

敬請期待！

國家圖書館出版品預行編目資料

鋼鐵德魯伊故事集／凱文．赫恩（Kevin Hearne）；
戚建邦譯——初版．——台北市：蓋亞文化，2017.02
冊；公分.——（Fever；FR058）

ISBN 978-986-319-260-2（平裝）

874.57 105019343

Fever 058

鋼鐵德魯伊故事集〔蓋亞之盾〕SHIELD OF GAIA

作者／凱文．赫恩（Kevin Hearne）
譯者／戚建邦
封面插畫／Gene Mollica 封面設計／克里斯
出版／蓋亞文化有限公司
地址◎台北市103承德路二段75巷35號1樓
電話◎（02）25585438 傳眞◎（02）25585439
網址◎http://gaeabooks.pixnet.net/blog
電子信箱◎gaea@gaeabooks.com.tw
投稿信箱◎editor@gaeabooks.com.tw
郵撥帳號◎19769541 戶名：蓋亞文化有限公司
法律顧問／宇達經貿法律事務所
總經銷／聯合發行股份有限公司
地址◎新北市新店區寶橋路二三五巷六弄六號二樓
電話◎（02）29178022 傳眞◎（02）29156275
港澳地區／一代匯集
電話◎（852）27838102 傳眞◎（852）23960050
地址◎九龍旺角塘尾道64號龍駒企業大廈10樓B&D室
初版二刷／2022年12月
定價／新台幣 280 元
Printed in Taiwan

ISBN／978-986-319-260-2